阿Q正傳賞析

魯迅 著

【名家評論】

蘇雪林・張天翼・艾蕪・何其芳

【前蘇】羅果夫・【美】威廉・萊爾

【巴基斯坦】阿布・夏維爾

【泰】莎娃蒂娜・夏濟安・夏志清

自序

　　我在年輕時候也曾經做過許多夢，後來大半忘卻了，但自己也並不以爲可惜。所謂回憶者，雖說可以使人歡欣，有時也不免使人寂寞。使精神的絲縷還牽著已逝的寂寞的時光，又有什麼意味呢？！而我偏苦於不能全忘卻，這不能全忘的一部分，到現在便成了《吶喊》的來由。

　　我有四年多，曾經常常——幾乎是每天，出入於質鋪（當鋪）和藥店裡。年紀可是忘卻了，總之是藥店的櫃枱正和我一樣高，質鋪的是比我高一倍。我從一倍高的櫃枱外送上衣服或首飾去，在侮蔑裡接了錢，再到一樣高的櫃枱上給我久病的父親去買藥。回家之後，又須忙別的事了，因爲開方的醫生是最有名的，以此所用的藥引也奇特：冬天的蘆根，經霜三年的甘蔗，蟋蟀要原對的，結子的平地木 ……大多不是容易辦到的東西。然而我的父親終於日重一日的亡故了。

　　有誰從小康人家而墜入困頓的麼？我以爲在這途路中，大概可以看見世人的眞面目。我要到N進K學堂去了，彷彿是想走異路，逃異地，去尋求別樣的人們。我的母親沒有法，辦了八元的川資，說是由我的自便。然而伊哭了。這正是情理中的事，因爲那時讀書

應試是正路，所謂學洋務，社會上便以爲是一種走投無路的人，只得將靈魂賣給鬼子，要加倍的奚落而且排斥的，而況伊又看不見自己的兒子了。然而我也顧不得這些事，終於到N去進了K學堂了。

在這學堂裡，我才知道世上還有所謂格致、算學、地理、歷史、繪圖和體操。生理學並不教，但我們卻看到些木版的《全體新論》和《化學衛生論》之類了。我還記得先前的醫生的議論和方藥，和現在所知道的比較起來，便漸漸的悟得中醫不過是一種有意的或無意的騙子，同時又很起了對於被騙的病人和他的家族的同情；而且從譯出的歷史上，又知道了日本維新是大半發端於西方醫學的事實。

因爲這些幼稚的知識，後來便使我的學籍列在日本一個鄉間的醫學專門學校裡了。我的夢很美滿，預備卒業回來，救治像我父親似的被誤的病人的疾苦，戰爭時候便去當軍醫，一面又促進了國人對於維新的信仰。我已不知道教授微生物學的方法現在又有了怎樣的進步了，總之那時是用了電影來顯示微生物的形狀的，因此有時講義的一段落已完，而時間還沒有到，教師便映些風景或時事的畫片給學生看，以用去這多餘的光陰。其時正當日俄戰爭的時候，關於戰事的畫片自然也就比較的多了，我在這一個講堂中，便須常常隨著我那同學們的拍手和喝彩。

有一回，我竟在畫片上忽然會見我久違的許多中國人了，一個綁在中間，許多個站在左右，一樣是強壯的體格，而顯出麻木的神情。據解說，則綁著的是替俄國做了軍事上的偵探，正要被日軍砍下頭顱來示眾，而圍著的便是來賞鑒這示眾的盛舉的人們。

這一學年沒有完畢，我已經到了東京了。因爲從那一回以後，我便學得醫學並非一件緊要事，凡是愚弱的國民，即使體格如何健全，如何茁壯，也只能做毫無意義的示眾的材料和看客，病死多少是不必以爲不幸的。所以我們的第一要著，是在改變他們的精神，

而善於改變精神的是，我那時以為當然要推文藝，於是想提倡文藝運動了。

在東京的留學生很有學法政理化以至警察工業的，但沒有人治文學和美術；可是在冷淡的空氣中，也幸而尋到幾個同志了，此外又邀集了必須的幾個人，商量之後，第一步當然是出雜誌，名目是取「新的生命」的意思，因為我們那時大抵帶些復古的傾向，所以只謂之《新生》。

《新生》的出版之期接近了，但最先就隱去了若干擔當文字的人，接著又逃走了資本，結果只剩下不名一錢的三個人。創始時候既已背時，失敗時候當然無可告語，而其後卻連這三個人也都為各自的運命所驅策，不能在一處縱談將來的好夢了。這就是我們的並未產生的《新生》的結局。

我感到未嘗經驗的無聊是自此以後的事。我當初是不知其所以然的；後來想，凡有一人的主張，得了贊和，是促其前進的，得了反對，是促其奮鬥的，獨有叫喊於生人中，而生人並無反應，既非贊同，也無反對，如置身毫無邊際的荒原，無可措手的了，這是怎樣的悲哀呵！我於是以我所感到者為寂寞。

這寂寞又一天一天的長大起來，如大毒蛇，纏住了我的靈魂了。

然而我雖然自有無端的悲哀，卻也並不憤懣，因為這經驗使我反省，看見自己了，就是我絕不是一個振臂一呼，應者雲集的英雄。

只是我自己的寂寞是不可不驅除的，因為這於我太痛苦。我於是用了種種法，來麻醉自己的靈魂，使我沉入於國民中，使我回到古代去，後來也親歷或旁觀過幾樣更寂寞更悲哀的事，都為我所不願追懷，甘心使他們和我的腦一同消滅在泥土裡的，但我的麻醉法卻也似乎已經奏了功，再沒有青年時候的慷慨激昂的意思了。

S會館裡有三間屋，相傳是往昔曾在院子裡的槐樹上縊死過一個女人的，現在槐樹已經高不可攀了，而這屋還沒有人住；許多年，我便寓在這屋裡抄古碑。客中少有人來，古碑中也遇不到什麼問題和主義，而我的生命卻居然暗暗的消去了，這也就是我惟一的願望。夏夜，蚊子多了，便搖著蒲扇坐在槐樹下，從密葉縫裡看那一點一點的青天，晚出的槐蠶又每每冰冷的落在頭頸上。

　　那時偶或來談的是一個老朋友金心異（即錢玄同），將手提的大皮夾放在破桌上，脫下長衫，對面坐下了，因為怕狗，似乎心房還在怦怦的跳動。

　　「你抄了這些有什麼用？」有一夜，他翻著我那古碑的抄本，發了研究的質問了。

　　「沒有什麼用。」

　　「那麼，你抄他是什麼意思呢？」

　　「沒有什麼意思。」

　　「我想，你可以做點文章……」

　　我懂得他的意思了。他們正辦《新青年》，然而那時彷彿不特沒有人來贊同，並且也還沒有人來反對。我想，他們許是感到寂寞了，但是說：

　　「假如一間鐵屋子，是絕無窗戶而萬難破毀的，裡面有許多熟睡的人們，不久都要悶死了，然而是從昏睡入死滅，並不感到就死的悲哀。現在你大嚷起來，驚起了較為清醒的幾個人，使這不幸的少數者來受無可挽救的臨終的苦楚，你倒以為對得起他們麼？」

　　「然而幾個人既然起來，你不能說絕沒有毀壞這鐵屋的希望。」

　　是的，我雖然自有我的確信，然而說到希望，卻是不能抹殺的，因為希望是在於將來，絕不能以我之必無的證明，來折服了他之所謂可有，於是我終於答應他也做文章了，這便是最初的一篇

《狂人日記》。從此以後，便一發而不可收拾，每寫些小說模樣的文章，以敷衍朋友們的囑託，積久就有了十餘篇。

在我自己本以為現在是已經並非一個切迫而不能已於言的人了，但或者也還未能忘懷於當日自己的寂寞的悲哀罷，所以有時候仍不免吶喊幾聲，聊以慰藉那在寂寞裡奔馳的猛士，使他不憚於前驅。至於我的喊聲是勇猛或是悲哀，是可憎或是可笑，那倒是不暇顧及的；但既然是吶喊，則當然須聽將令的了，所以我往往不恤用了曲筆，在《藥》的瑜兒的墳上憑空添上一個花環，在《明天》裡也不敘單四嫂子竟沒有做到看見兒子的夢，因為那時的主將是不主張消極的。至於自己，卻也並不願將自以為苦的寂寞，再來傳染給也如我那年輕時候似的正做著好夢的青年。

這樣說來，我的小說和藝術的距離之遠，也就可想而知了。然而到今日還能蒙著小說的名，甚而至於且有成集的機會，無論如何總不能不說是一件僥倖的事。但僥倖雖使我不安於心，而懸揣人間暫時還有讀者，則究竟也仍然是高興的。

所以我竟將我的短篇小說結集起來，而且付印了，又因為上面所說的緣由，便稱之為《吶喊》。

一九二二年十二月三日，魯迅記於北京

阿Q正傳

阿Q正傳

第一章　序

　　我要給阿Q做正傳，已經不止一兩年了。但一面要做，一面又往回想。這足見我不是一個「立言」的人，因爲從來不朽之筆，須傳不朽之人，於是人以文傳，文以人傳——究竟誰靠誰傳，漸漸的不甚了然起來，而終於歸結到傳阿Q，彷彿思想裡有鬼似的。

　　然而要做這一篇速朽的文章，才下筆，便感到萬分的困難了。第一是文章的名目。孔子曰：「名不正則言不順。」這原是應該極注意的。傳的名目很繁多：列傳、自傳、內傳、外傳、別傳、家傳、小傳 ⋯⋯ 而可惜都不合。「列傳」麼？這一篇並非和許多闊人排在「正史」裡；「自傳」麼？我又並非就是阿Q。說是「外傳」，「內傳」在哪裡呢？倘用「內傳」，阿Q又絕不是神仙。「別傳」呢？阿Q實在未曾有大總統上諭宣付國史館立「本傳」——雖說英國正史上並無「博徒列傳」，而文豪迭更司也做過《博徒別傳》這一部書，但文豪則可，在我輩卻不可的。其次是

「家傳」，則我既不知與阿Q是否同宗，也未曾受他子孫的拜託；或「小傳」，則阿Q又更無別的「大傳」了。

總而言之，這一篇也便是「本傳」，但從我的文章著想，因為文體卑下，是「引車賣漿者流」所用的話，所以不敢僭稱，便從不入三教九流的小說家所謂「閒話休題言歸正傳」這一句套話裡，取出「正傳」兩個字來，作為名目，即使與古人所撰《書法正傳》的「正傳」字面上很相混，也顧不得了。

第二，立傳的通例，開首大抵該是「某，字某，某地人也。」而我並不知道阿Q姓什麼。有一回，他似乎是姓趙，但第二日便模糊了。那是趙太爺的兒子進了秀才的時候，鑼聲鏜鏜的報到村裡來，阿Q正喝了兩碗黃酒，便手舞足蹈的說，這於他也很光彩，因為他和趙太爺原來是本家，細細的排起來他還比秀才長三輩呢！其時幾個旁聽人倒也肅然的有些起敬了。哪知道第二天，地保便叫阿Q到趙太爺家裡去。太爺一見，滿臉濺朱，喝道：

「阿Q，你這渾小子！你說我是你的本家麼？」

阿Q不開口。

趙太爺愈看愈生氣了，搶進幾步說：「你敢胡說！我怎麼會有你這樣的本家？你姓趙麼？」

阿Q不開口，想往後退了。趙太爺跳過去，給了他一個嘴巴。

「你怎麼會姓趙──你哪裡配姓趙！」

阿Q並沒有抗辯他確鑿姓趙，只用手摸著左頰，和地保退出去了；外面又被地保訓斥了一番，謝了地保二百文酒錢。知道的人都說阿Q太荒唐，自己去招打；他大約未必姓趙，即使真姓趙，有趙太爺在這裡，也不該如此胡說的。此後便再沒有人提起他的氏族來，所以我終於不知道阿Q究竟什麼姓。

第三，我又不知道阿Q的名字是怎麼寫的。他活著的時候人都叫他阿Quei，死了以後便沒有一個人再叫阿Quei了，哪裡還會有

「著之竹帛」的事。若論「著之竹帛」，這篇文章要算第一次，所以先遇著了這第一個難關。我曾經仔細想：阿Quei，阿桂還是阿貴呢？倘使他號叫月亭，或者在八月間做過生日，那一定是阿桂了。而他既沒有號——也許有號，只是沒有人知道他——又未嘗散過生日徵文的帖子：寫作阿桂，是武斷的。又倘若他有一位老兄或令弟叫阿富，那一定是阿貴了；而他又只是一個人：寫作阿貴，也沒有佐證的。其餘音阿Quei的偏僻字樣，更加湊不上了。先前，我也曾問過趙太爺的兒子茂才先生，誰料博雅如此公，竟也茫然。

但據結論說，是因為陳獨秀辦了《新青年》提倡洋字，所以國粹淪亡，無可查考了。我的最後的手段，只有託一個同鄉去查阿Q犯事的案卷。八個月之後才有回信，說案卷裡並無與阿Quei的聲音相近的人。我雖不知道是真沒有，還是沒有查，然而也再沒有別的方法了。生怕注音字母還未通行，只好用了「洋字」，照英國流行的拼法寫他為阿Quei，略作阿Q。這近於盲從《新青年》，自己也很抱歉。但茂才公尚且不知，我還有什麼好辦法呢！

第四，是阿Q的籍貫了。倘他姓趙，那據現在好稱郡望的老例，可以照《郡名百家姓》上的注解，說是「隴西天水人也」。但可惜這姓是不甚可靠的，因此籍貫也就有些決不定。他雖然多住未莊，然而也常常宿在別處，不能說是宋莊人，即使說是「未莊人也」，也仍然有乖史法的。

我所聊以自慰的，是還有一個「阿」字非常正確，絕無附會假借的缺點，頗可以就正於通人。至於其餘，卻都非淺學所能穿鑿，只希望有「歷史癖與考據癖」的胡適之先生的門人們，將來或者能夠尋出許多新端緒來，但是我這《阿Q正傳》到那時卻又怕早經消滅了。

以上可以算是序。

  阿Q正傳

第二章　優勝記略

阿Q不獨是姓名籍貫有些渺茫，連他先前的「行狀（事績）」也渺茫。因為未莊的人們之於阿Q，只要他幫忙，只拿他玩笑，從來沒有留心他的「行狀」的。而阿Q自己也不說，獨有和別人口角的時候，間或瞪著眼睛道：

「我們先前——比你闊得多啦！你算是什麼東西！」

阿Q沒有家，住在未莊的土穀祠（土地公廟）裡；也沒有固定的職業，只給人家做短工，割麥便割麥，舂米便舂米，撐船便撐船。工作略長久時，他也或住在臨時主人的家裡，但一完就走了。所以，人們忙碌的時候，也還記起阿Q來，然而記起的是做工，並不是「行狀」；一閒空，連阿Q都早忘卻，更不必說「行狀」了。只是有一回，有一個老頭子頌揚說：「阿Q真能做！」這時阿Q赤著膊，懶洋洋的瘦伶仃的正在他面前，別人也摸不著這話是真心還是譏笑，然而阿Q很喜歡。

阿Q又很自尊，所有未莊的居民，全不在他眼睛裡，甚而至於對於兩位「文童」也有以為不值一笑的神情。夫文童者，將來恐怕要變秀才者也；趙太爺錢太爺大受居民的尊敬，除有錢之外，就因為都是文童的爹爹。而阿Q在精神上獨不表格外的崇奉，他想：我的兒子會闊得多啦！加以進了幾回城，阿Q自然更自負。然而他又很鄙薄城裡人，譬如用三尺長三寸寬的木板做成的凳子，未莊叫「長凳」，他也叫「長凳」，城裡人卻叫「條凳」，他想：這是錯的，可笑！油煎大頭魚，未莊都加上半寸長的葱葉，城裡卻加上切細的葱絲，他想：這也是錯的，可笑！然而未莊人真是不見世面的可笑的鄉下人呵，他們沒有見過城裡的煎魚！

阿Q「先前闊」，見識高，而且「眞能做」，本來幾乎是一個「完人」了，但可惜他體質上還有一些缺點。最惱人的是在他頭皮上，頗有幾處不知起於何時的癩瘡疤。這雖然也在他身上，而看阿Q的意思，倒也似乎以爲不足貴的，因爲他諱說「癩」，以及一切近於「賴」的音，後來推而廣之，「光」也諱，「亮」也諱，再後來，連「燈」「燭」都諱了。一犯諱，不問有心與無心，阿Q便全疤通紅的發起怒來，估量了對手，口訥的他便罵，氣力小的他便打；然而不知怎麼一回事，總還是阿Q吃虧的時候多。於是他漸漸的變換了方針，大抵改爲怒目而視了。

誰知道阿Q採用怒目主義之後，未莊的閒人們便愈喜歡玩笑他。一見面，他們便假作吃驚的說：

「嚄！亮起來了。」

阿Q照例的發了怒，他怒目而視了。

「原來有保險燈在這裡！」他們並不怕。

阿Q沒有法，只得另外想出報復的話來：

「你還不配 ……」這時候，又彷彿在他頭上的是一種高尚的光榮的癩頭瘡，並非平常的癩頭瘡了；但上文說過，阿Q是有見識的，他立刻知道和「犯忌」有點抵觸，便不再往底下說。

閒人還不完，只撩他，於是終而至於打。阿Q在形式上打敗了，被人揪住黃辮子，在壁上碰了四五個響頭，閒人這才心滿意足的得勝的走了。阿Q站了一刻，心裡想：「我總算被兒子打了，現在的世界眞不像樣 ……」於是也心滿意足的得勝的走了。

阿Q想在心裡的，後來每每說出口來，所以凡有和阿Q玩笑的人們，幾乎全知道他有這一種精神上的勝利法，此後每逢揪住他黃辮子的時候，人就先一著對他說：

「阿Q，這不是兒子打老子，是人打畜生。自己說，人打畜生！」

阿Q兩隻手都捏住了自己的辮根，歪著頭，說道：

　　「打蟲豸，好不好？我是蟲豸——還不放麼？」

　　但雖然是蟲豸，閒人也並不放，仍舊在就近什麼地方給他碰了五六個響頭，這才心滿意足的得勝的走了。他以為阿Q這回可遭了瘟。然而不到十秒鐘，阿Q也心滿意足的得勝的走了，他覺得他是第一個能夠自輕自賤的人，除了「自輕自賤」不算外，餘下的就是「第一個」。狀元不也是「第一個」麼？「你算是什麼東西」呢?!

　　阿Q以如是等等妙法克服怨敵之後，便愉快的跑到酒店裡喝幾碗酒，又和別人調笑一通，口角一通，又得了勝，愉快的回到土穀祠，放倒頭睡著了。假使有錢，他便去押牌寶。一堆人蹲在地面上，阿Q即汗流滿面的夾在這中間，聲音他最響：

　　「青龍四百！」

　　「咳～～～開～～～啦！」莊家揭開盒子蓋，也是汗流滿面的唱：「天門啦～～～角回啦～～～人和穿堂空在那裡啦～～～阿Q的銅錢拿過來～～～」

　　「穿堂一百——一百五十！」

　　阿Q的錢便在這樣的歌吟之下，漸漸的輸入別個汗流滿面的人物的腰間。他終於只好擠出堆外，站在後面看，替別人著急，一直到散場，然後戀戀的回到土穀祠，第二天，腫著眼睛去工作。

　　但真所謂「塞翁失馬安知非福」罷，阿Q不幸而贏了一回，他倒幾乎失敗了。

　　這是未莊賽神的晚上。這晚上照例有一台戲，戲台左近也照例有許多的賭攤。做戲的鑼鼓，在阿Q耳朵裡彷彿在十里之外；他只聽得莊家的歌唱了。他贏而又贏，銅錢變成角洋，角洋變成大洋，大洋又成了疊。他興高采烈得非常：

　　「天門兩塊！」

　　他不知道誰和誰為什麼打起架來了。罵聲打聲腳步聲，昏頭

昏腦的一大陣，他才爬起來，賭攤不見了，人們也不見了，身上有幾處很似乎有些痛，似乎也挨了幾拳幾腳似的，幾個人詫異的對他看。他如有所失的走進土穀祠，定一定神，知道他的一堆洋錢不見了。趕賽會的賭攤多不是本村人，還到哪裡去尋根柢呢？

很白很亮的一堆洋錢！而且是他的——現在不見了！說是算被兒子拿去了罷，總還是忽忽不樂；說自己是蟲豸罷，也還是忽忽不樂：他這回才有些感到失敗的苦痛了。

但他立刻轉敗為勝了。他擎起右手，用力的在自己臉上連打了兩個嘴巴，熱剌剌的有些痛；打完之後，便心平氣和起來，似乎打的是自己，被打的是別一個自己，不久也就彷彿是自己打了別個一般——雖然還有些熱剌剌——心滿意足的得勝的躺下了。

他睡著了。

第三章　續優勝記略

然而阿Q雖然常優勝，卻直待蒙趙太爺打他嘴巴之後，這才出了名。

他付過地保二百文酒錢，憤憤的躺下了，後來想：「現在的世界太不成話，兒子打老子……」於是忽而想到趙太爺的威風，而現在是他的兒子了，便自己也漸漸的得意起來，爬起身，唱著《小孤孀上墳》到酒店去。這時候，他又覺得趙太爺高人一等了。

說也奇怪，從此之後，果然大家也彷彿格外尊敬他。這在阿Q，或者以為因為他是趙太爺的父親，而其實也不然。未莊通例，倘如阿七打阿八，或者李四打張三，向來本不算件事，必須與一位名人如趙太爺者相關，這才載上他們的口碑。一上口碑，則打的既有名，被打的也就託賴有了名。至於錯在阿Q，那自然是不必說。

阿 Q 正傳 19

所以者何？就因爲趙太爺是不會錯的。但他既然錯，爲什麼大家又彷彿格外尊敬他呢？這可難解！穿鑿起來說，或者因爲阿Q說是趙太爺的本家，雖然挨了打，大家也還怕有些眞，總不如尊敬一些穩當。否則，也如孔廟裡的太牢一般，雖然與豬羊一樣，同是畜生，但既經聖人下箸，先儒們便不敢妄動了。

阿Q此後倒得意了許多年。

有一年的春天，他醉醺醺的在街上走，在牆根的日光下，看見王胡在那裡赤著膊捉虱子，他忽然覺得身上也癢起來了。這王胡又癩又胡，別人都叫他王癩胡，阿Q卻刪去了一個癩字，然而非常藐視他。阿Q的意思，以爲癩是不足爲奇的，只有這一部落腮鬍子，實在太新奇，令人看不上眼。他於是並排坐下去了。倘是別的閒人們，阿Q本不敢大意坐下去。但這王胡旁邊，他有什麼怕呢？老實說：他肯坐下去，簡直還是抬舉他。

阿Q也脫下破夾襖來，翻檢了一回。不知道因爲新洗呢還是因爲粗心，許多工夫，只捉到三四個。他看那王胡，卻是一個又一個，兩個又三個，只放在嘴裡畢畢剝剝的響。

阿Q最初是失望，後來卻不平了：看不上眼的王胡尚且那麼多，自己倒反這樣少，這是怎樣的大失體統的事呵！他很想尋一兩個大的，然而竟沒有，好容易才捉到一個中的，恨恨的塞在厚嘴唇裡，狠命一咬，嚓的一聲，又不及王胡響。

他癩瘡疤塊塊通紅了，將衣服摔在地上，吐一口唾沫，說：

「這毛蟲！」

「癩皮狗，你罵誰？」王胡輕蔑的抬起眼來說。

阿Q近來雖然比較的受人尊敬，自己也更高傲些，但和那些打慣的閒人們見面還膽怯，獨有這回卻非常武勇了。這樣滿臉鬍子的東西，也敢出言無狀麼？

「誰認便罵誰！」他站起來，兩手扠在腰間說。

「你的骨頭癢了麼？」王胡也站起來，披上衣服說。

阿Q以為他要逃了，搶進去就是一拳。這拳頭還未達到身上，已經被他抓住了，只一拉，阿Q蹌蹌踉踉的跌進去，立刻又被王胡扭住了辮子，要拉到牆上照例去碰頭。

「君子動口不動手！」阿Q歪著頭說。

王胡似乎不是君子，並不理會，一連給他碰了五下，又用力的一推，至於阿Q跌出六尺多遠，這才滿足的去了。

在阿Q的記憶上，這大約要算是生平第一件屈辱，因為王胡以落腮鬍子的缺點，向來只被他奚落，從沒有奚落他，更不必說動手了。而他現在竟動手，很意外。難道真如市上所說，皇帝已經停了考，不要秀才和舉人了，因此趙家減了威風，因此他們也便小覷了他麼？

阿Q無可適從的站著。

遠遠的走來了一個人，他的對頭又到了。這也是阿Q最厭惡的一個人，就是錢太爺的大兒子。他先前跑上城裡去進洋學堂，不知怎麼又跑到東洋去了，半年之後他回到家裡來，腿也直了，辮子也不見了，他的母親大哭了十幾場，他的老婆跳了三回井。後來，他的母親到處說：「這辮子是被壞人灌醉了酒剪去的。本來可以做大官，現在只好等留長再說了。」然而阿Q不肯信，偏稱他「假洋鬼子」，也叫做「裡通外國的人」，一見他，一定在肚子裡暗暗的咒罵。

阿Q尤其「深惡而痛絕之」的，是他的一條假辮子。辮子而至於假，就是沒有了做人的資格；他的老婆不跳第四回井，也不是好女人。

這「假洋鬼子」靠近了。

「禿兒！驢……」阿Q歷來本只在肚子裡罵，沒有出過聲，這回因為正氣忿，因為要報仇，便不由得輕輕的說出來了。

不料這禿兒卻拿著一支黃漆的棍子 —— 就是阿Q所謂哭喪棒 —— 大踏步走了過來。阿Q在這刹那，便知道大約要打了，趕緊抽緊筋骨，聳了肩膀等候著。果然，啪的聲，似乎確鑿打在自己頭上了。

　　「我說他！」阿Q指著近旁的一個孩子分辯說。

　　啪！啪啪！

　　在阿Q的記憶上，這大約要算是生平第二件的屈辱。幸而啪啪的響了之後，於他倒似乎完結了一件事，反而覺得輕鬆些，而且「忘卻」這一件祖傳的寶貝也發生了效力，他慢慢的走，將到酒店門口，早已有些高興了。

　　但對面走來了靜修庵裡的小尼姑。阿Q便在平時，看見伊也一定要唾罵，而況在屈辱之後呢？他於是發生了回憶，又發生了敵愾了。

　　「我不知道我今天為什麼這樣晦氣，原來就因為見了你！」他想。

　　他迎上去，大聲的吐一口唾沫：

　　「咳，呸！」

　　小尼姑全不睬，低了頭只是走。阿Q走近伊身旁，突然伸出手去摩著伊新剃的頭皮，呆笑著，說：

　　「禿兒！快回去，和尚等著你 ……」

　　「你怎麼動手動腳 ……」尼姑滿臉通紅的說，一面趕快走。

　　酒店裡的人大笑了。阿Q看見自己的勛業得了賞識，便愈加興高采烈起來：

　　「和尚動得，我動不得？」他扭住伊的面頰。

　　酒店裡的人大笑了。

　　阿Q更得意，而且為滿足那些賞鑒家起見，再用力的一擰，才放手。

他這一戰，早忘卻了王胡，也忘卻了假洋鬼子，似乎對於今天的一切「晦氣」都報了仇；而且奇怪，又彷彿全身比啪啪的響了之後更輕鬆，飄飄然的似乎要飛去了。

「這斷子絕孫的阿Q！」遠遠地聽得小尼姑的帶哭的聲音。

「哈哈哈！」阿Q十分得意的笑。

「哈哈哈！」酒店裡的人也九分得意的笑。

第四章　戀愛的悲劇

有人說：有些勝利者，願意敵手如虎，如鷹，他才感得勝利的歡喜；假使如羊，如小雞，他便反覺得勝利的無聊。又有些勝利者，當克服一切之後，看見死的死了，降的降了，「臣誠惶誠恐死罪死罪」，他於是沒有了敵人，沒有了對手，沒有了朋友，只有自己在上，一個，孤零零，淒涼，寂寞，便反而感到了勝利的悲哀。然而我們的阿Q卻沒有這樣乏，他是永遠得意的：這或者也是中國精神文明冠於全球的一個證據了。

看哪，他飄飄然的似乎要飛去了！

然而這一次的勝利，卻又使他有些異樣。他飄飄然的飛了大半天，飄進土穀祠，照例應該躺下便打鼾。誰知道這一晚，他很不容易合眼。他覺得自己的大拇指和第二指有點古怪：彷彿比平常滑膩些。不知道是小尼姑的臉上有一點滑膩的東西黏在他指上，還是他的指頭在小尼姑臉上磨得滑膩了？……

「斷子絕孫的阿Q！」

阿Q的耳朵裡又聽到這句話。他想不錯，應該有一個女人，斷子絕孫便沒有人供一碗飯……應該有一個女人。夫「不孝有三無後為大」，而「若敖之鬼餒而」，也是一件人生的大哀，所以他那

思想，其實是樣樣合於聖經賢傳的，只可惜後來有些「不能收其放心」了。

「女人，女人……」他想。

「……和尚動得……女人，女人……女人！」他又想。

我們不能知道這晚上阿Q在什麼時候才打鼾。但大約他從此總覺得指頭有些滑膩，所以他從此總有些飄飄然。「女……」他想。

即此一端，我們便可以知道女人是害人的東西。

中國的男人，本來大半都可以做聖賢，可惜全被女人毀掉了。商是妲己鬧亡的；周是褒姒弄壞的；秦……雖然史無明文，我們也假定他因為女人，大約未必十分錯；而董卓可是的確給貂蟬害死了。

阿Q本來也是正人，我們雖然不知道他曾蒙什麼明師指授過，但他對於「男女之大防」卻歷來非常嚴；也很有排斥異端——如小尼姑及假洋鬼子之類——的正氣。他的學說是：凡尼姑，一定與和尚私通；一個女人在外面走，一定想引誘野男人；一男一女在那裡講話，一定要有勾當了。為懲治他們起見，所以他往往怒目而視，或者大聲說幾句「誅心」話，或者在冷僻處，便從後面擲一塊小石頭。

誰知道他將到「而立」之年，竟被小尼姑害得飄飄然了。這飄飄然的精神，在禮教上是不應該有的——所以女人真可惡！假使小尼姑的臉上不滑膩，阿Q便不至於被蠱，又假使小尼姑的臉上蓋一層布，阿Q便也不至於被蠱了——他五六年前，曾在戲台下的人叢中，擰過一個女人的大腿，但因為隔一層褲，所以此後並不飄飄然——而小尼姑並不然，這也足見異端之可惡。

「女……」阿Q想。

他對於以為「一定想引誘野男人」的女人，時常留心看，然而伊並不對他笑。他對於和他講話的女人，也時常留心聽，然而伊又

並不提起關於什麼勾當的話來。哦！這也是女人可惡之一節；伊們全都要裝「假正經」的。

這一天，阿Q在趙太爺家裡春了一天米，吃過晚飯，便坐在廚房裡吸旱煙。倘在別家，吃過晚飯本可以回去的，但趙府上晚飯早，雖說定例不准掌燈，一吃完便睡覺，然而偶然也有一些例外：其一，是趙大爺未進秀才的時候，准其點燈讀文章；其二，便是阿Q來做短工的時候，准其點燈春米。因為這一條例外，所以阿Q在動手春米之前，還坐在廚房裡吸旱煙。

吳媽，是趙太爺家裡唯一的女僕，洗完了碗碟，也就在長凳上坐下了，而且和阿Q談閒天：

「太太兩天沒有吃飯哩！因為老爺要買一個小的……」

「女人……吳媽……這小孤孀……」阿Q想。

「我們的少奶奶是八月裡要生孩子了……」

「女人……」阿Q想。

阿Q放下煙管，站了起來。

「我們的少奶奶……」吳媽還嘮叨說。

「我和你睏覺，我和你睏覺！」阿Q忽然搶上去，對伊跪下了。

一剎時中很寂然。

「阿呀！」吳媽楞了一息，突然發抖，大叫著往外跑，且跑且嚷，似乎後來帶哭了。

阿Q對了牆壁跪著也發楞，於是兩手扶著空板凳，慢慢的站起來，彷彿覺得有些糟。他這時確也有些忐忑了，慌張的將煙管插在褲帶上，就想去春米。蓬的一聲，頭上著了很粗的一下。他急忙回轉身去，那秀才便拿了一支大竹槓站在他面前。

「你反了……你這……」

大竹槓又向他劈下來了。阿Q兩手去抱頭，啪的正打在指節

上，這可很有一些痛。他衝出廚房門，彷彿背上又著了一下似的。

「忘八蛋！」秀才在後面用了官話這樣罵。

阿Q奔入舂米場，一個人站著，還覺得指頭痛，還記得「忘八蛋」，因為這話是未莊的鄉下人從來不用，專是見過官府的闊人用的，所以格外怕，而印象也格外深。但這時，他那「女……」的思想卻也沒有了。而且打罵之後，似乎一件事也已經收束，倒反覺得一無罣礙似的，便動手去舂米。舂了一會，他熱起來了，又歇了手脫衣服。

脫下衣服的時候，他聽得外面很熱鬧。阿Q生平本來最愛看熱鬧，便即尋聲走出去了。尋聲漸漸的尋到趙太爺的內院裡，雖然在昏黃中，卻辨得出許多人，趙府家連兩日不吃飯的太太也在內，還有間壁的鄒七嫂，真正本家的趙白眼、趙司晨。

少奶奶正拖著吳媽走出下房來，一面說：

「你到外面來……不要躲在自己房裡想……」

「誰不知道你正經……短見是萬萬尋不得的。」鄒七嫂也從旁說。

吳媽只是哭，夾些話，卻不甚聽得分明。

阿Q想：「哼，有趣！這小孤孀不知道鬧著什麼玩意兒了？」他想打聽，走近趙司晨的身邊。這時他猛然間看見趙大爺向他奔來，而且手裡捏著一支大竹槓。他看見這一支大竹槓，便猛然間悟到自己曾經被打，和這一場熱鬧似乎有點相關。他翻身便走，想逃回舂米場，不圖這支竹槓阻了他的去路，於是他又翻身便走，自然而然的走出後門，不多工夫，已在土穀祠內了。

阿Q坐了一會，皮膚有些起粟，他覺得冷了，因為雖在春季，而夜間頗有餘寒，尚不宜於赤膊。他也記得布衫留在趙家，但倘若去取，又深怕秀才的竹槓。然而地保進來了。

「阿Q，你的媽媽的！你連趙家的傭人都調戲起來，簡直是造

反。害得我晚上沒有覺睡，你的媽媽的 ……」

　　如是云云的教訓了一通，阿Q自然沒有話。臨末，因為在晚上，應該送地保加倍酒錢四百文，阿Q正沒有現錢，便用一頂氈帽做抵押，並且訂定了五條件：

　　一、明天用紅燭 —— 要一斤重的 —— 一對，香一封，到趙府上去賠罪。

　　二、趙府上請道士祓除縊鬼，費用由阿Q負擔。

　　三、阿Q從此不准踏進趙府的門檻。

　　四、吳媽此後倘有不測，惟阿Q是問。

　　五、阿Q不准再去索取工錢和布衫。

　　阿Q自然都答應了，可惜沒有錢。幸而已經春天棉被可以無用，便質了二千大錢，履行條約。赤膊磕頭之後，居然還剩幾文，他也不再贖氈帽，統統喝了酒了。但趙家也並不燒香點燭，因為太太拜佛的時候可以用，留著了。那破布衫是大半做了少奶奶八月間生下來的孩子的襯尿布，那小半破爛的便都做了吳媽的鞋底。

第五章　生計問題

　　阿Q禮畢之後，仍舊回到土穀祠。太陽下去了，漸漸覺得世上有些古怪。他仔細一想，終於省悟過來：其原因蓋在自己的赤膊。他記得破夾襖還在，便披在身上，躺倒了。待張開眼睛，原來太陽又已經照在西牆上頭了。

　　他坐起身，一面說道：「媽媽的 ……」

　　他起來之後，也仍舊在街上逛，雖然不比赤膊之有切膚之痛，卻又漸漸的覺得世上有些古怪了。彷彿從這一天起，未莊的女人們忽然都怕了羞，伊們一見阿Q走來，便個個躲進門裡去。甚而至於

將近五十歲的鄒七嫂，也跟著別人亂鑽，而且將十一歲的女兒都叫進去了。

阿Q很以為奇，而且想：「這些東西忽然都學起小姐模樣來了。這娼婦們……」

但他更覺得世上有些古怪，卻是許多日以後的事。其一，酒店不肯賒欠了；其二，管土穀祠的老頭子說些廢話，似乎叫他走；其三，他雖然記不清多少日，但確乎有許多日，沒有一個人來叫他做短工。酒店不賒，熬著也罷了；老頭子催他走，嚕囌一通也就算了；只是沒有人來叫他做短工，卻使阿Q肚子餓：這委實是一件非常「媽媽的」的事情。

阿Q忍不下去了，他只好到老主顧的家裡去探問——但獨不許踏進趙府的門檻——然而情形也異樣：一定走出一個男人來，現了十分煩厭的相貌，像回覆乞丐一般的搖手道：

「沒有沒有！你出去！」

阿Q愈覺得稀奇了。他想，這些人家向來少不了要幫忙，不至於現在忽然都無事，這總該有些蹊蹺在裡面了。他留心打聽，才知道他們有事都去叫小Don。這小D，是一個窮小子，又瘦又乏，在阿Q的眼睛裡，位置是在王胡之下的，誰料這小子竟謀了他的飯碗去。所以阿Q這一氣，更與平常不同，當氣憤憤的走著的時候，忽然將手一揚，唱道：

「我手執鋼鞭將你打……」

幾天之後，他竟在錢府的照壁前遇見了小D。「仇人相見，分外眼明」，阿Q便迎上去。小D也站住了。

「畜生！」阿Q怒目而視的說，嘴角上飛出唾沫來。

「我是蟲豸，好麼？……」小D說。

這謙遜反使阿Q更加憤怒起來，但他手裡沒有鋼鞭，於是只得撲上去，伸手去拔小D的辮子。小D一手護住了自己的辮根，一手

也來拔阿Q的辮子，阿Q便也將空著的一隻手護住了自己的辮根。從先前的阿Q看來，小D本來是不足齒數的，但他近來挨了餓，又瘦又乏已經不下於小D，所以便成了勢均力敵的現象，四隻手拔著兩顆頭，都彎了腰，在錢家粉牆上映出一個藍色的虹形，至於半點鐘之久了。

「好了，好了！」看的人們說，大約是解勸的。

「好，好！」看的人們說，不知道是解勸，是頌揚，還是煽動。

然而他們都不聽。阿Q進三步，小D便退三步，都站著；小D進三步，阿Q便退三步，又都站著。大約半點鐘——未莊少有自鳴鐘，所以很難說，或者二十分——他們的頭髮裡便都冒煙、額上便都流汗，阿Q的手放鬆了，在同一瞬間，小D的手也正放鬆了，同時直起，同時退開，都擠出人叢去。

「記著罷，媽媽的……」是阿Q回過頭去說。

「媽媽的，記著罷……」小D也回過頭來說。

這一場「龍虎鬥」似乎並無勝敗，也不知道看的人可滿足，都沒有發什麼議論，而阿Q卻仍然沒有人來叫他做短工。

有一日很溫和，微風拂拂的頗有些夏意了，阿Q卻覺得寒冷起來。但這還可以擔當，第一倒是肚子餓。棉被、氈帽、布衫，早已沒有了，其次就賣了棉襖；現在有褲子，卻萬不可脫的；有破夾襖，又除了送人做鞋底之外，決定賣不出錢。他早想在路上拾得一注錢，但至今還沒有見；他想在自己的破屋裡忽然尋到一注錢，慌張的四顧，但屋內是空虛而且了然。於是他決計出門求食去了。

他在路上走著要「求食」，看見熟識的酒店，看見熟識的饅頭，但他都走過了，不但沒有暫停，而且並不想要。他所求的不是這類東西了。他求的是什麼東西，他自己不知道。

未莊本不是大村鎮，不多時便走盡了。村外多是水田，滿眼

是新秧的嫩綠，夾著幾個圓形的活動的黑點，便是耕田的農夫。阿Q並不賞鑒這田家樂，卻只是走，因為他直覺的知道這與他的「求食」之道是很遼遠的。但他終於走到靜修庵的牆外了。

庵周圍也是水田，粉牆突出在新綠裡，後面的低土牆裡是菜園。阿Q遲疑了一會，四面一看，並沒有人。他便爬上這矮牆去扯著何首烏藤。但泥土仍然簌簌的掉，阿Q的腳也索索的抖；終於攀著桑樹枝，跳到裡面了。裡面真是鬱鬱蔥蔥，但似乎並沒有黃酒饅頭，以及此外可吃的之類。靠西牆是竹叢，下面許多筍，只可惜都是並未煮熟的，還有油菜早經結子，芥菜已將開花，小白菜也很老了。

阿Q彷彿文童落第似的覺得很冤屈，他慢慢走近園門去，忽而非常驚喜了。這分明是一畦老蘿蔔。他於是蹲下便拔。而門口突然伸出一個很圓的頭來，又即縮回去了。這分明是小尼姑。小尼姑之流是阿Q本來視若草芥的，但世事須「退一步想」，所以他便趕緊拔起四個蘿蔔，擰下青葉，兜在大襟裡。然而老尼姑已經出來了。

「阿彌陀佛！阿Q，你怎麼跳進園裡來偷蘿蔔 ……阿呀，罪過呵，阿唷，阿彌陀佛 ……」

「我什麼時候跳進你的園裡來偷蘿蔔？」阿Q且看且走的說。

「現在 ……這不是？」老尼姑指著他的衣兜。

「這是你的？你能叫得他答應你麼？你 ……」

阿Q沒有說完話，拔步便跑；追來的是一匹很肥大的黑狗。這本來在前門的，不知怎的到後園來了。黑狗哼而且追，已經要咬著阿Q的腿，幸而從衣兜裡落下一個蘿蔔來，那狗給一嚇，略略一停，阿Q已經爬上桑樹，跨到土牆，連人和蘿蔔都滾出牆外面了。只剩著黑狗還在對著桑樹嗥，老尼姑念著佛。

阿Q怕尼姑又放出黑狗來，拾起蘿蔔便走，沿路又撿了幾塊小石頭，但黑狗卻並不再出現。阿Q於是拋了石塊，一面走一面吃，

而且想道：這裡也沒有什麼東西尋，不如進城去 ……

　　待三個蘿蔔吃完時，他已經打定了進城的主意了。

第六章　從中興到末路

　　在未莊再看見阿Q出現的時候，是剛過了這年的中秋。人們都驚異，說是阿Q回來了，於是又回上去想道，他先前哪裡去了呢？阿Q前幾回的上城，大抵早就興高采烈的對人說，但這一次卻並不，所以也沒有一個人留心到。他或者也曾告訴過管土穀祠的老頭子，然而未莊老例，只有趙太爺錢太爺和秀才大爺上城才算一件事。假洋鬼子尚且不足數，何況是阿Q；因此老頭子也就不替他宣傳，而未莊的社會上也就無從知道了。

　　但阿Q這回的回來，卻與先前大不同，確乎很值得驚異。天色將黑，他睡眼朦朧的在酒店門前出現了。他走近櫃枱，從腰間伸出手來，滿把是銀的和銅的，在櫃上一扔說：「現錢！打酒來！」穿的是新夾襖，看去腰間還掛著一個大搭連，沉鈿鈿的將褲帶墜成了很彎很彎的弧線。未莊老例，看見略有些醒目的人物，是與其慢也寧敬的，現在雖然明知道是阿Q，但因為和破夾襖的阿Q有些兩樣了。古人云：「士別三日便當刮目相待。」所以堂倌、掌櫃、酒客、路人，便自然顯出一種疑而且敬的形態來。掌櫃既先之以點頭，又繼之以談話：

　　「嚄！阿Q，你回來了！」

　　「回來了。」

　　「發財發財！你是——在 ……」

　　「上城去了！」

　　這一件新聞，第二天便傳遍了全未莊。人人都願意知道現錢和

新夾襖的阿Q的中興史，所以在酒店裡、茶館裡、廟簷下，便漸漸的探聽出來了。這結果，是阿Q得了新敬畏。

據阿Q說，他是在舉人老爺家裡幫忙。這一節，聽的人都肅然了。這老爺本姓白，但因為合城裡只有他一個舉人，所以不必再冠姓，說起舉人來就是他。這也不獨在未莊是如此，便是一百里方圓之內也都如此，人們幾乎多以為他的姓名就叫舉人老爺的了。在這人的府上幫忙，那當然是可敬的。但據阿Q又說，他卻不高興再幫忙了，因為這舉人老爺實在太「媽媽的」了。這一節，聽的人都嘆息而且快意，因為阿Q本不配在舉人老爺家裡幫忙，而不幫忙是可惜的。

據阿Q說，他的回來，似乎也由於不滿意城裡人，這就在他們將長凳稱為條凳，而且煎魚用葱絲，加以最近觀察所得的缺點，是女人的走路也扭得不很好。然而也偶有大可佩服的地方，即如未莊的鄉下人不過打三十二張的竹牌，只有假洋鬼子能夠叉「麻醬」，城裡卻連小烏龜子都叉得精熟的。什麼假洋鬼子，只要放在城裡的十幾歲的小烏龜子的手裡，也就立刻是「小鬼見閻王」。這一節，聽的人都赧然了。

「你們可看見過殺頭麼？」阿Q說：「咳，好看。殺革命黨。唉，好看好看 ……」他搖搖頭，將唾沫飛在正對面的趙司晨的臉上。這一節，聽的人都凜然了。但阿Q又四面一看，忽然揚起右手，照著伸長脖子聽得出神的王胡的後項窩上直劈下去道：

「嚓！」

王胡驚得一跳，同時電光石火似的趕快縮了頭，而聽的人又都悚然而且欣然了。從此王胡瘟頭瘟腦的許多日，並且再不敢走近阿Q的身邊；別的人也一樣。

阿Q這時在未莊人眼睛裡的地位，雖不敢說超過趙太爺，但謂之差不多，大約也就沒有什麼語病的了。

阿Q正傳

然而不多久，這阿Q的大名忽又傳遍了未莊的閨中。雖然未莊只有錢趙兩姓是大屋，此外十之九都是淺閨，但閨中究竟是閨中，所以也算得一件神異。女人們見面時一定說，鄒七嫂在阿Q那裡買了一條藍綢裙，舊固然是舊的，但只化了九角錢。還有趙白眼的母親——一說是趙司晨的母親，待考——也買了一件孩子穿的大紅洋紗衫，七成新，只用三百大錢九二串。於是伊們都眼巴巴的想見阿Q，缺綢裙的想問他買綢裙，要洋紗衫的想問他買洋紗衫，不但見了不逃避，有時阿Q已經走過了，也還要追上去叫住他問道：

　　「阿Q，你還有綢裙麼？沒有？紗衫也要的，有罷？」

　　後來這終於從淺閨傳進深閨裡去了。因為鄒七嫂得意之餘，將伊的綢裙請趙太太去鑒賞，趙太太又告訴了趙太爺，而且著實恭維了一番。趙太爺便在晚飯桌上，和秀才大爺討論，以為阿Q實在有些古怪，我們門窗應該小心些；但他的東西，不知道可還有什麼可買，也許有點好東西罷。加以趙太太也正想買一件價廉物美的皮背心。於是家族決議，便託鄒七嫂即刻去尋阿Q，而且為此新闢了第三種的例外：這晚上也姑且特准點油燈。

　　油燈乾了不少了，阿Q還不到。趙府的全眷都很焦急，打著呵欠，或恨阿Q太飄忽，或怨鄒七嫂不上緊。趙太太還怕他因為春天的條件不敢來，而趙太爺以為不足慮：因為這是「我」去叫他的。果然，到底趙太爺有見識，阿Q終於跟著鄒七嫂進來了。

　　「他只說沒有沒有，我說你自己當面說去，他還要說，我說……」鄒七嫂氣喘吁吁的走著說。

　　「太爺！」阿Q似笑非笑的叫了一聲，在檐下站住了。

　　「阿Q，聽說你在外面發財。」趙太爺踱開去，眼睛打量著他的全身，一面說：「那很好，那很好的！這個……聽說你有些舊東西……可以都拿來看一看……這也並不是別的，因為我倒要……」

阿Q正傳

「我對鄒七嫂說過了，都完了。」

「完了？」趙太爺不覺失聲的說：「哪裡會完得這樣快呢？」

「那是朋友的，本來不多。他們買了些……」

「總該還有一點罷。」

「現在，只剩了一張門幕了。」

「就拿門幕來看看罷。」趙太太慌忙說。

「那麼，明天拿來就是。」趙太爺卻不甚熱心了。「阿Q，你以後有什麼東西的時候，你盡先送來給我們看……」

「價錢絕不會比別家出得少！」秀才說。秀才娘子忙一瞥阿Q的臉，看他感動了沒有。

「我要一件皮背心。」趙太太說。

阿Q雖然答應著，卻懶洋洋的出去了，也不知道他是否放在心上。這使趙太爺很失望、氣憤而且擔心，至於停止了打呵欠。秀才對於阿Q的態度也很不平，於是說，這忘八蛋要提防，或者竟不如吩咐地保，不許他住在未莊。但趙太爺以為不然，說這也怕要結怨，況且做這路生意的大概是「老鷹不吃窩下食」，本村倒不必擔心的；只要自己夜裡警醒點就是了。秀才聽了這「庭訓」，非常之以為然，便即刻撤消了驅逐阿Q的提議，而且叮囑鄒七嫂，請伊萬不要向人提起這一段話。

但第二日，鄒七嫂便將那藍裙去染了皂，又將阿Q可疑之點傳揚出去了，可是確沒有提起秀才要驅逐他這一節。然而這已經於阿Q很不利。最先，地保尋上門了，取了他的門幕去。阿Q說是趙太太要看的，而地保也不還，並且要議定每月的孝敬錢。其次，是村人對於他的敬畏忽而變相了，雖然還不敢來放肆，卻很有遠避的神情，而這神情和先前的防他來「嚓」的時候又不同，頗混著「敬而遠之」的分子了。

只有一班閒人們卻還要尋根究柢的去探阿Q的底細。阿Q也並

不諱飾,傲然的說出他的經驗來。從此他們才知道,他不過是一個小腳色,不但不能上牆,並且不能進洞,只站在洞外接東西。有一夜,他剛才接到一個包,正手再進去,不一會,只聽得裡面大嚷起來,他便趕緊跑,連夜爬出城,逃回未莊來了,從此不敢再去做。然而這故事卻於阿Q更不利,村人對於阿Q的「敬而遠之」者,本因為怕結怨,誰料他不過是一個不敢再偷的偷兒呢?這實在是「斯亦不足畏也矣」。

第七章 革命

宣統三年九月十四日 —— 即阿Q將搭連賣給趙白眼的這一天 —— 三更四點,有一隻大烏篷船到了趙府上的河埠頭。這船從黑魆魆中蕩來,鄉下人睡得熟,都沒有知道;出去時將近黎明,卻很有幾個看見的了。據探頭探腦的調查來的結果,知道那竟是舉人老爺的船!

那船便將大不安載給了未莊,不到正午,全村的人心就很搖動。船的使命,趙家本來是很祕密的,但茶坊酒肆裡卻都說,革命黨要進城,舉人老爺到我們鄉下來逃難了。惟有鄒七嫂不以為然,說那不過是幾口破衣箱,舉人老爺想來寄存的,卻已被趙太爺回覆轉去。其實舉人老爺和趙秀才素不相能,在理本不能有「共患難」的情誼,況且鄒七嫂又和趙家是鄰居,見聞較為切近,所以大概該是伊對的。

然而謠言很旺盛,說舉人老爺雖然似乎沒有親到,卻有一封長信,和趙家排了「轉折親」。趙太爺肚裡一輪,覺得於他總不會有壞處,便將箱子留下了,現就塞在太太的床底下。至於革命黨,有的說是便在這一夜進了城,個個白盔白甲:穿著崇正(明末亡國帝

王崇禎）皇帝的素。

阿Q的耳朵裡，本來早聽到過革命黨這一句話，今年又親眼見過殺掉革命黨。但他有一種不知從哪裡來的意見，以爲革命黨便是造反，造反便是與他爲難，所以一向是「深惡而痛絕之」的。殊不料這卻使百里聞名的舉人老爺有這樣怕，於是他未免也有些「神往」了，況且未莊的一群鳥男女的慌張的神情，也使阿Q更快意。

「革命也好罷，」阿Q想，「革這夥媽媽的命！太可惡！太可恨……便是我，也要投降革命黨了。」

阿Q近來用度窘迫，大約略略有些不平；加以午間喝了兩碗空肚酒愈加醉得快，一面想一面走，便又飄飄然起來。不知怎麼一來，忽而似乎革命黨便是自己，未莊人卻都是他的俘虜了。他得意之餘，禁不住大聲的嚷道：

「造反了！造反了！」

未莊人都用了驚懼的眼光對他看。這種可憐的眼光，是阿Q從來沒有見過的，一見之下，又使他舒服得如六月裡喝了雪水。他更加高興的走而且喊道：

好……我要什麼就是什麼，我歡喜誰就是誰。
得得，鏘鏘！
悔不該，酒醉錯斬了鄭賢弟，
悔不該，呀呀呀……
得得，鏘鏘，得，鏘令鏘！
我手執鋼鞭將你打……

趙府上的兩位男人和兩個眞本家也正站在大門口論革命，阿Q沒有見，昂了頭直唱過去。

「得得……」

「老Q！」趙太爺怯怯的迎著低聲的叫。

「鏘鏘，」阿Q料不到他的名字會和「老」字連結起來，以為是一句別的話，與己無干，只是唱：「得，鏘，鏘令鏘，鏘！」

「老Q。」

「悔不該 ……」

「阿Q！」秀才只得直呼其名了。

阿Q這才站住，歪著頭問道：「什麼？」

「老Q ……現在 ……」趙太爺卻又沒有話，「現在 ……發財麼？」

「發財？自然。要什麼就是什麼 ……」

「阿 ……Q哥，像我們這樣窮朋友是不要緊的 ……」趙白眼惴惴的說，似乎想探革命黨的口風。

「窮朋友？你總比我有錢。」阿Q說著自去了。

大家都憮然，沒有話。趙太爺父子回家，晚上商量到點燈。趙白眼回家，便從腰間扯下搭連來，交給他女人藏在箱底裡。

阿Q飄飄然的飛了一通，回到土穀祠，酒已經醒透了。這晚上，管祠的老頭子也意外的和氣，請他喝茶。阿Q便向他要了兩個餅，吃完之後，又要了一支點過的四兩燭和一個樹燭台，點起來，獨自躺在自己的小屋裡。他說不出的新鮮而且高興，燭火像元宵夜似的閃閃的跳，他的思想也迸跳起來了：

「造反？有趣 ……來了一陣白盔白甲的革命黨，都拿著板刀、鋼鞭、炸彈、洋炮、三尖兩刃刀、鉤鐮槍，走過土穀祠，叫道：『阿Q！同去同去！』於是一同去 ……

「這時未莊的一夥鳥男女才好笑哩，跪下叫道：『阿Q，饒命！』誰聽他！第一個該死的是小D和趙太爺，還有秀才，還有假洋鬼子 ……留幾條麼？王胡本來還可留，但也不要了 ……

「東西 ……直走進去打開箱子來：元寶、洋錢、洋紗衫 ……

秀才娘子的一張寧式床先搬到土穀祠，此外便擺了錢家的桌椅——或者也就用趙家的罷。自己是不動手的了，叫小D來搬，要搬得快，搬得不快打嘴巴……

「趙司晨的妹子真醜。鄒七嫂的女兒過幾年再說。假洋鬼子的老婆會和沒有辮子的男人睡覺，嚇，不是好東西！秀才的老婆是眼胞上有疤的……吳媽長久不見了，不知道在哪裡——可惜腳太大。」

阿Q沒有想得十分停當，已經發了鼾聲，四兩燭還只點去了小半寸，紅焰焰的光照著他張開的嘴。

「荷荷！」阿Q忽而大叫起來，抬了頭倉皇的四顧，待到看見四兩燭，卻又倒頭睡去了。

第二天他起得很遲，走出街上看時，樣樣都照舊。他也仍然肚餓。他想著，想不起什麼來；但他忽而似乎有了主意了，慢慢的跨開步，有意無意的走到靜修庵。

庵和春天時節一樣靜，白的牆壁和漆黑的門。他想了一想，前去打門。一隻狗在裡面叫。他急急拾了幾塊斷磚，再上去較為用力的打，打到黑門上生出許多麻點的時候，才聽得有人來開門。

阿Q連忙捏好磚頭，擺開馬步，準備和黑狗來開戰。但庵門只開了一條縫，並無黑狗從中衝出，望進去只有一個老尼姑。

「你又來什麼事？」伊大吃一驚的說。

「革命了……你知道？……」阿Q說得很含糊。

「革命革命，革過一革的……你們要革得我們怎麼樣呢？」老尼姑兩眼通紅的說。

「什麼？……」阿Q詫異了。

「你不知道，他們已經來革過了！」

「誰？……」阿Q更其詫異了。

「那秀才和洋鬼子！」

阿Q很出意外，不由得一錯愕。老尼姑見他失了銳氣，便飛速的關了門。阿Q再推時，牢不可開，再打時，沒有回答了。

那還是上午的事。趙秀才消息靈，一知道革命黨已在夜間進城，便將辮子盤在頂上，早去拜訪那歷來也不相能的錢洋鬼子。這是「咸與維新」的時候了，所以他們便談得很投機，立刻成了情投意合的同志，也相約去革命。他們想而又想，才想出靜修庵裡有一塊「皇帝萬歲萬萬歲」的龍牌，是應該趕緊革掉的，於是又立刻同到庵裡去革命。因為老尼姑來阻擋，說了三句話，他們便將伊當作滿政府，在頭上很給了不少的棍子和栗鑿。尼姑待他們走後，定了神來檢點，龍牌固然已經碎在地上了，而且又不見了觀音娘娘座前的一個宣德爐。

這事阿Q後來才知道。他頗悔自己睡著，但也深怪他們不來招呼他。

他又退一步想道：

「難道他們還沒有知道，我已經投降了革命黨麼？」

第八章　不准革命

未莊的人心日見其安靜了。據傳來的消息，知道革命黨雖然進了城，倒還沒有什麼大異樣。知縣大老爺還是原官，不過改稱了什麼，而且舉人老爺也做了什麼——這些名目，未莊人都說不明白——官，帶兵的也還是先前的老把總。只有一件可怕的事是另有幾個不好的革命黨夾在裡面搗亂，第二天便動手剪辮子，聽說那鄰村的航船七斤便著了道兒，弄得不像人樣子了。但這卻還不算大恐怖，因為未莊人本來少上城，即使偶有想進城的，也就立刻變了計，碰不著這危險。阿Q本也想進城去尋他的老朋友，一得這消

息，也只得作罷了。

但未莊也不能說是無改革。幾天之後，將辮子盤在頂上的逐漸增加起來了。早經說過，最先自然是茂才公，其次便是趙司晨和趙白眼，後來是阿Q。倘在夏天，大家將辮子盤在頭頂上或者打一個結，本不算什麼稀奇事，但現在是暮秋，所以這「秋行夏令」的情形，在盤辮家不能不說是萬分的英斷，而在未莊也不能說無關於改革了。

趙司晨腦後空蕩蕩的走來，看見的人大嚷說：

「嗄！革命黨來了！」

阿Q聽到了很羨慕。他雖然早知道秀才盤辮的大新聞，但總沒有想到自己可以照樣做，現在看見趙司晨也如此，才有了學樣的意思，定下實行的決心。他用一支竹筷將辮子盤在頭頂上，遲疑多時，這才放膽的走去。

他在街上走，人也看他，然而不說什麼話，阿Q當初很不快，後來便很不平。他近來很容易鬧脾氣了。其實他的生活倒也並不比造反之前反艱難，人見他也客氣，店鋪也不說要現錢。而阿Q總覺得自己太失意：既然革了命，不應該只是這樣的。況且有一回看見小D，愈使他氣破肚皮了。

小D也將辮子盤在頭頂上了，而且也居然用一支竹筷。阿Q萬料不到他也敢這樣做，自己也絕不准他這樣做！小D是什麼東西呢？他很想即刻揪住他，拗斷他的竹筷，放下他的辮子，並且批他幾個嘴巴，聊且懲罰他忘了生辰八字，也敢來做革命黨的罪。但他終於饒放了，單是怒目而視的吐一口唾沫道：「呸！」

這幾日裡，進城去的只有一個假洋鬼子。趙秀才本也想靠著寄存箱子的淵源，親身去拜訪舉人老爺的，但因為有剪辮的危險，所以也就中止了。他寫了一封「黃傘格」的信，託假洋鬼子帶上城，而且託他給自己紹介紹介，去進自由黨。假洋鬼子回來時，向秀才

阿Q正傳

討還了四塊洋錢，秀才便有一塊銀桃子掛在大襟上了。未莊人都驚服，說這是柿油黨的頂子，抵得一個翰林。趙太爺因此也驟然大闊，遠過於他兒子初雋秀才的時候，所以目空一切，見了阿Q，也就很有些不放在眼裡了。

阿Q正在不平，又時時刻刻感著冷落，一聽得這銀桃子的傳說，他立即悟出自己之所以冷落的原因了：要革命，單說投降，是不行的；盤上辮子，也不行的；第一著仍然要和革命黨去結識。他生平所知道的革命黨只有兩個，城裡的一個早已「嚓」的殺掉了，現在只剩了一個假洋鬼子。他除卻趕緊去和假洋鬼子商量之外，再沒有別的道路了。

錢府的大門正開著，阿Q便怯怯的踅進去。他一到裡面，很吃了驚，只見假洋鬼子正站在院子的中央，一身烏黑的大約是洋衣，身上也掛著一塊銀桃子，手裡是阿Q曾經領教過的棍子，已經留到一尺多長的辮子都拆開了披在肩背上，蓬頭散髮的像一個劉海仙。對面挺直的站著趙白眼和三個閒人，正在必恭必敬的聽說話。

阿Q輕輕的走近了，站在趙白眼的背後，心裡想招呼，卻不知道怎麼說才好：叫他假洋鬼子固然是不行的了，洋人也不妥，革命黨也不妥，或者就應該叫洋先生了罷。

洋先生卻沒有見他，因為白著眼睛講得正起勁：

「我是性急的，所以我們見面，我總是說：洪哥！我們動手罷！他卻總說道No！——這是洋話，你們不懂的。否則早已成功了。然而這正是他做事小心的地方。他再三再四的請我上湖北，我還沒有肯。誰願意在這小縣城裡做事情……」

「唔……這個……」阿Q候他略停，終於用十二分的勇氣開口了。但不知道因為什麼，又並不叫他洋先生。

聽著說話的四個人都吃驚的回顧他。洋先生也才看見：

「什麼？」

「我……」

「出去！」

「我要投……」

「滾出去！」洋先生揚起哭喪棒來了。

趙白眼和閒人們便都吆喝道：「先生叫你滾出去，你還不聽麼！」

阿Q將手向頭上一遮，不自覺的逃出門外；洋先生倒也沒有追。他快跑了六十多步，這才慢慢的走，於是心裡便湧起了憂愁：洋先生不准他革命，他再沒有別的路；從此絕不能望有白盔白甲的人來叫他，他所有的抱負、志向、希望、前程，全被一筆勾銷了。至於閒人們傳揚開去，給小D王胡等輩笑話，倒是還在其次的事。

他似乎從來沒有經驗過這樣的無聊。他對於自己的盤辮子，彷彿也覺得無意味，要侮蔑；為報仇起見，很想立刻放下辮子來，但也沒有竟放。他遊到夜間，賒了兩碗酒，喝下肚去，漸漸的高興起來了，思想裡才又出現白盔白甲的碎片。

有一天，他照例的混到夜深，待酒店要關門，才踱回土穀祠去。

拍，吧～～～

他忽而聽得一種異樣的聲音，又不是爆竹。阿Q本來是愛看熱鬧，愛管閒事的，便在暗中直尋過去。似乎前面有些腳步聲。他正聽，猛然間一個人從對面逃來了。阿Q看見，便趕緊翻身跟著逃。那人轉彎，阿Q也轉彎；既轉彎，那人站住了，阿Q也站住。他看後面並無什麼，看那人便是小D。

「什麼？」阿Q不平起來了。

「趙……趙家遭搶了！」小D氣喘吁吁的說。

阿Q的心怦怦的跳了。小D說了便走；阿Q卻逃而又停的兩三回。但他究竟是做過「這路生意」的人，格外膽大，於是踅出路

阿 Q 正傳

角，仔細的聽，似乎有些嚷嚷，又仔細的看，似乎許多白盔白甲的人絡繹的將箱子抬出了，器具抬出了，秀才娘子的寧式床也抬出了，但是不分明。他還想上前，兩隻腳卻沒有動。

這一夜沒有月，未莊在黑暗裡很寂靜，寂靜到像羲皇（遠古時候傳說中的帝王「伏羲氏」）時候一般太平。阿Q站著看到自己發煩，也似乎還是先前一樣，在那裡來來往往的搬，箱子抬出了，器具抬出了，秀才娘子的寧式床也抬出了……抬得他自己有些不信他的眼睛了。但他決計不再上前，卻回到自己的祠裡去了。

土穀祠裡更漆黑。他關好大門，摸進自己的屋子裡。他躺了好一會，這才定了神，而且發出關於自己的思想來：白盔白甲的人明明到了，並不來打招呼，搬了許多好東西，又沒有自己的份——這全是假洋鬼子可惡，不准我造反，否則，這次何至於沒有我的份呢？阿Q越想越氣，終於禁不住滿心痛恨起來，毒毒的點一點頭：「不准我造反，只准你造反？媽媽的假洋鬼子——好，你造反！造反是殺頭的罪名呵！我總要告一狀，看你抓進縣裡去殺頭——滿門抄斬——嚓！嚓！」

第九章　大團圓

趙家遭搶之後，未莊人大抵很快意而且恐慌，阿Q也很快意而且恐慌。但四天之後，阿Q在半夜裡忽被抓進縣城裡去了。那時恰是暗夜，一隊兵，一隊團丁，一隊警察，五個偵探，悄悄地到了未莊，乘昏暗圍住土穀祠，正對門架好機關槍。然而阿Q不衝出。許多時沒有動靜，把總焦急起來了，懸了二十千的賞，才有兩個團丁冒了險，踰垣進去，裡應外合，一擁而入，將阿Q抓出來；直待擒出祠外面的機關槍左近，他才有些清醒了。

阿Q正傳

到進城，已經是正午，阿Q見自己被擁進一所破衙門，轉了五六個彎，便推在一間小屋裡。他剛剛一蹌踉，那用整株的木料做成的柵欄門，便跟著他的腳跟闔上了。其餘的三面都是牆壁，仔細看時，屋角上還有兩個人。

　　阿Q雖然有些忐忑，卻並不很苦悶，因為他那土穀祠裡的臥室也並沒有比這間屋子更高明。那兩個也彷彿是鄉下人，漸漸和他兜搭起來了，一個說是舉人老爺要追他祖父欠下來的陳租，一個不知道為了什麼事。他們問阿Q，阿Q爽利的答道：「因為我想造反。」

　　他下半天便又被掀出柵欄門去了。到得大堂，上面坐著一個滿頭剃得精光的老頭子。阿Q疑心他是和尚，但看見下面站著一排兵，兩旁又站著十幾個長衫人物，也有滿頭剃得精光像這老頭子的，也有將一尺來長的頭髮披在背後像那假洋鬼子的，都是一臉橫肉，怒目而視的看他，他便知道這人一定有些來歷，膝關節立刻自然而然的寬鬆，便跪了下去了。

　　「站著說，不要跪！」長衫人物都吆喝說。

　　阿Q雖然似乎懂得，但總覺得站不住，身不由己的蹲了下去，而且終於趁勢改為跪下了。

　　「奴隸性 ……」長衫人物又鄙夷似的說，但也沒有叫他起來。

　　「你從實招來罷，免得吃苦。我早都知道了。招了可以放你。」那光頭的老頭子看定了阿Q的臉，沉靜的清楚的說。

　　「招罷！」長衫人物也大聲說。

　　「我本來要 ……來投 ……」阿Q胡裡胡塗的想了一通，這才斷斷續續的說。

　　「那麼，為什麼不來的呢？」老頭子和氣的問。

　　「假洋鬼子不准我！」

  阿Q正傳

「胡說！此刻說，也遲了。現在你的同黨在哪裡？」

「什麼？……」

「那一晚打劫趙家的一夥人。」

「他們沒有來叫我。他們自己搬走了。」阿Q提起來便憤憤。

「走到哪裡去了呢？說出來便放你了。」老頭子更和氣了。

「我不知道……他們沒有來叫我……」

然而老頭子使了一個眼色，阿Q便又被抓進柵欄門裡了。他第二次抓出柵欄門是第二天的上午。

大堂的情形都照舊。上面仍然坐著光頭的老頭子，阿Q也仍然下了跪。

老頭子和氣的問道：「你還有什麼話說麼？」

阿Q一想，沒有話，便回答說：「沒有。」

於是一個長衫人物拿了一張紙並一支筆送到阿Q的面前，要將筆塞在他手裡。阿Q這時很吃驚，幾乎「魂飛魄散」了；因為他的手和筆相關，這回是初次。他正不知怎樣拿，那人卻又指著一處地方教他畫花押。

「我……我……不認得字。」阿Q一把抓住了筆，惶恐而且慚愧的說。

「那麼，便宜你，畫一個圓圈！」

阿Q要畫圓圈了，那手捏著筆卻只是抖。於是那人替他將紙鋪在地上，阿Q伏下去，使盡了平生的力畫圓圈。他生怕被人笑話，立志要畫得圓，但這可惡的筆不但很沉重，並且不聽話，剛剛一抖一抖的幾乎要合縫，卻又向外聳，畫成瓜子模樣了。

阿Q正羞愧自己畫得不圓，那人卻不計較，早已掣了紙筆去，許多人又將他第二次抓進柵欄門。

他第二次進了柵欄，倒也並不十分懊惱。他以為人生天地之間，大約本來有時要抓進抓出，有時要在紙上畫圓圈的，惟有圈

阿Q正傳

而不圓，卻是他「行狀」上的一個污點。但不多時也就釋然了，他想：孫子才畫得很圓的圓圈呢！於是他睡著了。

然而這一夜，舉人老爺反而不能睡：他和把總嘔了氣了。舉人老爺主張第一要追贓，把總主張第一要示眾。把總近來很不將舉人老爺放在眼裡了，拍案打凳的說道：「懲一儆百！你看，我做革命黨還不上二十天，搶案就是十幾件，全不破案，我的面子在哪裡？破了案，你又來迂。不成！這是我管的！」舉人老爺窘急了，然而還堅持，說是倘若不追贓，他便立刻辭了幫辦民政的職務。而把總卻道：「請便罷！」於是舉人老爺在這一夜竟沒有睡，但幸而第二天倒也沒有辭。

阿Q第三次抓出柵欄門的時候，便是舉人老爺睡不著的那一夜的明天的上午了。他到了大堂，上面還坐著照例的光頭老頭子；阿Q也照例的下了跪。

老頭子很和氣的問道：「你還有什麼話麼？」

阿Q一想，沒有話，便回答說：「沒有。」

許多長衫和短衫人物忽然給他穿上一件洋布的白背心，上面有些黑字。阿Q很氣苦：因為這很像是帶孝，而帶孝是晦氣的。然而同時他的兩手反縛了，同時又被一直抓出衙門外去了。

阿Q被抬上了一輛沒有篷的車，幾個短衣人物也和他同坐在一處。這車立刻走動了，前面是一班背著洋炮的兵們和團丁，兩旁是許多張著嘴的看客，後面怎樣，阿Q沒有見。但他突然覺到了：這豈不是去殺頭麼？他一急，兩眼發黑，耳朵裡嗡的一聲，似乎發昏了。然而他又沒有全發昏，有時雖然著急，有時卻也泰然；他意思之間，似乎覺得人生天地間，大約本來有時也未免要殺頭的。

他還認得路，於是有些詫異了：怎麼不向著法場走呢？他不知道這是在遊街，在示眾。但即使知道也一樣，他不過便以為人生天地間，大約本來有時也未免要遊街，要示眾罷了。

他省悟了，這是繞到法場去的路，這一定是「嚓」的去殺頭。他惘惘的向左右看，全跟著螞蟻似的人，而在無意中，卻在路旁的人叢中發見了一個吳媽。很久違，伊原來在城裡做工了。阿Q忽然很羞愧自己沒志氣：竟沒有唱幾句戲。他的思想彷彿旋風似的在腦裡一迴旋：《小孤孀上墳》欠堂皇，《龍虎鬥》裡的「悔不該……」也太乏，還是「手執鋼鞭將你打」罷。他同時想將手一揚，才記得這兩手原來都捆著，於是「手執鋼鞭」也不唱了。

　　「過了二十年又是一個……」阿Q在百忙中，「無師自通」的說出半句從來不說的話。

　　「好！！！」從人叢裡，便發出豺狼的嘷叫一般的聲音來。

　　車子不住的前行，阿Q在喝彩聲中，輪轉眼睛去看吳媽，似乎伊一向並沒有見他，卻只是出神的看著兵們背上的洋炮。

　　阿Q於是再看那些喝彩的人們。

　　這剎那中，他的思想又彷彿旋風似的在腦裡迴旋了。四年之前，他曾在山腳下遇見一隻餓狼，永是不近不遠的跟定他，要吃他的肉。他那時嚇得幾乎要恐，幸而手裡有一柄斫柴刀，才得仗這壯了膽，支持到未莊；可是永遠記得那狼眼睛，又凶又怯，閃閃的像兩顆鬼火，似乎遠遠的來穿透了他的皮肉。而這回他又看見從來沒有見過的更可怕的眼睛了，又鈍又鋒利，不但已經咀嚼了他的話，並且還要咀嚼他皮肉以外的東西，永是不遠不近的跟他走。

　　這些眼睛們似乎連成一氣，已經在那裡咬他的靈魂。

　　「救命……」

　　然而阿Q沒有說。他早就兩眼發黑，耳朵裡嗡的一聲，覺得全身彷彿微塵似的迸散了。

　　至於當時的影響，最大的倒反在舉人老爺，因為終於沒有追贓，他全家都號咷了。其次是趙府，非特秀才因為上城去報官，被

阿Ｑ正傳

不好的革命黨剪了辮子，而且又破費了二十千的賞錢，所以全家也號咷了。從這一天以來，他們便漸漸的都發生了遺老的氣味。

　　至於輿論，在未莊是無異議，自然都說阿Q壞，被槍斃便是他的壞的證據；不壞又何至於被槍斃呢？而城裡的輿論卻不佳，他們多半不滿足，以爲槍斃並無殺頭這般好看；而且那是怎樣的一個可笑的死囚呵，遊了那麼久的街，竟沒有唱一句戲：他們白跟一趟了。

一九二一年十二月

孔乙己

　　魯鎮的酒店的格局是和別處不同的：都是當街一個曲尺形的大櫃枱，櫃裡面預備著熱水，可以隨時溫酒。做工的人，傍午傍晚散了工，每每花四文銅錢，買一碗酒——這是十多年前的事，現在每碗要漲到十文——靠櫃外站著，熱熱的喝了休息。倘肯多花一文，便可以買一碟鹽煮筍，或者茴香豆，做下酒物了。如果出到十幾文，那就能買一樣葷菜。但這些顧客多是短衣幫，大抵沒有這樣闊綽。只有穿長衫的，才踱進店面隔壁的房子裡，要酒要菜，慢慢地坐喝。

　　我從十二歲起，便在鎮口的咸亨酒店裡當夥計。掌櫃說，樣子太傻，怕伺候不了長衫主顧，就在外面做點事罷。外面的短衣主顧雖然容易說話，但嘮嘮叨叨纏夾不清的也很不少。他們往往要親眼看著黃酒從壜子裡舀出，看過壺子底裡有水沒有，又親看將壺子放在熱水裡，然後放心：在這嚴重監督之下，羼水也很為難。所以過了幾天，掌櫃又說我幹不了這事。幸虧薦頭的情面大，辭退不得，便改為專管溫酒的一種無聊職務了。

　　我從此便整天的站在櫃枱裡，專管我的職務。雖然沒有什麼失職，但總覺有些單調，有些無聊。掌櫃是一副凶臉孔，主顧也沒有好聲氣，教人活潑不得；只有孔乙己到店，才可以笑幾聲，所以至今還記得。

孔乙己是站著喝酒而穿長衫的唯一的人。他身材很高大；青白臉色，皺紋間時常夾些傷痕；一部亂蓬蓬的花白的鬍子。穿的雖然是長衫，可是又髒又破，似乎十多年沒有補，也沒有洗。他對人說話，總是滿口之乎者也，教人半懂不懂的。因為他姓孔，別人便從描紅紙上的「上大人孔乙己」這半懂不懂的話裡，替他取下一個綽號，叫做孔乙己。

孔乙己一到店，所有喝酒的人便都看著他笑，有的叫道：「孔乙己，你臉上又添上新傷疤了！」他不回答，對櫃裡說：「溫兩碗酒，要一碟茴香豆。」便排出九文大錢。他們又故意的高聲嚷道：「你一定又偷了人家的東西了！」孔乙己睜大眼睛說：「你怎麼這樣憑空污人清白 ……」「什麼清白？我前天親眼見你偷了何家的書，吊著打。」孔乙己便脹紅了臉，額上的青筋條條綻出，爭辯道：「竊書不能算偷 ……竊書 ……讀書人的事，能算偷麼？」接連便是難懂的話，什麼「君子固窮」，什麼「者乎」之類，引得眾人都哄笑起來，店內外充滿了快活的空氣。

聽人家背地裡談論，孔乙己原來也讀過書，但終於沒有進學，又不會營生；於是愈過愈窮，弄到將要討飯了。幸而寫得一筆好字，便替人家抄抄書，換一碗飯吃。可惜他又有一樣壞脾氣，便是好喝懶做。做不到幾天，便連人和書籍紙張筆硯，一齊失蹤。如是幾次，叫他抄書的人也沒有了。孔乙己沒有法，便免不了偶然做些偷竊的事。但他在我們店裡，品行卻比別人都好，就是從不拖欠；雖然間或沒有現錢，暫時記在粉板上，但不出一月，定然還清，從粉板上拭去了孔乙己的名字。

孔乙己喝過半碗酒，脹紅的臉色漸漸復了原，旁人便又問道：「孔乙己，你當真認識字麼？」孔乙己看著問他的人，顯出不屑置辯的神氣。他們便接著說道：「你怎的連半個秀才也撈不到呢？」孔乙己立刻顯出頹唐不安模樣，臉上籠上了一層灰色，嘴裡說些

話；這回可是全是之乎者也之類，一些不懂了。在這時候，眾人也都哄笑起來：店內外充滿了快活的空氣。

在這些時候，我可以附和著笑，掌櫃是決不責備的。而且掌櫃見了孔乙己，也每每這樣問他，引人發笑。孔乙己自己知道不能和他們談天，便只好向孩子說話。有一回對我說道：「你讀過書麼？」略略點一點頭。他說：「讀過書……我便考你一考。茴香豆的茴字，怎樣寫的？」我想，討飯一樣的人，也配考我麼？便回過臉去，不再理會。孔乙己等了許久，很懇切的說道：「不能寫罷？……我教給你，記著！這些字應該記著。將來做掌櫃的時候，寫賬要用。」我暗想我和掌櫃的等級還很遠呢，而且我們掌櫃也從不將茴香豆上賬；又好笑，又不耐煩，懶懶的答他道：「誰要你教！不是草頭底下一個來回的回字麼？」孔乙己顯出極高興的樣子，將兩個指頭的長指甲敲著櫃枱，點頭說：「對呀對呀……回字有四樣寫法，你知道麼？」我愈不耐煩了，努著嘴走遠。孔乙己剛用指甲蘸了酒，想在櫃上寫字，見我毫不熱心，便又嘆一口氣，顯出極惋惜的樣子。

有幾回，鄰舍孩子聽得笑聲，也趕熱鬧，圍住了孔乙己。他便給他們茴香豆吃，一人一顆。孩子吃完豆，仍然不散，眼睛都望著碟子。孔乙己著了慌，伸開五指將碟子罩住，彎腰下去說道：「不多了，我已經不多了。」直起身又看一看豆，自己搖頭說：「不多不多！多乎哉？不多也。」於是這群孩子都在笑聲裡走散了。

孔乙己是這樣的使人快活，可是沒有他，別人也便這麼過。

有一天，大約是中秋前的兩三天，掌櫃正在慢慢的結賬，取下粉板，忽然說：「孔乙己長久沒有來了。還欠十九個錢呢！」我才也覺得他的確長久沒有來了。

一個喝酒的人說道：「他怎麼會來？……他打折了腿了。」掌櫃說：「哦！」「他總仍舊是偷。這一回，是自己發昏，竟偷

到丁舉人家裡去了。他家的東西，偷得的麼？」「後來怎麼樣？」「怎麼樣？先寫服辯，後來是打，打了大半夜，再打折了腿。」「後來呢？」「後來打折了腿了。」「打折了怎樣呢？」「怎樣？……誰曉得？許是死了。」掌櫃也不再問，仍然慢慢的算他的賬。

中秋過後，秋風是一天涼比一天，看看將近初冬；我整天的靠著火，也須穿上棉襖了。一天的下半天，沒有一個顧客，我正合了眼坐著。忽然間聽得一個聲音：「溫一碗酒。」這聲音雖然極低，卻很耳熟。看時又全沒有人。站起來向外一望，那孔乙己便在櫃枱下對了門檻坐著。他臉上黑而且瘦，已經不成樣子；穿一件破夾襖，盤著兩腿，下面墊一個蒲包，用草繩在肩上掛住；見了我，又說道：「溫一碗酒。」掌櫃也伸出頭去，一面說：「孔乙己麼？你還欠十九個錢呢！」孔乙己很頹唐的仰面答道：「這……下回還清罷。這一回是現錢，酒要好。」掌櫃仍然同平常一樣，笑著對他說：「孔乙己，你又偷了東西了！」

但他這回卻不十分爭辯，單說了一句：「不要取笑！」「取笑？要是不偷，怎麼會打斷腿？」孔乙己低聲說：「跌斷，跌，跌……」他的眼色，很像懇求掌櫃，不要再提。此時已經聚集了幾個人，便和掌櫃都笑了。我溫了酒，端出去放在門檻上。他從破衣袋裡摸出四文大錢，放在我手裡。見他滿手是泥，原來他便用這手走來的。不一會，他喝完酒，便又在旁人的說笑聲中，坐著用這手慢慢走去了。

自此之後，又長久沒看見孔乙己。到了年關，掌櫃取下粉板說：「孔乙己還欠十九個錢呢！」到第二年的端午，又說：「孔乙己還欠十九個錢呢！」到中秋可是沒說，再到年關也沒有看見他。

我到現在終於沒有見——大約孔乙己的確死了。

一九一九年三月

藥

一

　　秋天的後半夜，月亮下去了，太陽還沒有出，只剩下一片烏藍的天；除了夜遊的東西，什麼都睡著。華老栓忽然坐起身，擦著火柴，點上遍身油膩的燈盞，茶館的兩間屋子裡，便彌滿了青白的光。

　　「小栓的爹，你就去麼？」是一個老女人的聲音。裡邊的小屋子裡，也發出一陣咳嗽。

　　「唔！」老栓一面聽，一面應，一面扣上衣服，伸手過去說：「你給我罷！」

　　華大媽在枕頭底下掏了半天，掏出一包洋錢，交給老栓。老栓接了，抖抖的裝入衣袋，又在外面按了兩下；便點上燈籠，吹熄燈盞，走向裡屋子去了。那屋子裡面，正在窸窸窣窣的響，接著便是一通咳嗽。老栓候他平靜下去，才低低的叫道：「小栓 …… 你不要起來 …… 店麼？你娘會安排的。」

老栓聽得兒子不再說話，料他安心睡了，便出了門，走到街上。街上黑沉沉的一無所有，只有一條灰白的路，看得分明。燈光照著他的兩腳，一前一後的走。有時也遇到幾隻狗，可是一隻也沒有叫。天氣比屋子裡冷得多了；老栓倒覺爽快，彷彿一旦變了少年，得了神通，有給人生命的本領似的，跨步格外高遠。而且路也愈走愈分明，天也愈走愈亮。

老栓正在專心走路，忽然吃了一驚，遠遠裡看見一條丁字街，明明白白橫著。他便退了幾步，尋到一家關著門的鋪子，蹩進簷下，靠門立住了。好一會，身上覺得有些發冷。

「哼！老頭子！」

「倒高興⋯⋯」

老栓又吃一驚，睜眼看時，幾個人從他面前過去了。一個還回頭看他，樣子不甚分明，但很像久餓的人見了食物一般，眼裡閃出一種攫取的光。老栓看看燈籠，已經熄了。按一按衣袋，硬硬的還在。仰起頭兩面一望，只見許多古怪的人，三三兩兩，鬼似的在那裡徘徊；定睛再看，卻也看不出什麼別的奇怪。

沒有多久，又見幾個兵，在那邊走動；衣服前後的一個大白圓圈，遠地裡也看得清楚，走過面前的，並且看出號衣上暗紅色的鑲邊——一陣腳步聲響，一眨眼，已經擁過了一大簇人。那三三兩兩的人也忽然合作一堆，潮一般向前趕；將到丁字街口，便突然立住，簇成一個半圓。

老栓也向那邊看，卻只見一堆人的後背；頸項都伸得很長，彷彿許多鴨，被無形的手捏住了的，向上提著。靜了一會，似乎有點聲音，便又動搖起來，轟的一聲，都向後退；一直散到老栓立著的地方，幾乎將他擠倒了。

「喂！一手交錢，一手交貨！」一個渾身黑色的人站在老栓面前，眼光正像兩把刀，刺得老栓縮小了一半。那人一雙大手向他

  阿Q正傳

攤著，一隻手卻撮著一個鮮紅的饅頭，那紅的還是一點一點的往下滴。

老栓慌忙摸出洋錢，抖抖的想交給他，卻又不敢去接他的東西。那人便焦急起來，嚷道：「怕什麼？怎的不拿！」老栓還躊躇著。黑的人便搶過燈籠，一把扯下紙罩，裹了饅頭，塞與老栓；一手抓過洋錢，捏一捏，轉身去了，嘴裡哼著說：「這老東西……」

「這給誰治病的呀？」老栓也似乎聽得有人問他，但他並不答應；他的精神現在只在一個包上，彷彿抱著一個十世單傳的嬰兒，別的事情都已置之度外了。他現在要將這包裡的新的生命移植到他家裡，收獲許多幸福。太陽也出來了；在他面前，顯出一條大道，直到他家中，後面也照見丁字街頭破匾上「古口亭口」這四個黯淡的金字。

二

老栓走到家，店面早已經收拾乾淨，一排一排的茶桌，滑溜溜的發光。但是沒有客人；只有小栓坐在裡排的桌前吃飯，大粒的汗從額上滾下，夾襖也貼住了脊心，兩塊肩胛骨高高凸出，印成一個陽文的「八」字。老栓見這樣子，不免皺一皺展開的眉心。他的女人從灶下急急走出，睜著眼睛，嘴唇有些發抖。

「得了麼？」

「得了。」

兩個人一齊走進灶下，商量了一會，華大媽便出去了，不多時，拿著一片老荷葉回來，攤在桌上。老栓也打開燈籠罩，用荷葉重新包了那紅的饅頭。小栓也吃完飯，他的母親慌忙說：

「小栓——你坐著，不要到這裡來。」

一面整頓了灶火。老栓便把一個碧綠的包，一個紅紅白白的破燈籠，一同塞在灶裡；一陣紅黑的火焰過去時，店屋裡散滿了一種奇怪的香味。

「好香！你們吃什麼點心呀？」這是駝背五少爺到了。這人每天總在茶館裡過日，來得最早，去得最遲，此時恰恰踅到臨街的壁角的桌邊，便坐下問話，然而沒有人答應他。「炒米粥麼？」仍然沒有人應。老栓匆匆走出，給他泡上茶。

「小栓進來罷！」華大媽叫小栓進了裡面的屋子，中間放好一條凳。小栓坐了。他的母親端過一碟烏黑的圓東西，輕輕說：

「吃下去罷──病便好了。」

小栓撮起這黑東西，看了一會，似乎拿著自己的性命一般，心裡說不出的奇怪。十分小心的拗開了，焦皮裡面竄出一道白氣，白氣散了，是兩半個白麵的饅頭──不多工夫，已經全在肚裡了，卻全忘了什麼味；面前只剩下一張空盤。他的旁邊，一面立著他的父親，一面立著他的母親，兩人的眼光都彷彿要在他身裡注進什麼又要取出什麼似的；便禁不住心跳起來，按著胸膛，又是一陣咳嗽。

「睡一會罷──便好了。」

小栓依他母親的話，咳著睡了。華大媽候他喘氣平靜，才輕輕的給他蓋上了滿幅補釘的夾被。

三

店裡坐著許多人，老栓也忙了，提著大銅壺，一趟一趟的給客人沖茶；兩個眼眶都圍著一圈黑線。

「老栓，你有些不舒服麼？──你生病麼？」一個花白鬍子的人說。

「沒有。」

「沒有？——我想笑嘻嘻的，原也不像……」花白鬍子便取消了自己的話。

「老栓只是忙。要是他的兒子……」駝背五少爺話還未完，突然闖進了一個滿臉橫肉的人，披一件玄色布衫，散著紐扣，用很寬的玄色腰帶胡亂捆在腰間。剛進門，便對老栓嚷道：

「吃了麼？好了麼？老栓，就是運氣了你！你運氣，要不是我信息靈……」

老栓一手提了茶壺，一手恭恭敬敬的垂著，笑嘻嘻的聽。滿座的人也都恭恭敬敬的聽。華大媽也黑著眼眶，笑嘻嘻的送出茶碗茶葉來，加上一個橄欖，老栓便去沖了水。

「這是包好！這是與眾不同的。你想，趁熱的拿來，趁熱吃下。」橫肉的人只是嚷嚷。

「真的呢！要沒有康大叔照顧，怎麼會這樣……」華大媽也很感激的謝他。

「包好，包好！這樣的趁熱吃下。這樣的人血饅頭，什麼癆病都包好！」

華大媽聽到「癆病」這兩個字，變了一點臉色，似乎有些不高興；但又立刻堆上笑，搭訕著走開了。這康大叔卻沒有覺察，仍然提高了喉嚨只是嚷，嚷得裡面睡著的小栓也合夥咳嗽起來。

「原來你家小栓碰到了這樣的好運氣了。這病自然一定全好；怪不得老栓整天的笑著呢！」花白鬍子一面說，一面走到康大叔面前，低聲下氣的問道：「康大叔——聽說今天結果的一個犯人便是夏家的孩子。那是誰的孩子？究竟是什麼事？」

「誰的？不就是夏四奶奶的兒子麼？那個小傢伙！」康大叔見眾人都聳起耳朵聽他，便格外高興，橫肉塊塊飽綻，越發大聲說：「這小東西不要命，不要就是了。我可是這回一點沒有得到好處；

連剝下來的衣服，都給管牢的紅眼睛阿義拿去了——第一要算我們栓叔運氣；第二是夏三爺賞了二十五兩雪白的銀子，獨自落腰包，一文不花。」

小栓慢慢的從小屋子走出，兩手按了胸口，不住的咳嗽；走到灶下，盛出一碗冷飯，泡上熱水，坐下便吃。華大媽跟著他走，輕輕的問道：「小栓，你好些麼？——你仍舊只是肚餓？……」

「包好，包好！」康大叔瞥了小栓一眼，仍然回過臉，對眾人說：「夏三爺真是乖角兒！要是他不先告官，連他滿門抄斬。現在怎樣？銀子——這小東西也真不成東西！關在牢裡，還要勸牢頭造反。」

「阿呀！那還了得。」坐在後排的一個二十多歲的人，很現出氣憤模樣。

「你要曉得紅眼睛阿義是去盤盤底細的，他卻和他攀談了。他說：『這大清的天下是我們大家的。』你想：這是人話麼？紅眼睛原知道他家裡只有一個老娘，可是沒有料到他竟會那麼窮，榨不出一點油水，已經氣破肚皮了，他還要老虎頭上搔癢，便給他兩個嘴巴！」

「義哥是一手好拳棒，這兩下，一定夠他受用了。」壁角的駝背忽然高興了起來。

「他這賤骨頭打不怕，還要說可憐可憐哩！」

花白鬍子的人說：「打了這種東西，有什麼可憐呢？」

康大叔顯出看他不上的樣子，冷笑著說：「你沒有聽清我的話。看他神氣，是說阿義可憐哩！」

聽著的人的眼光忽然有些板滯；話也停頓了。小栓已經吃完飯，吃得滿身流汗。頭上都冒出蒸氣來。

「阿義可憐——瘋話，簡直是發了瘋了！」花白鬍子恍然大悟似的說。

「發了瘋了！」二十多歲的人也恍然大悟的說。

店裡的坐客便又現出活氣，談笑起來。小栓也趁著熱鬧，拼命咳嗽。康大叔走上前，拍他肩膀說：

「包好！小栓——你不要這麼咳。包好！」

「瘋了！」駝背五少爺點著頭說。

四

西關外靠著城根的地面本是一塊官地；中間歪歪斜斜一條細路，是貪走便道的人用鞋底造成的，但卻成了自然的界限。路的左邊都埋著死刑和瘐斃的人，右邊是窮人的叢。兩面都已埋到層層疊疊，宛然闊人家裡祝壽時候的饅頭。

這一年的清明分外寒冷，楊柳才吐出半粒來大的新芽。天明未久，華大媽已在右邊的一座新墳前面，排出四碟菜，一碗飯，哭了一場。化過紙，呆呆的坐在地上；彷彿等候什麼似的，但自己也說不出等候什麼。微風起來，吹動他的短髮，確乎比去年白得多了。

小路上又來了一個女人，也是半白頭髮，襤褸的衣裙；提一個破舊的朱漆圓籃，外掛一串紙錠，三步一歇的走。忽然見華大媽坐在地上看他，便有些躊躇，慘白的臉上現出些羞愧的顏色；但終於硬著頭皮，走到左邊的一座墳前，放下了籃子。

那墳與小栓的墳一字兒排著，中間只隔一條小路。華大媽看他排好四碟菜，一碗飯，立著哭了一通，化過紙錠；心裡暗暗地想：「這墳裡的也是兒子了。」那老女人徘徊觀望了一回，忽然手腳有些發抖，蹌蹌踉踉退下幾步，瞪著眼只是發怔。

華大媽見這樣子，生怕他傷心到快要發狂了，便忍不住立起身，跨過小路，低聲對他說：「你這位老奶奶不要傷心了——我們

還是回去罷。」

那人點一點頭，眼睛仍然向上瞪著，也低聲吃吃的說道：「你看——看這是什麼呢？」

華大媽跟了他指頭看去，眼光便到了前面的墳。這墳上草根還沒有全合，露出一塊一塊的黃土，煞是難看。再往上仔細看時，卻不覺也吃一驚——分明有一圈紅白的花，圍著那尖圓的墳頂。

他們的眼睛都已老花多年了，但望這紅白的花，卻還能明白看見。花也不很多，圓圓的排成一個圈，不很精神，倒也整齊。華大媽忙看他兒子和別人的墳，卻只有不怕冷的幾點青白小花，零星開著；便覺得心裡忽然感到一種不足和空虛，不願意根究。那老女人又走近幾步，細看了一遍，自言自語的說：「這沒有根，不像自己開的——這地方有誰來呢？孩子不會來玩——親戚本家早不來了——這是怎麼一回事呢？」他想了又想，忽又流下淚來，大聲說道：

「瑜兒，他們都冤枉了你，你還是忘不了，傷心不過，今天特意顯點靈，要我知道麼？」他四面一看，只見一隻烏鴉站在一株沒有葉的樹上，便接著說：「我知道了——瑜兒，可憐他們坑了你，他們將來總有報應，天都知道；你閉了眼睛就是了——你如果真在這裡，聽到我的話——便教這烏鴉飛上你的墳頂，給我看罷。」

微風早經停息了，枯草支支直立，有如銅絲。一絲發抖的聲音，在空氣中愈顫愈細，細到沒有，周圍便都是死一般寧靜。兩人站在枯草叢裡，仰面看那烏鴉；那烏鴉也在筆直的樹枝間，縮著頭，鐵鑄一般站著。

許多的工夫過去了。上墳的人漸漸增多，幾個老的小的在土墳間出沒。

華大媽不知怎的，似乎卸下了一挑重擔，便想到要走；一面勸著說：「我們還是回去罷！」

那老女人嘆一口氣，無精打釆的收起飯菜；又遲疑了一刻，終於慢慢地走了，嘴裡自言自語的說：「這是怎麼一回事呢？⋯⋯」

　　他們走不上二三十步遠，忽聽得背後「啞——」的一聲大叫。兩個人都悚然的回過頭，只見那烏鴉張開兩翅，一挫身，直向著遠處的天空，箭也似的飛去了。

一九一九年四月

風波

臨河的土場上，太陽漸漸的收了他通黃的光線了。場邊靠河的烏柏樹葉，乾巴巴的才喘過氣來，幾個花腳蚊子在下面哼著飛舞。面河的農家的煙突裡，逐漸減少了炊煙，女人孩子們都在自己門口的土場上潑些水，放下小桌子和矮凳。人知道，這已經是晚飯時候了。

老人男人坐在矮凳上，搖著大芭蕉扇閒談，孩子飛也似的跑，或者蹲在烏柏樹下賭玩石子。女人端出烏黑的蒸乾菜和松花黃的米飯，熱蓬蓬冒煙。河裡駛過文人的酒船，文豪見了，大發詩興，說：「無思無慮，這真是田家樂呵！」

但文豪的話有些不合事實，就因為他們沒有聽到九斤老太的話。這時候，九斤老太正在大怒，拿破芭蕉扇敲著凳腳說：

「我活到七十九歲了，活夠了，不願意眼見這些敗家相——還是死的好。立刻就要吃飯了，還吃炒豆子，吃窮了一家子！」

伊的曾孫女兒六斤捏著一把豆，正從對面跑來，見這情形，便直奔河邊，藏在烏柏樹後，伸出雙丫角的小頭，大聲說：「這老不死的！」

九斤老太雖然高壽，耳朵卻還不很聾，但也沒有聽到孩子的

話，仍舊自己說：「這真是一代不如一代！」

這村莊的習慣有點特別，女人生下孩子，多喜歡用秤稱了輕重，便用斤數當作小名。九斤老太自從慶祝了五十大壽以後，便漸漸的變了不平家，常說伊年輕的時候，天氣沒有現在這般熱，豆子也沒有現在這般硬：總之，現在的時世是不對了。何況六斤比伊的曾祖少了三斤，比伊父親七斤又少了一斤，這真是一條顛撲不破的實例。所以伊又用勁說：「這真是一代不如一代！」

伊的兒媳七斤嫂子正捧著飯籃走到桌邊，便將傾籃在桌上一摔，憤憤的說：「你老人家又這麼說了。六斤生下來的時候，不是六斤五兩麼？你家的秤又是私秤，加重稱，十八兩秤；用了準十六，我們的六斤該有七斤多哩。我想便是太公和公公，也不見得正是九斤八斤十足，用的秤也許是十四兩……」

「一代不如一代！」

七斤嫂還沒有答話，忽然看見七斤從小巷口轉出，便移了方向，對他嚷道：「你這死屍，怎麼這時候才回來，死到哪裡去了？不管人家等著你開飯！」

七斤雖然住在農村，卻早有些飛黃騰達的意思。從他的祖父到他，三代不捏鋤頭柄了；他也照例的幫人撐著航船，每日一回，早晨從魯鎮進城，傍晚又回到魯鎮，因此很知道些時事：例如什麼地方，雷公劈死了蜈蚣精；什麼地方，閨女生了一個夜叉之類。他在村人裡面，的確已經是一名出場人物了。但夏天吃飯不點燈，卻還守著農家習慣，所以回家太遲，是該罵的。

七斤一手捏著象牙嘴白銅斗六尺多長的湘妃竹煙管，低著頭慢慢地走來，坐在矮凳上。六斤也趁勢溜出，坐在他身邊，叫他爹爹。七斤沒有應。

「一代不如一代！」九斤老太說。

七斤慢慢地抬起頭來，嘆一口氣說：「皇帝坐了龍庭了。」

七斤嫂呆了一刻，忽而恍然大悟的道：「這可好了，這不是又要皇恩大赦了麼！」

　　七斤又嘆一口氣，說：「我沒有辮子。」

　　「皇帝要辮子麼？」

　　「皇帝要辮子。」

　　「你怎麼知道呢？」七斤嫂有些著急，趕忙的問。

　　「咸亨酒店裡的人都說要的。」

　　七斤嫂這時從直覺上覺得事情似乎有些不妙了，因為咸亨酒店是消息靈通的所在。伊一轉眼，瞥見七斤的光頭，便忍不住動怒，怪他恨他怨他；忽然又絕望起來，裝好一碗飯，摜在七斤的面前道：「還是趕快吃你的飯罷！哭喪著臉，就會長出辮子來麼？」

　　太陽收盡了他最末的光線了，水面暗暗地回復過涼氣來；土場上一片碗筷聲響，人人的脊梁上又都吐出汗粒。七斤嫂吃完三碗飯，偶然抬起頭，心坎裡便禁不住突突地發跳。伊透過烏柏葉，看見又矮又胖的趙七爺正從獨木橋上走來，而且穿著寶藍色竹布的長衫。

　　趙七爺是鄰村茂源酒店的主人，又是這三十里方圓以內的唯一的出色人物兼學問家；因為有學問，所以又有些遺老的臭味。他有十多本金聖嘆批評的《三國志》，時常坐著一個字一個字的讀；他不但能說出五虎將姓名，甚而至於還知道黃忠表字漢升和馬超表字孟起。革命以後，他便將辮子盤在頂上，像道士一般；常常嘆息說，倘若趙子龍在世，天下便不會亂到這地步了。七斤嫂眼睛好，早望見今天的趙七爺已經不是道士，卻變成光滑頭皮，烏黑髮頂；伊便知道這一定是皇帝坐了龍庭，而且一定須有辮子，而且七斤一定是非常危險。因為趙七爺的這件竹布長衫輕易是不常穿的，三年以來，只穿過兩次：一次是和他嘔氣的麻子阿四病了的時候，一次

是曾經砸爛他酒店的魯大爺死了的時候；現在是第三次了，這一定又是於他有慶，於他的仇家有殃了。

七斤嫂記得，兩年前七斤喝醉了酒，曾經罵過趙七爺是「賤胎」，所以這時便立刻直覺到七斤的危險，心坎裡突突地發起跳來。

趙七爺一路走來，坐著吃飯的人都站起身，拿筷子點著自己的飯碗說：「七爺，請在我們這裡用飯！」七爺也一路點頭，說道「請請」，卻一徑走到七斤家的桌旁。七斤們連忙招呼，七爺也微笑著說「請請」，一面細細的研究他們的飯菜。

「好香的乾菜——聽到了風聲了麼？」趙七爺站在七斤的後面七斤嫂的對面說。

「皇帝坐了龍庭了。」七斤說。

七斤嫂看著七爺的臉，竭力陪笑道：「皇帝已經坐了龍庭，幾時皇恩大赦呢？」

「皇恩大赦？——大赦是慢慢的總要大赦罷。」七爺說到這裡，聲色忽然嚴厲起來，「但是你家七斤的辮子呢，辮子？這倒是要緊的事。你們知道：長毛時候，留髮不留頭，留頭不留髮……」

七斤和他的女人沒有讀過書，不很懂得這古典的奧妙，但覺得有學問的七爺這麼說，事情自然非常重大，無可挽回，便彷彿受了死刑宣告似的，耳朵裡嗡的一聲，再也說不出一句話。

「一代不如一代——」九斤老太正在不平，趁這機會，便對趙七爺說：「現在的長毛，只是剪人家的辮子，僧不僧，道不道的。從前的長毛這樣的麼？我活到七十九歲了，活夠了。從前的長毛是——整匹的紅緞子裹頭，拖下去，拖下去，一直拖到腳跟；王爺是黃緞子，拖下去，黃緞子；紅緞子，黃緞子——我活夠了，七十九歲了。」

七斤嫂站起身，自言自語地說：「這怎麼好呢？這樣的一班老

小，都靠他養活的人……」

趙七爺搖頭道：「那也沒法。沒有辮子，該當何罪，書上都一條一條明明白白寫著的。不管他家裡有些什麼人。」

七斤嫂聽到書上寫著，可真是完全絕望了；自己急得沒法，便忽然又恨到七斤。伊用筷子指著他的鼻尖說：「這死屍自作自受！造反的時候，我本來說，不要撐船了，不要上城了。他偏要死進城去，滾進城去，進城便被人剪去了辮子。從前是絹光烏黑的辮子，現在弄得僧不僧道不道的。這囚徒自作自受，帶累了我們又怎麼說呢？這活死屍的囚徒……」

村人看見趙七爺到村，都趕緊吃完飯，聚在七斤家飯桌的周圍。七斤自己知道是出場人物，被女人當大眾這樣辱罵，很不雅觀，便只得抬起頭，慢慢地說道：

「你今天說現成話，那時你……」

「你這活死屍的囚徒……」

看客中間，八一嫂是心腸最好的人，抱著伊的兩週歲的遺腹子，正在七斤嫂身邊看熱鬧，這時過意不去，連忙解勸說：「七斤嫂，算了罷。人不是神仙，誰知道未來事呢？便是七斤嫂，那時不也說，沒有辮子倒也沒有什麼醜麼？況且衙門裡的大老爺也還沒有告示……」

七斤嫂沒有聽完，兩個耳朵早通紅了，便將筷子轉過向來，指著八一嫂的鼻子，說：「阿呀，這是什麼話呵！八一嫂，我自己看來倒還是一個人，會說出這樣昏誕胡塗話麼？那時我是整整哭了三天，誰都看見；連六斤這小鬼也都哭……」

六斤剛吃完一大碗飯，拿了空碗，伸手去嚷著要添。七斤嫂正沒好氣，便用筷子在伊的雙丫角中間直扎下去，大喝道：「誰要你來多嘴！你這偷漢的小寡婦！」

噗的一聲，六斤手裡的空碗落在地上了，恰好又碰著一塊磚

角，立刻破成一個很大的缺口。七斤直跳起來，撿起破碗，合上了檢查一回，也喝道：「入娘的！」一巴掌打倒了六斤。六斤躺著哭，九斤老太拉了伊的手，連說著：「一代不如一代！」一同走了。

八一嫂也發怒，大聲說：「七斤嫂，你『恨棒打人。』……」

趙七爺本來是笑著旁觀的；但自從八一嫂說了「衙門裡的大老爺沒有告示」這話以後，卻有些生氣了。這時他已經繞出桌旁，接著說：「『恨棒打人』，算什麼呢。大兵是就要到的。你可知道，這回保駕的是張大帥，張大帥就是燕人張翼德的後代，他一支丈八蛇矛，就有萬夫不當之勇，誰能抵擋他！」他兩手同時捏起空拳，彷彿握著無形的蛇矛模樣，向八一嫂搶進幾步道：「你能抵擋他麼！」

八一嫂正氣得抱著孩子發抖，忽然見趙七爺滿臉油汗，瞪著眼，準對伊衝過來，便十分害怕，不敢說完話，回身走了。趙七爺也跟著走去。眾人一面怪八一嫂多事，一面讓開路，幾個剪過辮子重新留起的便趕快躲在人叢後面，怕他看見。趙七爺也不細心察訪，通過人叢，忽然轉入烏桕樹後，說道：「你能抵擋他麼！」跨上獨木橋，揚長而去了。

村人們呆呆站著，心裡計算，都覺得自己確乎抵不住張翼德，因此也決定七斤便要沒有性命。七斤既然犯了皇法，想起他往常對人談論城中的新聞的時候，就不該含著長煙管顯出那般驕傲模樣，所以對於七斤的犯法，也覺得有些暢快。他們也彷彿想發些議論，卻又覺得沒有什麼議論可發。嗡嗡的一陣亂嚷，蚊子都撞過赤膊身子，鬧到烏桕樹下去做市；他們也就慢慢地走散回家，關上門去睡覺。七斤嫂咕噥著，也收了傢伙和桌子矮凳回家，關上門睡覺了。

七斤將破碗拿回家裡，坐在門檻上吸煙；但非常憂愁，忘卻了

吸煙，象牙嘴六尺多長湘妃竹煙管的白銅斗裡的火光漸漸發黑了。他心裡但覺得事情似乎十分危急，也想想些方法，想些計畫，但總是非常模糊，貫穿不得：「辮子呢辮子？丈八蛇矛。一代不如一代！皇帝坐龍庭。破的碗須得上城去釘好。誰能抵擋他？書上一條一條寫著。入娘的⋯⋯」

　　第二日清晨，七斤依舊從魯鎮撐航船進城，傍晚回到魯鎮，又拿著六尺多長的湘妃竹煙管和一個飯碗回村。他在晚飯席上，對九斤老太說，這碗是在城內釘合的，因為缺口大，所以要十六個銅釘，三文一個，一總用了四十八文小錢。

　　九斤老太很不高興的說：「一代不如一代！我是活夠了。三文錢一個釘；從前的釘，這樣的麼？從前的釘是⋯⋯我活了七十九歲了──」

　　此後七斤雖然是照例日日進城，但家景總有些黯淡。村人大抵迴避著，不再來聽他從城內得來的新聞。七斤嫂也沒有好聲氣，還時常叫他「囚徒」。

　　過了十多日，七斤從城內回家，看見他的女人非常高興，問他說：「你在城裡可聽到些什麼？」

　　「沒有聽到些什麼。」

　　「皇帝坐了龍庭沒有呢？」

　　「他們沒有說。」

　　「咸亨酒店裡也沒有人說麼？」

　　「也沒人說。」

　　「我想皇帝一定是不坐龍庭了。我今天走過趙七爺的店前，看見他又坐著念書了，辮子又盤在頂上了，也沒有穿長衫。」

　　「⋯⋯」

　　「你想，不坐龍庭了罷？」

「我想，不坐了罷！」

現在的七斤，是七斤嫂和村人又都早給他相當的尊敬，相當的待遇了。到夏天，他們仍舊在自家門口的土場上吃飯；大家見了，都笑嘻嘻的招呼。九斤老太早已做過八十大壽，仍然不平而且康健。六斤的雙丫角已經變成一支大辮子了；伊雖然新近裹腳，卻還能幫同七斤嫂做事，捧著十八個銅釘（編按．依前文，應是十六個）的飯碗，在土場上一瘸一拐的往來。

一九二〇年十月

端午節

　　方玄綽近來愛說「差不多」這一句話，幾乎成了「口頭禪」
似的；而且不但說，的確也盤據在他腦裡了。他最初說的是「都一
樣」，後來大約覺得欠穩當便改為「差不多」，一直使用到現在。

　　他自從發見了這一句平凡的警句以後，雖然引起了不少的新感
慨，同時卻也得到許多新慰安。譬如看見老輩威壓青年，在先是要
憤憤的，但現在卻就轉念道：將來這少手有了兒孫時，大抵也要擺
這架子的罷，便再沒有什麼不平了。又如看見兵士打車夫，在先也
要憤憤的，但現在也就轉念道：倘使這車夫當了兵，這兵拉了車，
大抵也就這麼打，便再也不放心上了。他這樣想著的時候，有時
也疑心是因為自己沒有和惡社會奮鬥的勇氣，所以瞞心昧己的故意
造出來的一條逃路，很近於「無是非之心」，遠不如改正了好。然
而這意見，總反而在他腦裡生長起來。

　　他將這「差不多說」最初公表的時候，是在北京首善學校的
講堂上，其時大概是提起關於歷史上的事情來，於是說到「古今人
不相遠」，說到各色人等的「性相近」，終於牽扯到學生和官僚身
上，大發其議論道：

　　「現在社會上時髦的都通行罵官僚，而學生罵得尤利害。然而
官僚並不是天生的特別種族，就是平民變就的。現在學生出身的官
僚就不少，和老官僚有什麼兩樣呢？『易地則皆然』，思想言論舉

阿Q正傳

動風采都沒有什麼大區別 ……便是學生團體新辦的許多事業，不是也已經難免出弊病，大半煙消火滅了麼？差不多的。但中國將來之可慮就在此 ……」

　　散坐在講堂裡的二十多個聽講者，有的悵然了，或者是以為這話對；有的勃然了，大約是以為侮辱了神聖的青年；有幾個卻對他微笑了，大約以為這是他替自己的辯解：因為方玄綽就是兼做官僚的。而其實卻是都錯誤。這不過是他的一種新不平；雖說不平，又只是他的一種安分的空論。他自己雖然不知道是因為懶，還是因為無用，總之覺得是一個不肯運動，十分安分守己的人。總長冤他有神經病，只要地位還不至於動搖，他絕不開一開口；教員的薪水欠到大半年了，只要別有官俸支持，他也絕不開一開口。不但不開口，當教員聯合索薪的時候，他還暗地裡以為欠斟酌，太嚷嚷；直到聽得同僚過分的奚落他們了，這才略有些小感慨，後來一轉念，這或者因為自己正缺錢，而別的官並不兼做教員的緣故罷，於是也就釋然了。

　　他雖然也缺錢，但從沒有加入教員的團體內，大家議決罷課，可是不去上課了。政府說「上了課才給錢」，他才略恨他們的類乎用果子要猴子；一個大教育家說道：「教員一手挾書包一手要錢不高尚」，他才對於他的太太正式的發牢騷了。

　　「喂，怎麼只有兩盤？」聽了「不高尚說」這一日的晚餐時候，他看著菜蔬說。

　　他們是沒有受過新教育的，太太並無學名或雅號，所以也就沒有什麼稱呼了，照老例雖然也可以叫「太太」，但他又不願意太守舊，於是就發明了一個「喂」字。太太對他卻連「喂」字也沒有，只要臉向著他說話，依據習慣法，他就知道這話是對他而發的。

　　「可是上月領來的一成半都完了 ……昨天的米，也還是好容易才賒來的呢！」

伊站在桌旁，臉對著他說。

「你看，還說教書的要薪水是卑鄙哩。這種東西似乎連人要吃飯，飯要米做，米要錢買這一點粗淺事情都不知道……」

「對啦！沒有錢怎麼買米，沒有米怎麼煮……」

他兩頰都鼓起來了，彷彿氣惱這答案正和他的議論「差不多」，近乎隨聲附和模樣；接著便將頭轉向別一面去了。依據習慣法，這是宣告討論中止的表示。

待到淒風冷雨這一天，教員們因為向政府去索欠薪，在新華門前爛泥裡被國軍打得頭破血出之後，倒居然也發了一點薪水。方玄綽不費一舉手之勞的領了錢，酬還些舊債，卻還缺一大筆款，這是因為官俸也頗有些拖久了。當是時，便是廉吏清官們也漸以為薪之不可不索，而況兼做教員的方玄綽，自然更表同情於學界起來，所以大家主張繼續罷課的時候，他雖然仍未到場，事後卻尤其心悅誠服的確守了公共的決議。

然而政府竟又付錢，學校也就開課了。但在前幾天，卻有學生總會上一個呈文給政府，說：「教員倘若不上課，便不要付欠薪。」這雖然並無效，而方玄綽卻忽而記起前回政府所說的「上了課才給錢」的話來，「差不多」這一個影子在他眼前又一晃，而且並不消滅，於是他便在講堂上公表了。

準此，可見如果將「差不多說」鍛鍊羅織起來，自然也可以判作一種挾帶私心的不平，但總不能說是專為自己做官的辯解。只是每到這些時，他又常常喜歡拉上中國將來的命運之類的問題，一不小心，便連自己也以為是一個憂國的志士。人們是每苦於沒有「自知之明」的。

但是「差不多」的事實又發生了，政府當初雖只不理那些招人頭痛的教員，後來竟不理到無關痛癢的官吏，欠而又欠，終於逼得先前鄙薄教員要錢的好官，也很有幾員化為索薪大會裡的驍將了。

惟有幾種日報上卻很發了些鄙薄譏笑他們的文字。方玄綽也毫不爲奇，毫不介意，因爲他根據了他的「差不多說」，知道這是新聞記者還未缺少潤筆的緣故，萬一政府或是闊人停了津貼，他們多半也要開大會的。

他既已表同情於教員的索薪，自然也贊成同僚的索俸，然而他仍然安坐在衙門中，照例的並不一同去討債。至於有人疑心他孤高，那可也不過是一種誤解罷了。他自己說，他是自從出世以來，只有人向他來要債，他從沒有向人去討過債，所以這一端是「非其所長」。而且他最不敢見手握經濟之權的人物。這種人待到失了權勢之後，捧著一本《大乘起信論》講佛學的時候，固然也很是「藹然可親」的了，但還在寶座上時，卻總是一副閻王臉，將別人都當奴才看，自以爲手操著你們這些窮小子們的生殺之權。他因此不敢見，也不願見他們。這種脾氣，雖然有時連自己也覺得是孤高，但往往同時也疑心這其實是沒本領。

大家左索右索，總算一節一節的挨過去了，但比起先前來，方玄綽究竟是萬分的拮据，所以使用的小廝和交易的店家不消說，便是方太太對於他也漸漸的缺了敬意，只要看伊近來不很附和，而且常常提出獨創的意見，有些唐突的舉動，也就可以了然了。到了陰曆五月初四的午前，他一回來，伊便將一疊賬單塞在他的鼻子跟前，這也是往常所沒有的。

「一總總得一百八十塊錢才夠開消 …… 發了麼？」伊並不對著他看的說。

「哼！我明天不做官了。錢的支票的領來的了，可是索薪大會的代表不發放。先說是沒有同去的人都不發，後來又說是要到他們跟前去親領。他們今天單捏著支票，就變了閻王臉了，我實在怕看見 …… 我錢也不要了，官也不做了。這樣無限量的卑屈 ……」

方太太見了這少見的義憤，倒有些愕然了，但也就沉靜下來。

「我想還不如去親領罷！這算什麼呢！」伊看著他的臉說。

「我不去！這是官俸，不是賞錢，照例應該由會計科送來的。」

「可是不送來又怎麼好呢 ……哦！昨夜忘記說了：孩子們說那學費，學校裡已經催過好幾次了，說是倘若再不繳 ……」

「胡說！做老子的辦事教書都不給錢，兒子去念幾句書倒要錢？」

伊覺得他已經不很顧忌道理，似乎就要將自己當作校長來出氣，犯不上，便不再言語了。

兩個默默的吃了午飯。他想了一會，又懊惱的出去了。

照舊例，近年是每逢節根或年關的前一天，他一定須在夜裡的十二點鐘才回家，一面走，一面掏著懷中，一面大聲的叫道：「喂，領來了！」於是遞給伊一疊簇新的中交票（當時中國銀行和交通銀行發行的鈔票），臉上很有些得意的形色。誰知道初四這一天卻破了例，他不到七點鐘便回家來。方太太很驚疑，以為他竟已辭了職了。但暗暗地察看他臉上，卻也並不見有什麼格外倒運的神情。

「怎麼了？ ……這樣早？ ……」伊看定了他說。

「發不及了，領不出了，銀行已經關了門，得等初八。」

「親領？ ……」伊惴惴的問。

「親領這一層，倒也已經取消了，聽說仍舊由會計科分送。可是銀行今天已經關了門，休息三天，得等到初八的上午。」他坐下，眼睛看著地面了，喝過一口茶，才又慢慢的開口說：「幸而衙門裡也沒有什麼問題了，大約到初八就準有錢 ……向不相干的親戚朋友去借錢，實在是一件煩難事。我午後硬著頭皮去尋金永生，談了一會，他先恭維我不去索薪，不肯親領，非常之清高，一個人正應該這樣做；待到知道我想要向他通融五十元，就像我在他嘴裡

塞了一大把鹽似的，凡有臉上可以打皺的地方都打起皺來，說房租怎樣的收不起，買賣怎樣的賠本，在同事面前親身領款也不算什麼的，即刻將我支使出來了。」

「這樣緊急的節根，誰還肯借出錢去呢！」方太太卻只淡淡的說，並沒有什麼慨然。

方玄綽低下頭來了，覺得這也無怪其然的，況且自己和金永生本來很疏遠。他接著就記起去年年關的事來，那時有一個同鄉來借十塊錢，他其時明明已經收到了衙門的領款憑單的了，因為恐怕這人將來未必會還錢，便裝了一副為難的神色，說道：衙門裡既然領不到俸錢，學校裡又不發薪水，實在「愛莫能助」，將他空手送走了。他雖然自己並不看見裝了怎樣的臉，但此時卻覺得很侷促，嘴唇微微一動，又搖一搖頭。

然而不多久，他忽而恍然大悟似的發命令了：叫小廝即刻上街去賒一瓶蓮花白。他知道店家希圖明天多還賬，大抵是不敢不賒的。假如不賒，則明天分文不還，正是他們應得的懲罰。

蓮花白竟賒來了。他喝了兩杯，青白色的臉上泛了紅，吃完飯，又頗有些高興了。他點上一枝大號哈德門香煙，從桌上掀起一本《嘗試集》來，躺在床上就要看。「那麼，明天怎麼對付店家呢？」方太太追上去，站在床面前，看著他的臉說。

「店家？……教他們初八的下半天來。」

「我可不能這麼說。他們不相信，不答應的。」

「有什麼不相信。他們可以問去，全衙門裡什麼人也沒有領到，都得初八！」他戟著第二個指頭在帳子裡的空中畫了一個半圓，方太太跟著指頭也看了一個半圓，只見這手便去翻開了《嘗試集》。

方太太見他強橫到出乎情理之外了，也暫時開不得口。

「我想，這模樣是鬧不下去的，將來總得想點法，做點什麼別

的事 ……」伊終於尋到了別的路，說。

「什麼法呢？我『文不像謄錄生，武不像救火兵』，別的做什麼？」

「你不是給上海的書鋪子做過文章麼？」

「上海的書鋪子？買稿要一個一個的算字，空格不算數。你看我做在那裡的白話詩去，空白有多少，怕只值三百大錢一本罷。收版權稅又半年六月沒消息，『遠水救不得近火』，誰耐煩。」

「那麼，給這裡的報館裡 ……」

「給報館裡？便在這裡很大的報館裡，我靠著一個學生在那裡做編輯的大情面，一千字也就是這幾個錢，即使一早做到夜，能夠養活你們麼？況且我肚子裡也沒有這許多文章。」

「那麼，過了節怎麼辦呢？」

「過了節麼？——仍舊做官 ……明天店家來要錢，你只要說初八的下午。」

他又要看《嘗試集》了。方太太怕失了機會，連忙吞吞吐吐的說：「我想，過了節，到了初八，我們 ……倒不如去買一張彩票……」

「胡說！會說出這樣無教育的 ……」

這時候，他忽而又記起被金永生支使出來以後的事了。那時他惘惘的走過稻香村，看見店門口豎著許多斗大的字的廣告道「頭彩幾萬元」，彷彿記得心裡也一動，或者也許放慢了腳步的罷，但似乎因為捨不得皮夾裡僅存的六角錢，所以竟也毅然決然的走遠了。他臉色一變。方太太料想他是在惱著伊的無教育，便趕緊退開，沒有說完話。方玄綽也沒有說完話，將腰一伸，咿咿嗚嗚的就念《嘗試集》。

一九二二年六月

故鄉

　　我冒了嚴寒，回到相隔二千餘里，別了二十餘年的故鄉去。

　　時候既然是深冬；漸近故鄉時，天氣又陰晦了，冷風吹進船艙中，嗚嗚的響。從篷隙向外一望，蒼黃的天底下，遠近橫著幾個蕭索的荒村，沒有一些活氣。我的心禁不住悲涼起來了。

　　阿！這不是我二十年來時時記得的故鄉？

　　我所記得的故鄉全不如此。我的故鄉好得多了。但要我記起他的美麗，說出他的佳處來，卻又沒有影像，沒有言辭了。彷彿也就如此。於是我自己解釋說：故鄉本也如此——雖然沒有進步，也未必有如我所感的悲涼。這只是我自己心情的改變罷了，因為我這次回鄉，本沒有什麼好心緒。

　　我這次是專為了別他而來的。我們多年聚族而居的老屋，已經公同賣給別姓了，交屋的期限只在本年，所以必須趕在正月初一以前，永別了熟識的老屋，而且遠離了熟識的故鄉，搬家到我在謀食的異地去。

　　第二日清早晨我到了我家的門口了。瓦楞上許多枯草的斷莖當風抖著，正在說明這老屋難免易主的原因。幾房的本家大約已經搬走了，所以很寂靜。我到了自家的房外，我的母親早已迎著出來

了，接著便飛出了八歲的侄兒宏兒。

我的母親很高興，但也藏著許多淒涼的神情，教我坐下，歇息，喝茶，且不談搬家的事。宏兒沒有見過我，遠遠的對面站著只是看。

但我們終於談到搬家的事。我說外間的寓所已經租定了，又買了幾件家具，此外須將家裡所有的木器賣去，再去增添。母親也說好，而且行李也略已齊集，木器不便搬運的，也小半賣去了，只是收不起錢來。

「你休息一兩天，去拜望親戚本家一回，我們便可以走了。」母親說。

「是的。」

「還有閏土，他每到我家來時，總問起你，很想見你一回面。我已經將你到家的大約日期通知他，他也許就要來了。」

這時候，我的腦裡忽然閃出一幅神異的圖畫來：深藍的天空中掛著一輪金黃的圓月，下面是海邊的沙地，都種著一望無際的碧綠的西瓜，其間有一個十一二歲的少年，項帶銀圈，手捏一柄鋼叉，向一匹猹（作者說，或許是獾）盡力的刺去，那猹卻將身一扭，反從他的胯下逃走了。

這少年便是閏土。我認識他時，也不過十多歲，離現在將有三十年了，那時我的父親還在世，家景也好，我正是一個少爺。那一年，我家是一件大祭祀的值年。這祭祀，說是三十多年才能輪到一回，所以很鄭重；正月裡供祖像，供品很多，祭器很講究，拜的人也很多，祭器也很要防偷去。我家只有一個忙月（我們這裡給人做工的分三種：整年給一定人家做工的叫長年；按日給人做工的叫短工；自己也種地，只在過年過節以及收租時候來給一定的人家做工的稱忙月），忙不過來，他便對父親說，可以叫他的兒子閏土來管祭器的。

我的父親允許了；我也很高興，因為我早聽到閏土這名字，而且知道他和我彷彿年紀，閏月生的，五行缺土，所以他的父親叫他閏土。他是能裝弶捉小鳥雀的。

　　我於是日日盼望新年，新年到，閏土也就到了。好容易到了年末，有一日，母親告訴我，閏土來了，我便飛跑的去看。他正在廚房裡，紫色的圓臉，頭戴一頂小氈帽，頸上套一個明晃晃的銀項圈。這可見他的父親十分愛他，怕他死去，所以在神佛面前許下願心，用圈子將他套住了。他見人很怕羞，只是不怕我，沒有旁人的時候，便和我說話，於是不到半日，我們便熟識了。

　　我們那時候不知道談些什麼，只記得閏土很高興，說是上城之後，見了許多沒有見過的東西。

　　第二日，我便要他捕鳥。他說：

　　「這不能。須大雪下了才好。我們沙地上，下了雪，我掃出一塊空地來，用短棒支起一個大竹匾，撒下秕穀，看鳥雀來吃時，我遠遠地將縛在棒上的繩子只一拉，那鳥雀就罩在竹匾下了。什麼都有：稻雞、角雞、鵓鴣、藍背……」

　　我於是又很盼望下雪。

　　閏土又對我說：

　　「現在太冷，你夏天到我們這裡來。我們日裡到海邊撿貝殼去，紅的綠的都有，鬼見怕也有，觀音手也有。晚上我和爹管西瓜去，你也去。」

　　「管賊麼？」

　　「不是。走路的人口渴了摘一個瓜吃，我們這裡是不算偷的。要管的是獾豬、刺蝟、猹。月亮地下，你聽，啦啦的響了，猹在咬瓜了。你便捏弓胡叉，輕輕地走去……」

　　我那時並不知道這所謂猹的是怎麼一件東西——便是現在也沒有知道——只是無端的覺得狀如小狗而很凶猛。

「他不咬人麼？」

「有胡叉呢。走到了，看見猹了，你便刺。這畜生很伶俐，倒向你奔來，反從胯下竄了。他的皮毛是油一般的滑……」

我素不知道天下有這許多新鮮事：海邊有如許五色的貝殼，西瓜有這樣危險的經歷；我先前單知道他在水果店裡出賣罷了。

「我們沙地裡，潮汛要來的時候，就有許多跳魚兒只是跳，都有青蛙似的兩個腳……」

阿！閏土的心裡有無窮無盡的稀奇的事，都是我往常的朋友所不知道的。他們不知道一些事，閏土在海邊時，他們都和我一樣只看見院子裡高牆上的四角的天空。

可惜正月過去了，閏土須回家裡去。我急得大哭，他也躲到廚房裡，哭著不肯出門，但終於被他父親帶走了。他後來還託他的父親帶給我一包貝殼和幾支很好看的鳥毛，我也曾送他一兩次東西，但從此沒有再見面。

現在我的母親提起了他，我這兒時的記憶忽而全都閃電似的蘇生過來，似乎看到了我的美麗的故鄉了。我應聲說：

「這好極！他——怎樣？……」

「他？……他景況也很不如意……」母親說著，便向房外看，「這些人又來了。說是買木器，順手也就隨便拿走的，我得去看看。」

母親站起身出去了。門外有幾個女人的聲音。我便招宏兒走近面前，和他閒話：問他可會寫字，可願意出門。

「我們坐火車去麼？」

「我們坐火車去。」

「船呢？」

「先坐船……」

「哈！這模樣了！鬍子這麼長了！」一種尖利的怪聲突然大叫

起來。

　　我吃了一嚇，趕忙抬起頭，卻見一個凸顴骨，薄嘴唇，五十歲上下的女人站在我面前，兩手搭在髀間，沒有繫裙，張著兩腳，正像一個畫圖儀器裡細腳伶仃的圓規。

　　我愕然了。

　　「不認識了麼？我還抱過你咧！」

　　我愈加愕然了。幸而我的母親也就進來，從旁說：

　　「他多年出門，統忘卻了。你該記得罷，」便向著我說：「這是斜對門的楊二嫂……開豆腐店的。」

　　哦，我記得了。我孩子時候，在斜對門的豆腐店裡確乎終日坐著一個楊二嫂，人都叫伊「豆腐西施」。但是擦著白粉，顴骨沒有這麼高，嘴唇也沒有這麼薄，而且終日坐著，我也從沒有見過這圓規式的姿勢。那時人說：因為伊，這豆腐店的買賣非常好。但這大約因為年齡的關係，我卻並未蒙著一毫感化，所以竟完全忘卻了。然而圓規很不平，顯出鄙夷的神色，彷彿嗤笑法國人不知道拿破崙，美國人不知道華盛頓似的，冷笑說：

　　「忘了？這真是貴人眼高……」

　　「哪有這事……我……」我惶恐著，站起來說。

　　「那麼，我對你說。迅哥兒，你闊了，搬動又笨重，你還要什麼這些破爛木器！讓我拿去罷。我們小戶人家，用得著。」

　　「我並沒有闊哩。我須賣了這些，再去……」

　　「阿呀呀！你放了道台了，還說不闊？你現在有三房姨太太，出門便是八抬的大轎，還說不闊？嚇！什麼都瞞不過我。」

　　我知道無話可說了，便閉了口，默默的站著。

　　「阿呀阿呀！真是愈有錢，便愈是一毫不肯放鬆，愈是一毫不肯放鬆，便愈有錢……」圓規一面憤憤的回轉身，一面絮絮的說，慢慢向外走，順便將我母親的一副手套塞在褲腰裡，出去了。

此後又有近處的本家和親戚來訪問我。我一面應酬，偷空便收拾些行李，這樣的過了三四天。

　　一日是天氣很冷的午後，我吃過午飯，坐著喝茶，覺得外面有人進來了，便回頭去看。我看時，不由得非常吃驚，慌忙站起身，迎著走去。

　　這來的便是閏土。雖然我一見便知道是閏土，但又不是我這記憶上的閏土了。他身材增加了一倍；先前的紫色的圓臉已經變作灰黃，而且加上了很深的皺紋；眼睛也像他父親一樣，周圍都腫得通紅：這我知道，在海邊種地的人，終日吹著海風，大抵是這樣的。他頭上是一頂破氈帽，身上只一件極薄的棉衣，渾身瑟索著；手裡提著一個紙包和一支長煙管。那手也不是我所記得的紅活圓實的手，卻又粗又笨而且開裂，像是松樹皮了。

　　我這時很興奮，但不知道怎麼說才好，只是說：

　　「阿！閏土哥——你來了？……」

　　我接著便有許多話，想要連珠一般湧出：角雞、跳魚兒、貝殼、猹……但又總覺得被什麼擋著似的，單在腦裡面迴旋，吐不出口外去。

　　他站住了，臉上現出歡喜和淒涼的神情；動著嘴唇，卻沒有做聲。他的態度終於恭敬起來了，分明的叫道：

　　「老爺……」

　　我似乎打了一個寒噤。我就知道，我們之間已經隔了一層可悲的厚障壁了。我也說不出話。

　　他回過頭去說：「水生，給老爺磕頭。」便拖出躲在背後的孩子來。這正是一個廿年前的閏土，只是黃瘦些，頸子上沒有銀圈罷了。「這是第五個孩子，沒有見過世面，躲躲閃閃……」

　　母親和宏兒下樓來了，他們大約也聽到了聲音。

　　「老太太。信是早收到了。我實在喜歡得了不得，知道老爺回

來……」閏土說。

「阿！你怎的這樣客氣起來。你們先前不是哥弟稱呼麼？還是照舊，迅哥兒。」母親高興的說。

「阿呀！老太太真是……這成什麼規矩！那時是孩子，不懂事……」閏土說著，又叫水生上來打拱。那孩子卻害羞，緊緊的只貼在他背後。

「他就是水生？第五個？都是生人，怕生也難怪的！還是宏兒和他去走走。」母親說。

宏兒聽得這話，便來招水生，水生卻鬆鬆爽爽同他一路出去了。母親叫閏土坐，他遲疑了一回，終於就了坐，將長煙管靠在桌旁，遞過紙包來，說：

「冬天沒有什麼東西了。這一點乾青豆倒是自家曬在那裡的，請老爺……」

我問問他的景況。他只是搖頭。

「非常難。第六個孩子也會幫忙了，卻總是吃不夠……又不太平……什麼地方都要錢，沒有定規……收成又壞。種出東西來，挑去賣，總要捐幾回錢，折了本；不去賣，又只能爛掉……」

他只是搖頭；臉上雖然刻著許多皺紋，卻全然不動，彷彿石像一般。他大約只是覺得苦，卻又形容不出，沉默了片時，便拿起煙管來默默的吸煙了。

母親問他，知道他的家裡事務忙，明天便得回去；又沒有吃過午飯，便叫他自己到廚下炒飯吃去。

他出去了。母親和我都嘆息他的景況：多子、飢荒、苛稅，兵、匪、官、紳，都苦得他像一個木偶人了。母親對我說，凡是不必搬走的東西，盡可以送他，可以聽他自己去揀擇。

下午，他揀好了幾件東西：兩條長桌，四個椅子，一副香爐和燭台，一桿抬秤。他又要所有的草灰（我們這裡煮飯是燒稻草的，

那灰,可以做沙地的肥料),待我們起程的時候,他用船來載去。

夜間,我們又談些閒天,都是無關緊要的話。第二天早晨,他就領了水生回去了。

又過了九日,是我們起程的日期。閏土早晨便到了,水生沒有同來,卻只帶著一個五歲的女兒管船隻。我們終日很忙碌,再沒有談天的工夫。來客也不少,有送行的,有拿東西的,有送行兼拿東西的。待到傍晚我們上船的時候,這老屋裡的所有破舊大小粗細東西,已經一掃而空了。

我們的船向前走,兩岸的青山在黃昏中都裝成了深黛顏色,連著退向船後梢去。

宏兒和我靠著船窗,同看外面模糊的風景。他忽然問道:

「大伯!我們什麼時候回來?」

「回來?你怎麼還沒有走就想回來了。」

「可是,水生約我到他家玩去咧 ……」他睜著大的黑眼睛,癡癡的想。

我和母親也都有些惘然,於是又提起閏土來。母親說,那豆腐西施的楊二嫂,自從我家收拾行李以來,本是每日必到的,前天伊在灰堆裡掏出十多個碗碟來,議論之後,便定說是閏土埋著的,他可以在運灰的時候,一齊搬回家裡去。楊二嫂發見了這件事,自己很以為功,便拿了那狗氣殺(這是我們這裡養雞的器具,木盤上面有著柵欄,內盛食料,雞可以伸進頸子去啄,狗卻不能,只能看著氣死),飛也似的跑了。虧伊裝著這麼高底的小腳,竟跑得這樣快。

老屋離我愈遠了,故鄉的山水也都漸漸遠離了我,但我卻並不感到怎樣的留戀。我只覺得我四面有看不見的高牆,將我隔成孤身,使我非常氣悶;那西瓜地上的銀項圈的小英雄的影像,我本來十分清楚,現在卻忽地模糊了,又使我非常的悲哀。

母親和宏兒都睡著了。

我躺著，聽船底潺潺的水聲，知道我在走我的路。我想：我竟與閏土隔絕到這地步了，但我們的後輩還是一氣，宏兒不是正在想念水生麼？我希望他們不再像我，又大家隔膜起來……然而我又不願意他們因為要一氣，都如我的辛苦輾轉而生活，也不願意他們都如閏土的辛苦麻木而生活，也不願意都如別人的辛苦恣睢而生活。他們應該有新的生活，為我們所未經生活過的。

我想到希望，忽然害怕起來了。閏土要香爐和燭台的時候，我還暗地裡笑他，以為他總是崇拜偶像，什麼時候都不忘卻。現在我所謂希望，不也是我自己手製的偶像麼？只是他的願望切近，我的願望茫遠罷了。

我在朦朧中，眼前展開一片海邊碧綠的沙地來，上面深藍的天空中掛著一輪金黃的圓月。我想：希望是本無所謂有，無所謂無的。這正如地上的路：其實地上本沒有路，走的人多了，也便成了路。

一九二一年一月

狂人日記

　　某君昆仲，今隱其名，皆余昔日在中學校時良友，分隔多年，消息漸闕。日前偶聞其一大病；適歸故鄉，迂道往訪，則僅晤一人，言病者其弟也。勞君遠道來視，然已早愈，赴某地候補矣。因大笑，出示日記二冊，謂可見當日病狀，不妨獻諸舊友。持歸閱一過，知所患蓋「迫害狂」之類。語頗錯雜無倫次，又多荒唐之言；亦不著月日，惟墨色字體不一，知非一時所書。間亦有略具聯絡者，今撮錄一篇，以供醫家研究。記中語誤，一字不易；惟人名雖皆村人，不為世間所知，無關大體，然亦悉易去。至於書名，則本人愈後所題，不復改也。七年四月二日識。

一

　　今天晚上，很好的月光。

　　我不見他，已是三十多年；今天見了，精神分外爽快。才知道以前的三十多年全是發昏；然而須十分小心。不然，那趙家的狗何以看我兩眼呢？

　　我怕得有理。

二

今天全沒有光，我知道不妙。早上小心出門，趙貴翁的眼色便怪，似乎怕我，似乎想害我。還有七八個人，交頭接耳的議論我，又怕我看見。路上的人都是如此。其中最凶的一個人，張著嘴，對我笑了一笑。我便從頭直冷到腳跟，曉得他們布置都已妥當了。

我可不怕，仍舊走我的路。前面一夥小孩子也在那裡議論我，眼色也同趙貴翁一樣，臉色也都鐵青。我想我同小孩子有什麼仇，他也這樣。忍不住大聲說：「你告訴我！」他們可就跑了。

我想：我同趙貴翁有什麼仇，同路上的人又有什麼仇；只有廿年以前，把古久先生的陳年流水簿子踹了一腳，古久先生很不高興。趙貴翁雖然不認識他，一定也聽到風聲，代抱不平，約定路上的人同我作冤對。但是小孩子呢？那時候，他們還沒有出世，何以今天也睜著怪眼睛，似乎怕我，似乎想害我。這真教我怕，教我納罕而且傷心。

我明白了。這是他們娘老子教的！

三

晚上總是睡不著。凡事須得研究才會明白。

他們——也有給知縣打枷過的，也有給紳士掌過嘴的，也有衙役占了他妻子的，也有老子娘被債主逼死的；他們那時候的臉色，全沒有昨天這麼怕，也沒有這麼凶。

最奇怪的是昨天街上的那個女人，打他兒子，嘴裡說道：「老

子呀！我要咬你幾口才出氣！」他眼睛卻看著我。我吃了一驚，遮掩不住；那青面獠牙的一夥人便都哄笑起來。陳老五趕上前，硬把我拖回家中了。

拖我回家，家裡的人都裝作不認識我；他們的眼色也全同別人一樣。進了書房，便反扣上門，宛然是關了一隻雞鴨。這一件事，越教我猜不出底細。

前幾天，狼子村的佃戶來告荒，對我大哥說，他們村裡的一個大惡人給大家打死了；幾個人便挖出他的心肝來，用油煎炒了吃，可以壯壯膽子。我插了一句嘴，佃戶和大哥便都看我幾眼。今天才曉得他們的眼光全同外面的那夥人一模一樣。

想起來，我從頂上直冷到腳跟。

他們會吃人，就未必不會吃我。

你看那女人「咬你幾口」的話，和一夥青面獠牙人的笑，和前天佃戶的話，明明是暗號。我看出他話中全是毒，笑中全是刀。他們的牙齒全是白厲厲的排著，這就是吃人的傢伙。

照我自己想，雖然不是惡人，自從踹了古家的簿子，可就難說了。他們似乎別有心思，我全猜不出。況且他們一翻臉，便說人是惡人。我還記得大哥教我做論，無論怎樣好人，翻他幾句，他便掃上幾個圈；原諒壞人幾句，他便說「翻天妙手，與眾不同」。我哪裡猜得到他們的心思究竟怎樣；況且是要吃的時候。

凡事總須研究，才會明白。古來時常吃人，我也還記得，可是不甚清楚。我翻開歷史一查，這歷史沒有年代，歪歪斜斜的每頁上都寫著「仁義道德」幾個字。我橫豎睡不著，仔細看了半夜，才從字縫裡看出字來，滿本都寫著兩個字是「吃人」！

書上寫著這許多字，佃戶說了這許多話，卻都笑吟吟的睜著怪眼睛看我。

我也是人，他們想要吃我了！

四

　　早上，我靜坐了一會。陳老五送進飯來，一碗菜，一碗蒸魚；這魚的眼睛白而且硬，張著嘴，同那一夥想吃人的人一樣。吃了幾筷滑溜溜的不知是魚是人，便把他兜肚連腸的吐出。

　　我說：「老五，對大哥說，我悶得慌，想到園裡走走。」老五不答應，走了；停一會，可就來開了門。

　　我也不動，研究他們如何擺布我；知道他們一定不肯放鬆。果然！我大哥引了一個老頭子慢慢走來；他滿眼凶光，怕我看出，只是低頭向著地，從眼鏡橫邊暗暗看我。大哥說：「今天你彷彿很好。」我說：「是的。」大哥說：「今天請何先生來，給你診一診。」我說：「可以！」

　　其實我豈不知道這老頭子是劊子手扮的！無非藉了看脈這名目，揣一揣肥瘠：因這功勞，也分一片肉吃。我也不怕；雖然不吃人，膽子卻比他們還壯。伸出兩個拳頭，看他如何下手。老頭子坐著，閉了眼睛，摸了好一會，呆了好一會，便張開他鬼眼睛說：「不要亂想。靜靜的養幾天，就好了。」

　　不要亂想，靜靜的養！養肥了，他們是自然可以多吃；我有什麼好處，怎麼會「好了」？他們這群人，又想吃人，又是鬼鬼祟祟，想法子遮掩，不敢直截下手，真要令我笑死。我忍不住，便放聲大笑起來，十分快活，自己曉得這笑聲裡面有的是義勇和正氣。老頭子和大哥都失了色，被我這勇氣正氣鎮壓住了。

　　但是我有勇氣，他們便越想吃我，沾光一點這勇氣。老頭子跨出門，走不多遠，便低聲對大哥說道：「趕緊吃罷！」大哥點點頭。原來也有你！這一件大發現雖似意外，也在意中：合夥吃我的

人便是我的哥哥！

吃人的是我哥哥！

我是吃人的人的兄弟！

我自己被人吃了，可仍然是吃人的人的兄弟！

五

這幾天是退一步想：假使那老頭子不是劊子手扮的，眞是醫生，也仍然是吃人的人。他們的祖師李時珍做的「本草什麼」上，明明寫著人肉可以煎吃；他還能說自己不吃人麼？

至於我家大哥，也毫不冤枉他。他對我講書的時候，親口說過可以「易子而食」；又一回偶然議論起一個不好的人，他便說不但該殺，還當「食肉寢皮」。我那時年紀還小，心跳了好半天。前天狼子村佃戶來說吃心肝的事，他也毫不奇怪，不住的點頭。可見心思是同從前一樣狠。既然可以「易子而食」，便什麼都易得，什麼人都吃得。我從前單聽他講道理，也胡塗過去；現在曉得他講道理的時候，不但唇邊還抹著人油，而且心裡滿裝著吃人的意思。

六

黑漆漆的，不知是日是夜。趙家的狗又叫起來了。

獅子似的凶心，兔子的怯弱，狐狸的狡猾……

七

我曉得他們的方法，直截殺了，是不肯的，而且也不敢，怕有禍祟。所以他們大家聯絡，布滿了羅網，逼我自戕。試看前幾天街上男女的樣子，和這幾天我大哥的作為，便足可悟出八九分了。最好是解下腰帶，掛在梁上，自己緊緊勒死；他們沒有殺人的罪名，又償了心願，自然都歡天喜地的發出一種嗚嗚咽咽的笑聲。否則驚嚇憂愁死了，雖則略瘦，也還可以首肯幾下。

他們是只會吃死肉的——記得什麼書上說，有一種東西，叫「海乙那」（英語hyena音譯，即鬣狗）的，眼光和樣子都很難看；時常吃死肉，連極大的骨頭都細細嚼爛，咽下肚子去，想起來也教人害怕。「海乙那」是狼的親眷，狼是狗的本家。前天趙家的狗看我幾眼，可見牠也同謀，早已接洽。老頭子眼看著地，豈能瞞得我過。

最可憐的是我的大哥，他也是人，何以毫不害怕，而且合夥吃我呢？還是歷來慣了，不以為非呢？還是喪了良心，明知故犯呢？

我詛咒吃人的人，先從他起頭；要勸轉吃人的人，也先從他下手。

八

其實這種道理，到了現在，他們也該早已懂得……

忽然來了一個人，年紀不過二十左右，相貌是不很看得清楚，滿面笑容，對了我點頭。他的笑也不像真笑。我便問他：「吃人的

事，對麼？」他仍然笑著說：「不是荒年，怎麼會吃人。」我立刻就曉得，他也是一夥，喜歡吃人的；便自勇氣百倍，偏要問他。

「對麼？」

「這等事問他什麼。你眞會 ⋯⋯ 說笑話 ⋯⋯ 今天天氣很好。」

天氣是好，月色也很亮了。可是我要問你：「對麼？」

他不以爲然了，含含糊糊的答道：「不 ⋯⋯」

「不對？他們何以竟吃?!」

「沒有的事 ⋯⋯」

「沒有的事？狼子村現吃；還有書上都寫著，通紅斬新！」

他便變了臉，鐵一般青，睜著眼說：「有許有的，這是從來如此 ⋯⋯」

「從來如此，便對麼？」

「我不同你講這些道理；總之你不該說，你說便是你錯！」

我直跳起來，張開眼，這人便不見了。全身出了一大片汗。他的年紀，比我大哥小得遠，居然也是一夥；這一定是他娘老子先教的。還怕已經教給他兒子了；所以連小孩子也都惡狠狠的看我。

九

自己想吃人，又怕被別人吃了，都用著疑心極深的眼光，面面相覷 ⋯⋯

去了這心思，放心做事走路吃飯睡覺，何等舒服。這只是一條門檻，一個關頭。他們可是父子兄弟夫婦朋友師生仇敵和各不相識的人都結成一夥，互相勸勉，互相牽掣，死也不肯跨過這一步。

十

　　大清早，去尋我大哥。他立在堂門外看天，我便走到他背後，攔住門，格外沉靜，格外和氣的對他說：

　　「大哥，我有話告訴你。」

　　「你說就是。」他趕緊回過臉來，點點頭。

　　「我只有幾句話，可是說不出來。大哥，大約當初野蠻的人都吃過一點人。後來因為心思不同，有的不吃人了，一味要好，便變了人，變了真的人。有的卻還吃——也同蟲子一樣，有的變了魚鳥猴子，一直變到人。有的不要好，至今還是蟲子。這吃人的人比不吃人的人何等慚愧，怕比蟲子的慚愧猴子，還差得很遠很遠。

　　「易牙蒸了他兒子，給桀紂吃，還是一直從前的事。誰曉得從盤古開闢天地以後，一直吃到易牙的兒子，從易牙的兒子一直吃到徐錫林，從徐錫林又一直吃到狼子村捉住的人。去年城裡殺了犯人，還有一個生癆病的人，用饅頭蘸血舐。

　　「他們要吃我，你一個人，原也無法可想；然而又何必去入夥。吃人的人，什麼事做不出；他們會吃我，也會吃你，一夥裡面，也會自吃。但只要轉一步，只要立刻改了，也就人人太平。雖然從來如此，我們今天也可以格外要好，說是不能！大哥，我相信你能說。前天佃戶要減租，你說過不能。」

　　當初，他還只是冷笑，隨後眼光便凶狠起來，一到說破他們的隱情，那就滿臉都變成青色了。大門外立著一夥人，趙貴翁和他的狗也在裡面，都探頭探腦的挨進來。有的是看不出面貌，似乎用布蒙著；有的是仍舊青面獠牙，抿著嘴笑。我認識他們是一夥，都是吃人的人。可是也曉得他們心思很不一樣：一種是以為從來如此，

應該吃的；一種是知道不該吃，可是仍然要吃，又怕別人說破他，所以聽了我的話，越發氣憤不過，可是抿著嘴冷笑。

這時候，大哥也忽然顯出凶相，高聲喝道：

「都出去！瘋子有什麼好看！」

這時候，我又懂得一件他們的巧妙了。他們豈但不肯改，而且早已布置，預備下一個瘋子的名目罩上我。將來吃了，不但太平無事，怕還會有人見情。佃戶說的大家吃了一個惡人，正是這方法。這是他們的老譜！

陳老五也氣憤憤的直走進來。如何按得住我的口，我偏要對這夥人說：「你們可以改了，從眞心改起！要曉得將來容不得吃人的人活在世上。」

「你們要不改，自己也會吃盡。即使生得多，也會給眞的人除滅了，同獵人打完狼子一樣——同蟲子一樣！」

那一夥人都被陳老五趕走了。大哥也不知哪裡去了。陳老五勸我回屋子裡去。屋裡面全是黑沉沉的。橫樑和椽子都在頭上發抖：抖了一會，就大起來，堆在我身上。

萬分沉重，動彈不得；他的意思是要我死。我曉得他的沉重是假的，便掙扎出來，出了一身汗。可是偏要說：

「你們立刻改了，從眞心改起！你們要曉得將來是容不得吃人的人……」

十一

太陽也不出，門也不開，日日是兩頓飯。

我捏起筷子，便想起我大哥；曉得妹子死掉的緣故，也全在他。那時我妹子才五歲，可愛可憐的樣子，還在眼前。母親哭個不

住，他卻勸母親不要哭；大約因爲自己吃了，哭起來不免有點過意不去。如果還能過意不去……

妹子是被大哥吃了，母親知道沒有，我可不得而知。

母親想也知道：不過哭的時候卻並沒有說明，大約也以爲應當的了。記得我四五歲時，坐在堂前乘涼，大哥說爺娘生病，做兒子的須割下一片肉來，煮熟了請他吃，才算好人；母親也沒有說不行。一片吃得，整個的自然也吃得。但是那天的哭法，現在想起來，實在還教人傷心，這真是奇極的事！

<h1 style="text-align:center">十二</h1>

不能想了。

四千年來時時吃人的地方，今天才明白，我也在其中混了多年；大哥正管著家務，妹子恰恰死了，他未必不和在飯菜裡，暗暗給我們吃。

我未必無意之中，不吃了我妹子的幾片肉，現在也輪到我自己……有了四千年吃人履歷的我，當初雖然不知道，現在明白，難見真的人！

<h1 style="text-align:center">十三</h1>

沒有吃過人的孩子，或者還有？

救救孩子……

一九一八年四月

一件小事

　　我從鄉下跑到京城裡，一轉眼已經六年了。其間耳聞目睹的所謂國家大事，算起來也很不少；但在我心裡，都不留什麼痕跡，倘要我尋出這些事的影響來說，便只是增長了我的壞脾氣──老實說，便是教我一天比一天的看不起人。

　　但有一件小事，卻於我有意義，將我從壞脾氣裡拖開，使我至今忘記不得。

　　這是民國六年的冬天，大北風刮得正猛，我因為生計關係，不得不一早在路上走。一路幾乎遇不見人，好容易才僱定了一輛人力車，教他拉到S門去。不一會，北風小了，路上浮塵早已刮淨，剩下一條潔白的大道來，車夫也跑得更快。剛近S門，忽而車把上帶著一個人，慢慢地倒了。

　　跌倒的是一個女人，花白頭髮，衣服都很破爛。伊從馬路邊上突然向車前橫截過來；車夫已經讓開道，但伊的破棉背心沒有上扣，微風吹著，向外展開，所以終於兜著車把。幸而車夫早有點停步，否則伊定要栽一個大觔斗，跌到頭破血出了。

　　伊伏在地上；車夫便也立住腳。我料定這老女人並沒有傷，又沒有別人看見，便很怪他多事，要自己惹出是非，也誤了我的路。

　　我便對他說：「沒有什麼的，走你的罷！」

　　車夫毫不理會──或者並沒有聽到──卻放下車子，扶那老女

人慢慢起來，攙著臂膊立定，問伊說：「你怎麼啦？」

「我摔壞了。」

我想，我眼見你慢慢倒地，怎麼會摔壞呢，裝腔作勢罷了，這真可憎惡。車夫多事，也正是自討苦吃，現在你自己想法去。

車夫聽了這老女人的話，卻毫不躊躇，仍然攙著伊的臂膊，便一步一步的向前走。我有些詫異，忙看前面，是一所巡警分駐所，大風之後，外面也不見人。這車夫扶著那老女人，便正是向那大門走去。

我這時突然感到一種異樣的感覺，覺得他滿身灰塵的後影剎那高大了，而且愈走愈大，須仰視才見。而且他對於我，漸漸的又幾乎變成一種威壓，甚而至於要搾出皮袍下面藏著的「小」來。

我的活力這時大約有些凝滯了，坐著沒有動，也沒有想，直到看見分駐所裡走出一個巡警，才下了車。

巡警走近我說：「你自己僱車罷，他不能拉你了。」

我沒有思索的從外套袋裡抓出一大把銅元，交給巡警，說：「請你給他……」

風全住了，路上還很靜。我走著，一面想，幾乎怕敢想到我自己。以前的事姑且擱起，這一大把銅元又是什麼意思？獎他麼？我還能裁判車夫麼？我不能回答自己。

這事到了現在，還是時時記起。我因此也時時熬了苦痛，努力的要想到我自己。幾年來的文治武力，在我早如幼小時候所讀過的「子曰詩云」一般，背不上半句了。獨有這一件小事，卻總是浮在我眼前，有時反更分明，教我慚愧，催我自新，並且增長我的勇氣和希望。

一九二〇年七月

《阿Q正傳》分析

佚名

　　阿Q沒有固定的職業，割麥便割麥，舂米便舂米，撐船便撐船；只給人家做短工，是個雇農。有人說他「眞能做！」他很喜歡。他在趙太爺家裏做工的日子，吃過晚飯之後，還要赤著膊在油燈下舂米。他能夠勞動，也很肯勞動。可是他，不但沒有土地，連房屋也沒有一間。他住在土穀祠裏；所謂住廟頭，是當時一般人認爲最要不得的。他的勞動的果實被地主剝削去了。地主的幫兇地保也剝削他，使他押掉氈帽棉被；破布衫被趙太爺家沒收，又因爲失業、飢餓，賣掉了破棉襖，終於弄得只剩了一條萬不可脫的褲子。

　　阿Q生長在辛亥革命以前，正當中國受到帝國主義嚴重的侵略，封建階級加緊剝削農民的時候。所謂未莊，可以說是半封建半殖民地裏農村的代名詞。阿Q不但在經濟上被殘酷地剝削，還在社會上受到無情的壓迫。當趙太爺的兒子進了秀才鑼聲鐺鐺的報到村裏的時候，他手舞足蹈，說這於他也很光采，因爲他和趙太爺原來是本家。可是趙太爺給了他一個嘴巴，用勢利的口氣這樣說，「我怎麼會有你這樣的本家？……你哪裏配姓趙！」

　　阿Q沒有受教育的權利；未莊的人都不關心他。忙碌的時候記起他來，爲的只是要他做工，他連自己的姓名都不會寫。他的名字

是阿桂，還是阿貴，也是弄不清楚。只有一個阿字可靠；這也不是他特有的。他是被壓迫在最下層的一個。

阿Q這種生活是痛苦的；因此他常常喝黃酒，也常常趕賭場；要想在沉醉中逍遙一下，把希望寄托在賭博上。他又中了封建觀念的毒。因此，他身上就有了許多缺點。

阿Q以為：凡尼姑，一定與和尚私通；一個女人在外面走，一定想引誘野男人；一男一女在那裏講話，一定要有勾當了。——這是「阿Q學說」。

阿Q有著妄自尊大的缺點：他在同別人口角的時候，會瞪著眼睛說，「我們先前——比你闊的多啦！你算是什麼東西！」所有未莊的居民，全不在他眼睛裏，他想：「我的兒子會闊得多啦！」他看不起城裏人，因為城裏人把他和未莊人都叫做長凳的凳子叫做條凳，他想：「這是錯的，可笑！」油煎大頭魚，未莊都加上半寸長的蔥葉，城裏卻加上切細的蔥絲，他想：「這也是錯的，可笑！」

自相矛盾：阿Q看不起城裏人；又以為一般的未莊人可笑，他們還沒有見過城裏的煎魚。他先動手打王鬍一拳。在被王鬍扭住了辮子，要撞到牆上去碰頭的時候，他卻歪著頭說：「君子動口不動手！」

好像阿Q認定自己不是君子，卻要求王鬍做君子。關於「長凳」「條凳」，「蔥葉」「蔥絲」，魯迅先生一九三四年在「答『戲』周刊編者信」裏說：「中國人幾乎都是愛護故鄉，奚落別處的大英雄，阿Q也很有這脾氣。」

「阿Q又有欺善怕惡的缺點：他走近靜修庵小尼姑的身旁，就突然伸出手去摩著她的頭皮獸笑著說：「禿兒！快回去，和尚等著你。」而且扭她的面頰。他見了又瘦又乏的小D就罵他「畜生！」小D說：「我是蟲豸，好麼？」阿Q還是撲上去，伸手拔住小D的辮子。可是錢太爺的大兒子，拿著一支黃漆的棍子大踏步地向他

走來，阿Q知道大約要打了，只是「趕緊抽緊筋骨，聳了肩膀等候著。」拍地打了之後，他也只是指著近旁的一個孩子，分辯說，「我說他！」秀才用一支大竹槓蓬地打了他，又向他劈下來，他只是用兩手去抱頭。趙太爺握著一支大竹槓向他奔來，他也只是逃走的。

　　可是阿Q還有更大的缺點，就是「精神勝利法」。「阿Q在形式上打敗了，被人揪住黃辮子，在壁上碰了四五個響頭，閑人這才心滿意足的得勝的走了，阿Q站了一刻，心裏想，『我總算被兒子打了，現在的世界真不像樣……』於是也心滿意足的得勝地走了。」後來閑人知道了他這種精神勝利法，在揪住他黃辮子的時候，就先一著對他說，「阿Q，這不是兒子打老子，是人打畜生。自己說，人打畜生！」阿Q兩隻手都捏住了自己的辮根，歪著頭，說：「打蟲豸，好不好？我是蟲豸——還不放麼？」閑人並不放，仍舊在就近什麼地方給他碰了五六個響頭，這才心滿意足的得勝地走了，他以為阿Q這回可遭了瘟。然而不到十秒點，阿Q也心滿意足的得勝地走了，他覺得他是第一個能夠自輕自賤的人，除了「自輕自賤」不算外，餘下的就是「第一個」。狀元也是「第一個」。

　　阿Q在賭場上押牌寶，贏了一堆洋錢，被人搶去，又挨了打，感到失敗的苦痛了。「但他立刻轉敗為勝了。他擎起右手，用力的在自己臉上連打了兩個嘴巴，熱剌剌的有些痛；打完之後，便心平氣和起來，似乎打的是自己，被打的是別一個自己，不久也就彷彿是自己打了別個一般，——雖然還有些熱剌剌，——心滿意足的得勝地躺下了。」

　　阿Q的頭皮上有個癩瘡疤，因此他諱說「癩」以及一切近於「癩」的音。後來，連「燈」「燭」都諱了。一犯諱，不問有心與無心，阿Q便全疤通紅的發怒起來，估量了對手，口訥的他便罵，氣力小的他便打；然而不知怎麼一回事，總還是阿Q吃虧的時候

多，於是他漸漸的變換了方針，大抵改爲怒目而視了。阿Q的怒目主義，是他精神勝利法的開始；也可以說是精神勝利法的一種。

阿Q和小D，互相拔住辮子，四隻手拔著兩顆頭，勢均力敵地鬥了約半點鐘之久，不分勝負。他們同時退開，都擠出人叢去。

「記著罷，媽媽的……」阿Q回過頭去說。意思是不甘休，總要收拾對方。明明是不能取得勝利；卻要憑空來這樣恐嚇一下。這也可以說是精神勝利法的一種。

吃了人家的虧，被污辱了，不知道實行報復，不想戰勝敵人，受了迫害，不反抵，不掙扎，卻用精神勝利法來聊以自解，聊以自慰；實在是自欺欺人。

阿Q還有個同樣的缺點，就是容易忘記仇恨。他被閑人揪住黃辮子，迫他承認兒子、畜生；他自己說是蟲豸。「我是蟲豸──還不放麼？」閑人仍舊在就近什麼地方給他碰了五六個響頭。這不是一件小事情，可是不到十秒鐘的時候，阿Q就忘記了這仇恨。有了精神上應該痛苦的事情，用很快的忘記來逃避這種痛苦。阿Q在賭攤上給人搶去洋錢又挨打以後，感到失敗的痛苦了。但他立刻轉敗爲勝了。

容易忘記仇恨和精神勝利法有著密切的聯繫，阿Q這種缺點是非常嚴重的。

阿Q又有奴隸性的缺點：他被捕以後，「到得大堂，上面坐著一個滿頭剃得精光的老頭子。……都是一臉橫肉，怒目而視的看他；他便知道這人一定有些來歷，膝關節立刻自然而然的寬鬆，便跪了下去了。」叫他「站著說！不要跪！」「但總覺得站不住，身不由己的蹲了下去，而且終於趁勢改爲跪下了。」

阿Q的缺點，好像可以從兩個方面來說：一方面由於直接被封建階層迫害得麻木了而產生的；還有一方面是間接受了封建階層統治者的影響的結果，像精神勝利法和容易忘記仇恨，封建階層統

治者是比阿Q更嚴重的。這是因爲許多年以來，屢次受到外來的侵害，——且不說遠的，只是鴉片戰爭以後，我國被帝國主義多方侵略，也是夠受的了。封建階層統治者不能實行正面抵抗外侮，逃避應有的責任，就趕快忘記，用精神勝利法來聊以自解，聊以自慰。

魯迅先生曾經從歷史上指出例子來；他在「忽然想到」上說，「這些人是一類，都是伶俐人，也都明白，中國雖完，自己的精神是不會苦的，——因爲都能變出合適的態度來。倘有不信，請看清朝的漢人所做的頌揚武功的文章上，開口『大兵』，閉口『我軍』，你能料得到被這『大兵』、『我軍』所敗的就是漢人麽？……這一流人是永遠勝利的。」（《華蓋集》）

他在「諺語」上說，「專制者的反面就是奴才，有權時無所不爲，失勢時奴性十足。孫皓是特等的暴君，但降晉之後，簡直像一個幫閑；宋徽宗在位時不可一世，而被虜後偏會含垢忍辱。做主子時以一切別人爲奴才，則有了主子，一定以奴才自命。」（《南腔北調集》）

魯迅先生也曾在口頭上慨嘆著說，「慣於奴隸於人的總也要奴隸人；慣於奴隸人的總也會奴隸於人。」

他在《病後雜談》上說，「其實，『君子遠庖廚』也就是自欺欺人的辦法：君子非吃牛肉不可，然而他慈悲，不忍見牛臨死的觳觫，於是走開，等到燒成牛排，然後慢慢地來咀嚼。牛排是決不會觳觫的了，也就和慈悲不再有衝突，於是他心安理得，天趣盎然。」（《且介亭雜文》）

由於千百年形成的積習，這種缺點，各階層都受到了影響；貧雇農也受到了影響，阿Q是個受了這種影響的典型人物。——這樣，就成了所謂「阿Q哲學」，或者叫做「阿Q思想」。魯迅先生爲著促使大家注意，在《阿Q正傳》上突出地揭露了阿Q思想。這也因爲他重視農民問題，熱愛農村中的廣大人民，爲著他們有了這

種缺點而焦急，所以寫得很緊張，顯得很激烈。

可是這兩方面，無論是直接的和間接的，產生這種缺點的主要原因，實在只有一個，就是受了封建思想的毒害。

阿Q被剝削，受壓迫。他的品質，基本上是好的；他要反抗，想革命，可是他在重重的剝削和壓迫下，中了封建思想的毒素，精神上已經麻痺。他還沒有失掉自尊心，可是戰不勝實現的迫害；他在主觀上不甘心屈服，想逃避痛苦，這就造成了他的「健忘」，也就是使他慣於採用「精神勝利法」的原因了。

阿Q，因為腦子裏存著封建禮教概念，所以注意「男女之大防」，要去「懲戒」小尼姑。阿Q有著自尊心，可是現實不允許他真正做到自尊，這就造成了他的「妄自尊大」。他敵不過惡人，懷恨在心，有時就到善良的人裏去報復，這就造成了他的「欺善怕惡」。因此他常常弄得自相矛盾，也就不免現出奴隸相來。由此可見，阿Q的種種缺點並不是並列的；這些缺點是從一個基本的缺點產生的。他的基本缺點就是受了封建主義毒害的「精神勝利法」。精神勝利法使阿Q忘記仇恨，不知道報復；使阿Q妄自尊大，欺善怕惡。這種精神勝利法是由封建毒害所養成的，所以跟封建禮教結合在一起，要分別「男女之大防」了。

由於封建思想的毒害，阿Q身上存在著這樣多的缺點。阿Q是個典型人物，由此可見當時我國廣大人民被封建思想毒害得多麼厲害。魯迅先生把《阿Q正傳》寫得這樣深刻，可見他對於封建思想毒害痛恨得深切，所以他反對封建是這樣猛烈的。

阿Q思想，當時的確是普遍存在的。《阿Q正傳》九章，在《北京晨報》副刊上發表，署名巴人，每星期一次，登一章，九星期才登完。記得還只登載到約一半的時候，就有人在上海發表文字，說是阿Q，雖然不一定真有這個人，可是到處有著阿Q，每個人的身上都多少有點阿Q氣味。在北京有高一涵在《現代評論》上

說，「當『阿Q正傳』一章一章陸續發表的時候，有許多人都慄慄危懼，恐怕以後要罵到他的頭上。並且有一位朋友當我面說，昨日『阿Q正傳』上某一段彷彿就是罵他自己，因此便猜疑『阿Q正傳』是某人作的。何以呢？因為只有某人知道他這一段私事。……等到他打聽出『阿Q正傳』的作者姓名的時候，他才知道他和作者素不相識。」

魯迅先生在「答『戲』周刊編者信」上說，「古今文壇消息家，往往以為有些小說的根本是在報私仇，所以一定要穿鑿書上的誰，就是實際上的誰。為免除這些才子學者們的白費心思，另生枝節起見，我就用『趙太爺』，『錢太爺』，是『百家姓』上最初的兩個字。……並非我怕得罪人，目的是在消滅各種無聊的副作用，使作品的力量較能集中，發揮得更強烈。果戈理作『巡按使』（即『欽差大臣』——引用者注），使演員直接對看客道：『你們在笑自己！』……我的方法是在使讀者摸不著在寫自己以外的誰，一下子就推委掉，變成旁觀者，而疑心到像是寫自己，又像是寫一切人，由此開出反省的道路。」（《且介亭雜文》）

魯迅先生在《俄文譯本阿Q正傳序》上說，「我雖然已經試做，但終於自己還不能很有把握，我是否真能夠寫出一個現代的我們國人的靈魂來。」又說，「我雖然竭力想摸索人們的靈魂，但時時總自憾有些隔膜。……我也只得依了自己的覺察孤寂地姑且將這些寫出，作為在我的眼裏所經過的中國的人生。」（《集外集》）

從這種恐怕寫得不夠準確的語氣，可見魯迅先生寫《阿Q正傳》，是在盡量忠實於客觀現實的反映，按照當時的實際情況來寫的。

魯迅先生在《阿Q正傳的成因》上說，「阿Q的影像，在我心田中似乎確已有了好幾年。」（《華蓋集續編》）

由此可見，魯迅先生寫《阿Q正傳》，考慮得仔細周到，不是

隨隨便便的。他在《阿Q正傳》上寫的並非只是一些現象；阿Q的確是當時的「中國的人生」的本質。他不但刻劃出了阿Q是怎麼樣的，同時也探索出來了阿Q為什麼是這樣的原因。

像阿Q被剝削、壓迫得這樣屬害的人，本來是早應該想革命的了。但他又被統治階級愚弄著。魯迅先生對於這一點，在《阿Q正傳》上這樣寫著：「阿Q的耳朵裏，本來早聽到過革命黨這一句話，今年又親眼見過殺掉革命黨。但他有一種不知從那裏來的意見，以為革命便是造反，造反便是與他為難，所以一向是『深惡而痛絕之』的。」——這明明是從統治階級受來的影響。

革命——造反，的確是同統治階層為難而使他們深惡痛絕之的。這裏所謂「不知從那裏來的意見」，除掉被統治階層直接欺騙以外，還間接從旁邊的人受到影響，因為廣大的群眾都被統治階層欺騙愚弄著，究竟從那來，已經難以明確指出，

所以這樣說。從這一點，也可見統治階層歪曲宣傳欺騙人民手段的惡毒了。

當被「假洋鬼子」用哭喪棒拍拍地打了之後，「在阿Q的記憶上，這大約要算是生平第二件的屈辱。幸而拍拍的響了之後，於阿Q似乎完結了一件事，反而倒覺得輕鬆些。」接著，魯迅先生是這樣寫的：「而且『忘卻』這一件祖傳的寶貝也發生了效力，他慢慢的走，將到酒店門口，早已有些高興了。」

這裏的「寶貝」是反話。「祖傳」兩字，突出地說明了「容易忘記仇恨」這個嚴重的缺點，並不是阿Q一個人獨有的，也不是當時的一般人才有的；而是祖上已經這個樣子，阿Q受了影響，也就這個樣子罷了。

在這裏，我們可以體會到，魯迅先生在《阿Q正傳》上暴露了許多當時國民性的缺點：精神勝利法，容易忘記仇恨和其他阿Q思想。

魯迅先生在《狂人日記》上已經揭露了當時國民性的缺點。他寫《阿Q正傳》在寫《一件小事》以後，就是已經掌握了自我批評的武器以後。他在《阿Q正傳》上對國民性進行嚴格的深刻的批判。當時一般人都是以爲「家醜不可外揚」的，魯迅先生卻大膽地暴露了當時國民性的缺點，因爲他熱愛自己的民族；認清楚了我們的民族基本上實在是很好的，只是有了些缺點，只要去掉這些缺點就好，而且這種缺點是可以去掉的，去掉的辦法，首先把這些缺點指出來使人注意，所以他通過《阿Q正傳》，盡情地揭露缺點，大聲疾呼地要大家注意謀改革。

　　記得《阿Q正傳》發表時，在一些熟人當中，時常這樣互相勉勵：「你這樣，不是做了阿Q麼！」「啊呀！我又幾乎做了阿Q了！」《阿Q正傳》使人提高警惕，教育的作用委實是大的。

　　照魯迅先生口頭說的，他寫《阿Q正傳》，原想通過阿Q的形象，指出各種各樣的壞習慣和壞脾氣來；阿Q是個壞習慣壞脾氣多的典型人物。他和我們一道在街上走走，或者在什麼地方開談時，他常常聯繫著聞見到或者提到的不好現象說：「這就是『阿Q正傳』上的……」《阿Q正傳》固然是挖掘得深的，也的確是概括得廣的。

　　可是阿Q是個雇農。他有忠厚、樸實的地方。他被殘酷地剝削，無情地壓迫；迫害他的一群，趙太爺、錢太爺、舉人老爺、秀才、把總，這批地主階層的統治者都是窮兇極惡的壞蛋。

　　趙太爺家裏，吃了晚飯，還要阿Q舂米。因爲阿Q向吳媽求愛，借口阿Q「造反」，就把阿Q應得的工資扣住，連破布衫都不還他；還要他用香燭去磕頭謝罪，並且訂立條約：「阿Q從此不准踏進趙府的門檻。……」這樣毫無人情地對待阿Q；毫無人心地迫得阿Q陷於凍餓。後來知道阿Q有贓物出賣，爲著貪便宜，就托鄒七嫂去尋找阿Q；「而且爲此新闢了第三種的例外：這晚上也姑且

特准點油燈。」「趙太太還怕他因為春天的條件不敢來，而趙太爺以為不足慮；因為這是『我』去叫他的。」地主階層的臭架子是十足的。

「阿Q，聽說你在外面發財，……那很好，那很好的。這個……聽說你有些舊東西，……可以都拿來看一看，……這並不是別的，因為我倒要……」

阿Q要革命以後，趙太爺就不敢再叫他阿Q，表示親暱地把阿字換作老字，怯怯地叫他「老Q」。把總殺阿Q，「懲一儆百」，為的是給他做「面子」。舉人老爺是還想向阿Q追贓的。個個自私自利，醜態十足；真的都是無恥之極的。

趙秀才，「一知道革命黨已在夜間進城，便將辮子盤在頂上，一早去拜訪那歷來也不相能的錢洋鬼子。這是『咸與維新』的時候了，所以他們便談得很投機，立刻成了情投意合的同志，也相約去革命。」所謂「咸與維新」，其實不過是投機；無怪他們想而又想以後，只是到靜修庵去打碎一塊「皇帝萬歲萬歲萬萬歲」的龍牌，把老尼姑當作清朝政府，給了她不少的棍子和栗鑿，又拿走觀音娘娘座前的一個宣德爐。

「錢洋鬼子，」白著眼睛說大話，「洪哥！……他卻總說道No！──這是洋話。……他再三再四的請我上湖北，我還沒有肯。」因為辛亥革命，十月十日在湖明北武昌起義是用了黎元洪的名義的，所以他這樣地說大話。由於「咸與維新」，「知縣大老爺還是原官，不過改稱了什麼，而且舉人老爺也做了什麼……帶兵的也還是先前的老把總。」到了阿Q槍斃以後，舉人老爺和趙府的人，「便漸漸的都發生了遺老的氣味」。

當時地主階層對於農民的高度的剝削和壓迫，在寫阿Q關到櫳子裏去時也有附帶的反映，那比阿Q先關進櫳子的鄉下人，為的是舉人老爺要追他祖父欠下租來的陳租。

地保是地主階層的爪牙不用說。一般未莊人也是麻木得只知道盲從附和。阿Q槍斃以後，那裏的興論無異議。「自然都說阿Q壞，被槍斃便是他的壞的證據；不壞又何至於被槍斃呢？」他們是這樣勢利刻薄的：阿Q在給趙太爺父子用大竹杠打出來以後，女人們一見他走來，「便個個躲進門裏去。甚而至於將近五十歲的鄒七嫂，也跟著別人亂鑽，而且將十一歲的女兒都叫進去了。」許多日沒有一個人來叫他做短工。酒店也不肯賒欠了。但到阿Q從城裏回來，從腰間伸出手來，滿把是銀的和銅的時候，「掌櫃既先之以點頭，又繼之談話」了。「未莊老例，看見略有些醒目的人物，是與其慢也寧敬之」的。

阿Q被趙太爺否定姓趙，並且打了嘴巴之後，「大家也彷彿格外尊敬他。」因為「未莊通例，倘如阿七打阿八，或者李四打張三，向來本不算一件事，必須與一位名人如趙太爺者相關，這才載上他們的口碑。一上口碑，則打的既有名，被打的也就托庇有了名。至於錯在阿Q，那自然是不必說。所以者何？就因為趙太爺是不會錯的。……大家也還怕有些真，總不如尊敬一些穩當。」地主階層這樣威風，還成什麼樣子。但那封建社會裏確是這個樣子的。

阿Q的頭皮上有個癩瘡疤。他不願有人提起他這個缺點，未莊的閑人偏喜歡借此挪揄他；迫得阿Q採用怒目主義了，便愈喜歡玩笑他。「嚘，亮起來了。」「原來有保險燈在這裏！」要從別人的難堪中取樂，和孔乙己周圍的人一樣，都是只有反同情的。原來未莊和魯鎮，是同一時代同一制度的社會。

通過《阿Q正傳》，魯迅先生也指出來了當時社會上輕視女性問題的嚴重。他也用了反話說，「中國的男人，本來大半都可以做聖賢，可惜全被女人毀掉了。商是妲己鬧亡的；周是褒姒弄壞的；秦……而董卓可是的確給貂蟬害死了。」

又說，「阿Q本來也是正人，我們雖然不知道他曾蒙什麼明師

指授過，但他對於『男女之大防』卻歷來非常嚴；也很有排斥異端──如小尼姑及假洋鬼子之類──的正氣。」

阿Q沒有讀書的機會，連自己的姓名都寫不來；所謂「曾蒙什麼名師指授過」，明也是由於無形中受來的影響。

魯迅先生對於阿Q，雖然因為他不覺悟，不知道振作，也是「怒其不爭」的。但同時也是「哀其不幸」的。在「生計問題」上寫著這樣的話：「有一日很溫和，微風拂拂的頗有些夏意了，阿Q卻覺得寒冷起來，」因為「棉被，帽，布衫，早已沒有了，其次就賣了棉襖。」「但這還可以擔當，第一倒是肚子餓。」「他早想在路上拾得一注錢，但至今還沒有見；他想在自己的破屋裏忽然尋到一注錢，慌張的四顧，但屋內是空虛而且了然。……他在路上走著要『求食』，看見熟識的酒店，看見熟識的饅頭，但他都走過了，不但沒有暫停，而且並不想要。他所求的不是這類東西了；他求的是什麼東西，他自己不知道。」

阿Q找不到工作；沒有錢，看著食物餓肚子，這種社會是多麼冷酷呀！

「村外多是水田，滿眼是新秧的嫩綠，夾著幾個圓形的活動的黑點，便是耕田的農夫。阿Q並不賞鑒這田家樂，卻只是走，因為他直覺的知道這與他的『求食』之道是很遼遠的。」

對於阿Q不幸的遭遇體會得深刻；在阿Q內心細緻的描繪中，已無形地寄予了深厚的同情。

阿Q爬上了靜修庵的矮牆，「扯著何首烏藤，但泥土簌簌的掉，阿Q的腳也索索的抖……裏面眞是鬱鬱蔥蔥，但似乎並沒有黃酒饅頭，以及此外可吃的之類。靠西牆是竹叢，下面許多筍，只可惜都是並未煮熟的。」

阿Q拔起四個蘿蔔，老尼姑看見了，說，「阿彌陀佛，阿Q，你怎麼跳進園裏來…偷蘿蔔！……阿呀，罪過呵，阿唷，阿彌陀

佛！……」

「我什麼時候跳進你的園裏來偷蘿蔔？」阿Q且看且走的說。

「現在……這不是？」老尼姑指著他的衣兜。

「這是你的？你能叫得他答應你麼？你……」

阿Q這種無可奈何的答辯，你看了發生些什麼感想呢？你以為不這樣說，可以怎樣回答呢？難道這是阿Q願意的麼？——封建主義的惡勢力，迫得阿Q跳進靜修庵的菜園，發生這樣的一幕；這是什麼情況呀！

可是魯迅先生，對於阿Q不幸的遭遇，還有寫得更深刻，氣憤地寄予深厚同情的：「這剎那中，他的思想又彷彿旋風似的在腦裏一迴旋了。四年之前，他曾在山腳下遇見一隻餓狼，永是不近不遠的跟定他，要吃他的肉。他那時嚇得幾乎要死，幸而手裏有一柄斫柴刀，才得仗這壯了膽，支持到未莊：可是永遠記得那狼眼睛，又兇又怯，閃閃的像兩顆鬼火，似乎遠遠的穿透了他的皮肉。而這回他又看見從來沒有見過的更可怕的眼睛了，又鈍又鋒利，不但已經咀嚼了他的話，並且還要咀嚼他皮肉以外的東西，永是不遠不近的跟他走。這些眼睛們似乎連成一氣，已經在那裏咬他的靈魂。」

阿Q沒有給餓狼吃去肉，卻給人吃掉了。把總把阿Q做了他的「面子」，麻木了的一群於無意中贊成了他這種吃人的辦法，於無形中助長了迫害阿Q的聲勢。

阿Q的死，給把總用作「懲一儆百」的材料，固然一部分的原因是他沒有職業，曾經做過小偷，在趙太爺家的搶案中，可以算作嫌疑犯。他又老實，以為要他招供的「同黨」是革命黨，不懂得陰險詭計；冤枉被殺，始終不知道究竟是怎麼一回事。但他本來是在做短工的，割麥便割麥，春米便春米，撐船便撐船；弄得失業做小偷，這事情很清楚，原來因為向吳媽表示了愛情。吳媽要上吊，這事情一聲張，就使得阿Q在未莊，再也找不到工作。吳媽要上吊

的原因，從鄒七嫂的話中可以知道，就是腦筋中存在著所謂「正經」。——封建禮教要女子從一而終。阿Q的求愛使得吳媽害怕的原因，還可以參看《彷徨》《祝福》中柳媽對祥林嫂說的話，就是寡婦再醮，死去以後，那兩個死鬼的男人還要爭奪她，把她的身了鋸開來。迷信是地主階層統治人民的殺人的無形的刀。阿Q想愛吳媽，吳媽無心害阿Q；可是經過「戀愛的悲劇」這一幕，阿Q投入了封建禮教的蜘蛛網，越投越緊，終於被吞沒了。像未莊的社會裏處處有著陷阱；阿Q是這樣掉下陷阱裏去的。

對於阿Q的偷靜修庵的蘿蔔和進城去做小偷，我們覺得壓迫他的黑暗勢力太殘酷，逼得能勞動肯勞動的他生活不下去。這是他反飢餓的表現。

從上面說的這些情況看來，可見魯迅先生寫《阿Q正傳》，站在廣大人民的一面，是愛憎分明的。他對於農民希望得迫切，替阿Q焦急，要督促他就是了。

魯迅先生在《阿Q正傳》全文中用了許多個「通例」、「老例」和「照例」等，在序文上也用了兩個。依照老例做事情，當然免不了保守；這是革新的障礙，卻是當時社會上普遍存在的。魯迅先生提倡革命，希望大家起來實行革命，所以對於保守特別注意，多力地加以諷刺。

諷刺也多方運用在《阿Q正傳》的本文中，常常用反話來表現，像在第八章上寫的，「只有一件可怕的事是另有幾個不好的革命黨夾在裏面搗亂，第二天便動手剪辮子。」魯迅先生在「頭髮的故事」上認定，辛亥革命以後，剪掉辮子是一樁好的事情。這裏所謂「不好」「搗亂」，從假革命的一方面說，依照庸俗的錯誤的見解，都是反說的話。又如末了，「那是怎樣的一個可笑的死囚阿，遊了那麼久的街，竟沒有唱一句戲。」這裏的可笑，在魯迅先生的感覺上是可悲可痛的，像阿Q的槍斃遊街，可笑的決不在阿Q的一

方面。所以這也是反話。

　　還有一點要附帶說一下：有人以爲當「油菜早經結子，芥菜已經開花，小白菜也很老了」的時候不會有蘿蔔；因此阿Q在靜修庵裏偷蘿蔔的一幕有問題。首先我們要看清楚，這裏「蘿蔔」上面還有個「老」字。在江浙一帶，這種時候，市場上的確很難見到蘿蔔了，但在菜地裏可能有老蘿蔔。這有兩種原因：一，留種的；二，自種自吃的人家，吃不完剩留在那裏的。只知道坐在房子裏吃現成蘿蔔的人才以爲這種時候不會有蘿蔔。而且對於文學作品有些細節的看法，是不應該太拘泥的。了解了這種文藝上的表現手法，可知老蘿蔔這一節，並不是《阿Q正傳》的瑕疵。

《阿Q正傳》及
魯迅創作的藝術

蘇雪林

　　誰都知道魯迅是新文學界的老資格，過去十年內曾執過文壇牛耳，用不著我再來介紹。關於他作品的批評，雖不說汗牛充棟，著實也出過幾本冊子，更用不著我再來饒舌。不過好書不厭百回讀，好文字也不厭百回評，只要各人有各人自己的意見，就說淺薄，也不妨傾吐一下。

　　閒話少說，我現在就來著手我的評論。魯迅的創作小說並不多，《吶喊》和《彷徨》是他五四時代到於今的收穫。兩本，僅僅的兩本，但已經使他在將來中國文學史上占到永久的地位了。他的《吶喊》出版於一九二二年，共收文字十四篇，其中〈一件小事〉、〈頭髮的故事〉體裁屬於雜感，〈兔和貓〉、〈鴨的喜劇〉體裁屬於小品，惟〈風波〉、〈阿Q正傳〉才得稱為真正的短篇小說。

　　在這十四篇文字中，〈阿Q正傳〉可算是魯迅的代表作。聽說已經翻譯為好幾國文字，與世界名著分庭抗禮，博得不少國際的光榮。最早批評這篇文字的人有周作人、胡適、陳西瀅、沈雁冰等。又有人將它編成戲劇。現在「阿Q」二字還說在人們口頭，寫在人們筆下，評論文字若著意收集起來，不下數百則。自新文學發生以

來，像〈阿Q正傳〉魔力之大的，還找不出第二例子呢！

〈阿Q正傳〉這樣打動人心，這樣傾倒一世，究竟是什麼緣故？說是為了它描寫一個鄉下無賴漢寫得太像了麼，這樣文字現在也有，何以偏讓它出名？說是文筆輕鬆滑稽，令人發笑麼，為什麼人們不去讀《笑林廣記》，偏愛讀〈阿Q正傳〉？告訴你理由吧，〈阿Q正傳〉不單單以刻畫鄉下無賴漢為能事，其中實影射中國民族普遍的劣根性。

〈阿Q正傳〉也不單單教人笑，其中實包蘊著一種嚴肅的意義。

〈阿Q正傳〉所影射中國民族的劣根性論者已多，但從沒有具體的介紹。因為這篇文字涵意深，譬喻靈活，指實一端而遺其餘固不可，刻舟膠柱將活的變成死的尤其不可。所以無人願意嘗試。但這篇文字如此膾炙人口，到今沒有具體的解釋，究竟有些悶人。這就是我現在不揣冒昧寫這一篇《〈阿Q正傳〉講義》的動機。

我以為〈阿Q正傳〉所影射中國民族的劣根性，種類雖多，舉舉大端，則有下列數種：

(1)**卑怯**　阿Q最喜與人吵嘴打架，但必估量對手。口訥的他便罵，氣力小的他便打。與王胡打架輸了時，便說君子動口不動手，假洋鬼子哭喪棒子才舉起來，他已伸出頭顱以待了。對抵抗力稍微薄弱的小D，則拽拳擄臂擺出挑戰的態度，對毫無抵抗力的小尼姑則動手動腳，大肆其輕薄。都是他卑怯天性的表現。

徐旭生氣魯迅討論中國人的民族性，結果說，中國人的大毛病是聽天任命與中庸，這毛病大約是由惰性而來的。魯迅回答他道：這不是由於惰性，是由於卑怯性。「遇見強者不敢反抗，便以中庸這些話來聊以自慰，倘他有了權力別人奈何他不得時，則凶殘橫恣，宛然如一暴君，做事並不中庸。」

記得周作人也曾說過張獻忠在四川殺人數百萬，滿洲人一箭，

便使他躲入道旁荊棘中。又見最近《獨立評論》發表譚嗣同《北遊訪學記》引錢尺岑的話云：「魏軍赴甘遇強回輒敗，適西寧有降已半年之老弱婦女，西寧鎮鄧增至一旦盡殺之，悉括其衣服器皿。凡萬餘人，雖數月小孩無一得免者⋯⋯此等事無論何國皆無之，即土番野蠻亦尚不至此。」又說：「頃來金陵，見滿地荒寒氣象。本地人言髮匪據城寺並未焚殺，百姓安堵如故。終以彼叛軍也，故日盼官軍之至。不料湘軍一破城，見人即殺，見屋即燒，子女玉帛，掃數悉入於湘軍，而金陵遂永窮矣。至今父老言之猶深憤恨。」譚氏於結局又發議論道：「由此觀之，幸而中國兵之不強也。使如英法，外國尚有遺種乎？故西人之壓制中國者，實上天仁愛之心使然也，準回部之己事可鑒也。」他這話似太過分，但我們若了解作者下筆時感覺如何沉痛，就可以原諒他了。

⑵**精神勝利法**　阿Ｑ與人家打架吃虧時，心裡就想道：「我總算被兒子打了。現在世界真不像樣，兒子居然打起老子來了。」於是他也心滿意足，儼如得勝地回去了。

中國人的精神勝利法發明固然很早，後來與異族周旋失敗，這方法便更被充分的利用。這裡我可以舉出許多歷史例子來：一代民族代表人受異族迫害之酷毒莫過於宋，而精神勝利法亦以宋以後為盛。

宋太宗是親征遼人中遼人的箭而崩的。徽欽二帝被金人擄去後，轉徙沙漠中極人世不堪之苦。元朝楊璉真珈發掘南宋會稽諸陵，竊取真寶，以諸帝后的骨殖雜牛馬骨築白塔而埋之，並截取理宗頂骨為飲器。這對於中國民族侮辱真太大了，所以那時宋遺民莫不引為最切齒的深仇，最痛心的紀念，與元人幾有不共戴天之慨。但他們實在不能實力來報復，只好先造一個「冬青樹」的傳說，後造一個元順帝為宋末帝瀛國公血胤的傳說來安慰自己。

到了清初則初葉諸帝幾乎無一不出於漢種。故老相傳，順治是

關東獵人王某的兒子，係清太宗妃子與王某私通而生的。雍正是衛大胖子的兒子，清聖祖微行悅衛妾之貌迎入宮，而不知她已有了身孕。乾隆是海寧陳閣老的兒子，乾隆南巡，駐蹕陳家安瀾園，得知其事，想恢復漢代衣冠，幸太后力阻不困。所以前人清宮詞有「衣冠漢制終難復，空向安瀾駐翠蕤」之句。

　　想不到戰國呂不韋以呂易嬴的故事，這時竟成這樣廣遍的複寫。無論宮闈深祕，外人不易知聞，即以血統換易之巧而論，也太遠於情理。但我們老祖宗為什麼要造這種謠言呢？我想無非為了這種謠言一面既可以快意於異族統治者帷薄之羞，一面又可以自欺欺人地緩和自己失敗的創痛而已。其情固有可原，其事則未免太可笑了吧！

　　又如同治間清廷與英國爭持一件什麼國體問題，御史吳可讀上疏勸朝廷不必堅執，大意說外國人為夷狄之民與禽獸無別，我們人類和禽獸相爭，勝固不足為榮，敗亦不足為辱云云。又如樊增祥《彩雲曲》敘及英后維多利亞，有句道：「河上蛟龍盡外孫，虜中鸚鵡稱天后。」這雖然故意拿國人所輕視的武則天來比她，但還可恕。

　　到賽金花與英后合攝影片時，（照賽金花自述，同座攝影者為英國維后之女，即德國皇后。見金東雷《賽金花訪問記》。樊詩蓋誤用其事。）又道：「誰知坤媼河山貌，卻與楊枝一例看。」以中國傳統觀念看來，則輕薄得實不成話。如果當時把這首詩翻譯到英國去，無疑地要引起嚴重外交問題的。這些舊式文士在文字間討人一點便宜，沾沾自得，以為足以洗滌喪師失地的恥辱而有餘，而不知實際上已把中國民族的尊嚴丟盡。因為這與上文所引那些例子都屬於最卑劣的阿Q式精神勝利法。

　　(3)善於投機　阿Q本來痛恨革命。等到辛亥革命大潮流震盪到未莊，趙太爺父子都盤起辮子贊成革命，阿Q看得眼熱，也想做起

革命黨來了。但阿Q革命的目的，不過為了他自己的利益，於革命意義，實係毫沒有了解。所以一為假洋鬼子所拒斥，就想到衙門裡去告他謀反的罪名，好讓他滿門抄斬。

《華蓋集・忽然想到》那一條道：中國人「都是伶俐人，也都明白，中國雖完，自己的精神是不會苦的，一因為都能變出合式的態度來 ……這流人是永遠勝利的，大約也將永遠存在。在中國，唯他們最適於生存，而他們生存著的時候，中國便永遠免不掉反覆著先前的運命。」

善於投機似乎成為中國民族劣根性之一，不惟明清之末如此，現在又何嘗不如此。每次革命起來，最先附和的總是從前反革命最出力的人，而後來革命事業便逐漸腐化於這些病菌滋生之中。不過我們診斷這種民族劣根性，要看它是先天的，還是後天的。是先天的便無可救藥；是後天的則還有拔除的希望。

照我個人意見，這種劣根性似乎同精神勝利法一樣，與異族長久的統治大有關係。中國自西晉以後，或半部或全部輪流屈服於異族鐵蹄之下，由五胡十六國，到遼金元清，我們做人家奴隸大約也有了一千多年吧。當異族侵掠進來時，我們種族中間那些忠憤激烈，有節概，有血氣的人，不是慷慨死敵，就舉室自焚了，而那些貪生無恥，迎合取巧之徒，反多得生存傳種的機會。天演公例是優勝劣敗，而我們恰得其反。

經過千餘年的淘汰作用，我們民族就不知不覺變成現在的模樣。不但戰爭時期而已，異族統治時期，對待漢人手段都異常嚴厲，這一千多年中血腥的紀錄，怨毒的紀念，影響中華民族品性之低降，尤其異常之大。美國亨丁頓（Ellsworth Huntington）著了一部《種族的品性》（The Character of Races），裡面有幾章專門討論中華民族的品性，經吾國潘光旦譯為中文，改名《自然淘汰與中華民族性》。

亨丁頓的意思：中華民族智力之退化，自私自利心腸之特別發達，與「染指」習慣之牢不可破，都與那連續不斷的水災旱災所引起的饑饉有關係。同樣我說，這種原則也可以應用在長久的異族統治上面的。比較久遠了的例子暫不用提，以前清而論：入關時揚州十日，嘉定三屠，實行剃髮令時殺戮之慘，以及後來滿漢種族歧視之深，政治上種種待遇之不平等，都不是一兩句話可以說盡。最可恨的是順治、康熙、雍正、乾隆四朝九次文字大獄，其劇毒慘酷，暗無天日，雖九幽十八層地獄不是過。

　　我們今日讀這些紀錄，還不覺爲之髮指皆裂，我們祖宗當時婉轉吟呻於刀山劍獄鐵床油鼎之中，其痛苦又將何苦？又如他們強迫遺老出仕，開博學源詞科，蒐羅不肯入網的名流。施行精神上的強姦之後，又列其姓名於「貳臣傳」，不齒之於衣冠之倫。凡此種種毒辣手段，無非想把漢人的民族意識徹底消滅，漢人獨立的人格完全摧毀，使漢人知道自己不過是命定的「奴才的奴才」，除了向主人搖搖尾巴，乞取一點他們吃得不要的殘羹冷炙以外，什麼地位、學問、品格、氣節都不配談。漢人漸漸也就明白異族統治者的用意，果然都以「奴才」自居，終日歌功頌德，獻媚乞憐，只求保留最低限度的生存權利。

　　起初不過裝裝外表，後來習慣成自然，心理也變成奴才的了。奴才與主人的關係不過建立在衣食上，中間並無何等眞實的情誼，一個主人倒了，不妨再去投靠另外一個。所以八國聯軍打進北京城，大英大法大德大日本的順民旗立刻滿街招展；辛亥革命起時，僅有陸鍾琦黃忠諾幾個書呆子死難，封疆大吏平日自稱深受國恩，誓必肝腦塗地以報的，逃得比誰還快，甚至於位至督撫之人可以一轉而爲民軍都督。滿洲政府三百年的摧殘士氣，今日自食其報，固然大快人心，但我們這份民族品格墮落的帳，又向誰去計算？

　　有人見清室全盛時武功之奕赫，疆土之擴張，學術之昌明，文

藝之發達，每嘖嘖嘆羨，引為美談，以為跨唐軼漢，足稱中國歷史的光榮，而不知這一點光榮的代價是：三百年的統治權，成河的奴隸血淚和成山的奴隸骸骨，還有無論什麼都換不來的整個中國民族的高貴的品格！

⑷**誇大狂與自尊癖性**　阿Q雖是極卑微的人物，而未莊人全不在他眼裡，甚至趙太爺的兒子進了學，阿Q在精神上也不表示尊崇，以為我的兒子將比他闊得多。加之進了幾回城，更覺自負。「但為了城裡油煎大頭魚的加法和條凳的稱呼異於未莊，他又瞧不起城裡人了。」

中國人以前動不動自稱其國為數千年聲明文物之邦，自己是軒轅華胄，神明貴種，視西洋人為野蠻民族，毫無文化可言。及屢遭挫敗，則又說西洋人所恃的不過船堅炮利而已，所有的不過聲光化電而已，談到禮教倫常則可能及我們萬分之一？甚至於飽受西洋教育的辜鴻銘還說中國人隨地吐痰和娶妾制度是一種精神文明。這何異於阿Q將自己頭上的癩頭瘡疤當做高尚光榮的符號，當別人嘲笑他時就說「你還不配……」呢？現在大部分的青年鄙視西洋文化，以為那是陳舊的腐化的而且不久即將崩潰的資本主義文化而不屑加以一顧的一種態度，也由誇大與自尊癖性而來，不過變換一種方式出現而已！

具有誇大與自尊癖性的人，也最容易變成過分的謙遜與自輕自賤。阿Q被宋莊閑人揪住辮子在牆上碰頭，而且要他自認為「人打畜生」時，他就說：「打蟲豸，好不好？我是蟲豸——還不放麼！」中國人固自以為文化高於一切，鄙視別國為夷狄之邦，但當那些夷狄之邦打進來時，平日傲慢的態度便會立刻完全改變。

宋代《三朝北盟彙編》以及《靖康紀聞》那一類史料，所記當日宋君臣向強敵乞哀時誠惶誠恐的神情，婉轉悲鳴的口氣，真有些使讀者讀不下去。他們只求金人允許他們小朝廷殘喘之苟延，允許

他們身家性命富貴利祿之保全，稱侄可以，稱臣可以，歲獻貢幣可以，下殿受書可以，甚至表演什麼意想不到的卑躬屈節的醜態都可以。這毛病自古已然，於今為烈，我也不願意再說了。

有些學者看見歷史上殭屍屢次出現，覺得中國民族太不長進而灰心。有些學者看見八股、律詩、小腳、太監、板子夾棍的法庭，地獄式的監獄，而說中國全盤文化的本質原不高明，在世界文化中原來沒有地位。他們說這話原也有不得已的苦衷，然而竟有許多人覺得中國民族是地球最下等的最無希望的民族，中國人只配替人家當奴隸，當馬牛，中國不亡，實無天理！又有許多人覺得中國民族若不倚靠別的民族合作，永遠不要想翻身。諸如此類的念頭，日日縈迴腦際。從前太過於自信，現在又太不自信，這現象雖奇特，其實也可以拿上面所說的話來解釋。

此外則「色情狂」、「薩滿教式的衛道精神」、「多忌諱」、「狡猾」、「愚蠢」、「貪小利」、「富倖得心」、「喜歡湊熱鬧」、「糊塗昏聵」、「麻木不仁」，都切中中國民族的病根，作者以嬉笑之筆出之，其沉痛逾於怒罵。

當〈阿Q正傳〉用「巴人」筆名在《北京晨報》副鐫發表時，有人在《小說月報》上表示對這篇文字的不滿，他說阿Q不像真有其人，為的作者形容太過火了。沈雁冰便替他辯護道：阿Q有否其人我不知道，但阿Q確乎處處可以遇見，我好像同他面熟得很。呀！我明白了。原來中國人個個都帶有阿Q氣質。阿Q其實是中國人的典型。沈氏又道：我們不斷地在社會各方面遇見「阿Q相」的人物，我們有時自省，常常疑惑自己身體中也不免帶有一些「阿Q相」的分子。

阿Q既代表著中國人氣質，為整個中國民族的典型，所以最初發表時，讀者每疑阿Q就是指著他自己。《現代評論》涵盧（即高一涵）曾記他一個朋友初讀〈阿Q正傳〉時惴惴然疑這篇文字出於

某人手筆，阿Q的事蹟樣樣都在對他諷刺。後來打聽出來作者與他並不相識，這才釋然。

這類笑話記得西洋文學界也曾有過。像英國梅台斯（G. Meredith）寫《自私者》（The Egoist），他有一個朋友對他提出責問，說書中主人公威羅比先生（Sir Willoughby Pattern）正指著他。又如俄國龔察洛夫（J. Gantcherov）寫「阿蒲洛摩夫」（Oblomov），一時讀者都自己血管裡有著「阿蒲洛摩夫」氣質的存在。〈阿Q正傳〉可以與這兩個故事一併流傳為美談了。

但善做小說的人既賦作品中人物以「典型性」（Typica Trait），同時也必賦之以「個性」（Individual Trait），否則那人物便會流為一種公式主義，像中國舊劇裡的臉譜一樣。陳西瀅說：「阿Q不但是一個 Type，同時又是一個活潑潑的人，他大約可以同李逵劉姥姥同垂不朽了。」（《新文學以來十部著作》）這就是說阿Q雖然是個典型人物，同時也是個個性人物。〈阿Q正傳〉之所以在文壇獲得絕大成功，其原因無非在此。

此外則〈狂人日記〉、〈風波〉、〈故鄉〉、〈社戲〉、〈孔乙己〉均為精彩之作。〈狂人日記〉是一篇抨擊舊禮教的半象徵文章。發表後，「吃人禮教」四字成為「五四」知識階級的口頭禪，其影響不能說不大。

魯訊第二集小說為《彷徨》，共包含作品十篇。如〈祝福〉寫村婦祥林嫂悲慘的命運，舊禮教及迷信思想之害。〈肥皂〉用嘲笑的態度，喜劇的寫法，刻畫道學先生的變態性欲。〈兄弟〉寫張沛君的假友愛。〈長明燈〉與〈狂人日記〉似係一個姊妹篇，寫革命失敗者悲劇。〈在酒樓上〉則為感傷主義作品。〈示眾〉寫中國人喜歡看殺頭的變態心理。還有〈幸福的家庭〉、〈傷逝〉等等，不必細述。

魯迅創作小說的藝術，我們現在可以略微討論。我以為他的小

說藝術的特色雖富，最顯明的僅有三點：第一是用筆的深刻冷雋，第二是句法的簡潔峭拔，第三是體裁的新穎獨創。

有人說魯迅是曾經學過醫的，洞悉解剖的原理，所以常將這技術應用到文學上來。不過他解剖的對象不是人類的肉體，而是人類的心靈。他不管我們如何痛楚，如何想躲閃，只冷靜地以一個熟練的手勢舉起他那把鋒利無比的解剖刀，對準我們靈魂深處的創痕，掩藏最力的弱點，直刺進去，掏出血淋淋的病的癥結，擺在顯微鏡下讓大眾觀察。

他最恨的是那些以道學先生自命的人，所以他描寫腦筋簡單的鄉下人用筆每比較寬恕，到寫到〈阿Q正傳〉裡的趙太爺，〈祝福〉裡的魯四爺，〈高老夫子〉裡的高爾礎，便針針見血，絲毫不肯容情了。他寫〈阿Q傳〉本來爲了痛惡阿Q這類人，想淋漓盡致地將他的醜態形容一下。然而寫到阿Q被槍斃時，我們覺得真正可惡的還是那些趙太爺、錢舉人、把總老爺這一流土豪劣紳，阿Q不過做了他們的犧牲品罷了。

周作人說作者原意是想打倒阿Q的，誰知後來反倒將他扶起了。他認爲這是魯迅的失敗。我覺得很有道理。魯迅之所以失敗，就因他恨那些「上流人」太深的緣故。他對於那些「上流人」不但把他們清醒時的心靈狀態，赤裸裸地給宣布出來，便是在他們睡眠中意識已失去裁判時，還要將他們夢中的醜態 —— 或者這才是他們的真相——披露給大家看。

像〈兄弟〉那篇主人公張沛君一聽說他弟弟患了猩紅熱，便驚憂交集，寢食皆廢，可見他平日對兄弟如何友愛。然而他在夢中則虐待他兄弟的遺孤，把平日隱藏著不敢表示的自私自利心思一齊發泄出來了。這雖然應用奧地利心理學家佛洛依德（J. Freud）「夢的解釋」的原理來解剖張沛君的潛意識，但不是魯迅，也寫不得這樣入木三分。

又如〈肥皂〉裡主人公四銘先生看見街上一個侍奉祖母討飯的十七、八歲的女乞兒，便對她發生同情，稱讚她是孝女，想做詩文表彰她，以爲世道人心之勸。不過他這舉動，初則被含著醋意的太太罵破，繼則被一丘之貉的衛道朋友笑穿，我們才知道道學假面具下，原來藏著一團邪念。

〈阿Q正傳〉裡的趙太爺因阿Q調戲他的女僕，不許他再進門，但聽見阿Q有賊贓出售，就不禁食指大動，自毀前約。

〈祝福〉裡的魯四老爺憎惡祥林嫂是寡婦，尤其憎惡她的再嫁，說這種人是傷風敗俗的，但到底收留她，因爲她會做活。因爲筆法這樣深刻，所以魯迅文字忽然帶著濃烈的辛辣味，讀著好像吃胡椒辣子，雖涕淚噴嚏齊來，卻能得到一種意想不到的痛快感覺，一種神經久久鬱悶麻木之後由強烈刺激梳爬起來的輕鬆感覺。

但他的文字也不完全辛辣，有時寫得很含蓄。以〈肥皂〉爲例，他描寫道學先生的變態性欲，旁敲側擊，筆筆生姿，所謂如參曹洞禪，不犯正位，鈍根人學渠不得。又像〈風波〉裡七斤嫂罵丈夫不該剪去辮子，八一嫂來勸，揭了她的短處。她正沒好氣，恰值女兒來打岔，就罵她是「偷漢的小寡婦！」於是對方生氣了，說「七斤嫂，你恨棒打人！」作者始終沒有將七斤嫂這句話的用意說明，但他在事前閒閒著八一嫂「把著伊兩週歲的遺腹子」的一筆，事後又閒閒著「八一嫂正氣得抱著孩子發抖」的一筆，我們自然會感覺到那句罵話的重量了。

還有許多例子不及具引。總說一句，魯迅從不肯將自己所要說的話明明白白地說出來，只教你自己去想，思不透就怪你們自己太淺薄，他不負責。他文字的異常冷雋，他文字的富於幽默，好像諫果似的愈咀嚼愈有回味，都非尋常作家所能及。

魯迅作品用字造句都經過千錘百鍊，故具有簡潔短峭的優點。他答《北斗雜誌》問如何寫創作小說，曾有這樣的話：「寫完後至

少看兩遍，竭力將可有可無的字、句、段刪去，毫無可吝惜。寧可將作小說的材料縮成Sketch，不可將Sketch的材料拉長成小說。」

記得古人作文有「惜墨如金」之說，魯迅的「Sketch論」足與媲美。他文字的簡潔真個做到了「增之一分則太長，減之一分則太短，施粉則太白，施朱則太赤」的地步。

句法的短峭則如〈社戲〉：「月還沒有落，彷彿看戲也並不很久似的，而一離趙莊，月光又顯得格外的皎潔。回望戲台在燈火光中，卻又如初來未到時候一般，又縹緲得像一座仙山樓閣，滿被紅霞罩著了，吹到耳邊來的又是橫笛，很悠揚。我疑心老旦已經進去了，但也不好意思說再回去看。」

〈白光〉：「他剛到自己的房門口，七個學童便一齊放開喉嚨，吱的念起書來。他大吃一驚，耳朵邊似乎敲了一聲磬，只七個頭拖了小辮子在眼前晃，晃得滿房黑圈子也夾著跳舞。他坐下了，他們送上晚課來，臉上都顯出小覷他的神色。」

這二段文字，一段寫兒童戀著看戲的情景，一段寫落第秀才神智昏亂的情景，裡面心理的描寫都很細膩深刻。我常說句法單純不要緊，要緊的裡面含蘊「陰影」豐富，即此之謂。

魯迅作小說更有一種習慣，當事項進行到極緊張時，他就完全採用舊小說簡單的筆調。這裡不妨再舉〈風波〉裡最熱鬧的一段文字為例：

　　七斤嫂沒有聽完，兩個耳朵早通紅了；便將筷子轉過向來，指著八一嫂的鼻子，說：「阿呀，這是什麼話呵！八一嫂，我自己看來倒還是一個人，會說出這樣昏誕胡塗話麼？那時我是整整哭了三天，誰都看見；連六斤這小鬼也都哭……」六斤剛吃完一大碗飯，拿了空碗，伸手去嚷著要添。七斤嫂正沒好氣，便用筷子在伊的雙丫角中

間直扎下去，大喝道：「誰要你來多嘴！你這偷漢的小寡婦！」

　　噗的一聲，六斤手裡的空碗落在地上了，恰好又碰著一塊磚角，立刻破成一個很大的缺口。七斤直跳起來，撿起破碗，合上了檢查一回，也喝道：「入娘的！」一巴掌打倒了六斤。六斤躺著哭，九斤老太拉了伊的手，連說著「一代不如一代」，一同走了。

又如阿Q在趙太爺家調戲女僕一段：

　　吳媽是趙太爺家裡唯一的女僕，洗完了碗碟，也就在長凳上坐下了，而且和阿Q談閒天：
　　「太太兩天沒有吃飯哩，因爲老爺要買一個小的……」
　　「女人……吳媽……這小孤孀……」阿Q想。
　　「我們的少奶奶是八月裡要生孩子了……」
　　「女人……」阿Q想。
　　阿Q放下煙管，站了起來。
　　「我們的少奶奶……」吳媽還嘮叨說。
　　「我和你睏覺，我和你睏覺！」阿Q忽然搶上去，對伊跪下了。
　　一刹時中很寂然。
　　「阿呀！」吳媽楞了一息，突然發抖，大叫著往外跑，且跑且嚷，似乎後來帶哭了。
　　阿Q對了牆壁跪著也發楞，於是兩手扶著空板凳，慢慢的站起來，彷彿覺得有些糟。他這時確也有些志忑了，慌張的將煙管插在褲帶上，就想去舂米。蓬的一聲，頭上

著了很粗的一下，他急忙回轉身去，那秀才便拿了一支大竹槓站在他面前。

「你反了……你這……」

大竹槓又向他劈下來了。阿Q兩手去抱頭，啪的正打在指節上，這可很有一些痛。他衝出廚房門，彷彿背上又著了一下似的。

「忘八蛋！」秀才在後面用了官話這樣罵。

我們應當知道小說事項進行到緊張時，讀者的精神也就跟著振奮起來了，好奇心也被撩撥得按捺不住了，只希望快快讀下去好知道那事項的結果。若讀到彎彎曲曲的描寫，心理上必定大感不快——其欲擒故縱特作騰挪者不在此例——措詞過於新奇爲我們所不慣，或描寫方法過於深曲，非費幾分腦力不能理解者，用以描寫拉拉雜雜如火如荼的局勢，也足以損害我們的興趣。

法國服爾泰（Voltaire）傑作《戀弟德》（Candide）脫稿於數日之中，書中事項連續而下，毫無停頓，其筆致之輕快流利，不啻彈丸脫手，駿馬下坡，而且嬉笑怒罵，皆成文章，是諷刺文學的絕品。佛郎士批評這部書道：「筆在服爾泰指中一面飛奔，一面大笑。」我們想，假如服爾泰的筆拖著許多繁重的辭藻，許多贅累的描寫，還能奔而且笑麼？

古人作文有「去陳言」之說。韓愈說：「惟古於詞必己出，降而不能乃剽賊。」又說：「唯陳言之務去，戛戛乎其難哉！」劉大櫆論文道：「經史百家之文，雖讀之甚熟，卻不許用他一句，要另作一番言語。」又說：「大約文章是日新之物，若陳陳相因，安得不目爲臭腐？原本古人意義，到行文時卻須重加鑄造一樣言語，不可便直用古人，此謂去陳言。」

魯迅文字新穎獨創的優點，正立在這「於詞必己出」，「重

加鑄造一樣言語」上。沈雁冰批評他的〈狂人日記〉，說它的「題目、體裁、風格，乃至裡面的思想都是極新奇可怪的。」又說：「它的體裁分明給青年們一個暗示，使他們拋棄了『舊酒瓶』，努力用新形式來表現自己的思想。」這篇文字全體分為十三節，每節長者六七百字，短者僅十餘字。分行全用西法，三四字也可為一行。二三十年前中國文學感受西洋影響，短篇小說也有學西洋文學之分段分行的，但如〈狂人日記〉體裁之嶄然一新卻是初見。又這篇文字發表在一九一八年，這時候「五四」運動的狂流還沒有起來，所以尤其值得注意。

　　但我們要知道魯迅文章的「新」，與徐志摩不同，與茅盾也不同。徐志摩於借助西洋文法之外，更乞靈於活潑靈動的國語；茅盾取歐化文字加以一己天才的熔鑄，又成一種文體。他們文字都很漂亮流利，但也都不能說是「本色的」。魯迅好用中國舊小說筆法，上文已介紹過了。他不惟在事項進行緊張時，完全利用舊小說筆法，尋常敘事時，舊小說筆法也占十分之七八。但他在安排組織方面，運用一點神通，便能給讀者以「新」的感覺了。化腐臭為神奇，用舊瓶裝新酒，果然是這老頭子的獨到之點。譬如他寫「單四嫂子」死掉兒子時的景況：

　　　　下半天棺材合上蓋，因為單四嫂子哭一回，看一回，總不肯死心塌地的蓋上。幸虧王九媽等得不耐煩，氣憤憤的跑上前，一把推開她，才七手八腳的蓋上了。

　　若其全篇文字都是這樣，還有什麼新文藝之可言。但下文寫棺材出去後單四嫂子的感覺：

　　　　單四嫂子很覺得頭眩，歇息了一會，倒居然有點平

穩了。但她接連著便覺得很異樣：遇到了平生沒有遇過的事，不像會有的事，然而的確出現了。

她越想越奇了，又感到一件異樣的事——這屋子忽然太靜了。

這種心理描寫，便不是舊小說筆法所能勝任的了。又像〈藥〉：

「這給誰治病的呀？」老栓也似乎聽得有人問他，但他並不答應，他的精神，現在只在一個包上，彷彿抱著一個十世單傳的嬰兒，別的事情都已置之度外了。他現在要將這包裡的新生命移植到他家裡，收穫許多幸福。太陽也出來了；在他面前顯出一條大道，直到他家中，後面也照見丁字街頭破匾上「古□亭口」這四個黯淡的金字。

又像〈祝福〉寫祥林嫂被人輕蔑她是失節婦人，並說她死後閻羅大王要將她身體鋸開分給兩個丈夫，她的神經受了極強烈的刺激，就想實行「贖罪」的方法。但實行「贖罪」之後，大家仍然把她當不潔淨的人看待，於是她就完全陷於失望深淵中了。作者敘述她痛苦的情形：

她大約從他們的笑容和聲調上，也知道是在嘲笑她，所以總是瞪著眼睛，不說一句話，後來連頭也不回了。她整日緊閉了嘴唇，頭上帶著大家以為恥辱的記號的那傷痕，默默的跑街、掃地、洗菜、淘米。快夠一年，她才從四嬸手裡支取了歷來積存的工錢，換算了十二元鷹洋，請假到鎮的西頭去。但不到一頓飯的時候，她便回來，神氣

很舒暢，眼光也分外有神，高興似的對四嬸說，自己已經在土地廟捐了門檻了。

　　冬至的祭祖時節，她做得更出力，看四嬸裝好祭品，和阿牛將桌子抬到堂屋中央，她便坦然的去拿酒杯和筷子。

　　「你放著罷，祥林嫂！」四嬸慌忙大聲說。

　　她像是受了炮烙似的縮手，臉色同時變作灰黑，也不再去取燭台，只是失神的站著。直到四叔上香的時候，教她走開，她才走開。這一回她的變化非常大，第二天，不但眼睛窈陷下去，連精神也更不濟了。而且很膽怯，不獨怕暗夜，怕黑影，即使看見人，雖是自己的主人，也總惴惴的，有如在白天出穴遊行的小鼠；否則呆坐著，直是一個木偶人。不半年，頭髮也花白起來了，記性尤其壞，甚而至於常常忘卻去淘米。

　　這種筆法也不是舊小說所能有的。現在新文藝頗知注意歐化，遣辭造句漸趨複雜，敘述層次漸深，一變舊小說單調和平面鋪張之習，這原是很可喜的現象。不過弊端也不少，那些呆板的歐化文字，恨不得將「我說」改為「說我」，「三朵紅玫瑰花」寫作「三朵紅們的玫瑰花們」固無論矣，而不問其人、不問其地，一例打著洋腔，也未免好笑。文學屬於文化之一體，取人之長，補己之短是應該的，失去了民族性則問題便可研究。

　　日本文學在明治維新時代極力模仿西洋，亦步亦趨，尺寸惟恐或失，現在卻已能卓然自立，表現「純日本的」精神了。中國文學比日本落後三四十年，現在正走在「模仿」的階段上，我們原也不必過於求全責備。但許多作家錯把手段當做目的，老在歐化裡打圈子，不肯出來，那便很可惋惜。魯迅文字與這些人相比，後者好像

一個故意染黃頭髮，塗白皮膚的矯揉造作的「假洋鬼子」，前者卻是一個受過西洋教育，而又不失其華夏靈魂的現代中國人。

中國將來的新文學似乎僅有兩條路可走：第一條路，文學國語化，實行胡適「國語的文學」教訓。第二條路創造一種適合全國人民誦讀的「標準白話」。能走第一條路固好，否則便走第二條。這種「標準白話」要不蹈襲前人窠臼，不抄襲歐化皮毛，充分表現民族性。像魯迅這類文字以舊式小說質樸有力的文體做骨子，又能神而明之加以變化，我覺得很合我理想的標準。

最後，我們應當知道魯迅是中國最早的鄉土文藝家，而且是最成功的鄉土文藝家。他的弟弟周作人一生以提倡鄉土文藝為職志，隨筆中屢有發揮。

魯迅的《吶喊》和《彷徨》十分之六七為他本鄉紹興的故事。其地則無非魯鎮未莊，咸亨酒店，茂源酒店；其人物則無非紅鼻子老拱，藍板阿五，單四嫂子，王九媽，七斤，七斤嫂，八一嫂，閏土，豆腐西施，阿Q，趙太爺，祥林嫂；其事則無非單四嫂子死了兒子而悲傷，華老栓買人血饅頭替兒子治癆病，孔乙己偷書而被打斷腿，七斤家族聞宣統復辟而躲起來的一場辮子風波，閏土以生活壓迫而變成麻木呆鈍，豆腐西施趁火打劫……而已。他使這些頭腦簡單的鄉下人或世故深沉的土劣，像活動影片似的在我們面前行動著；他把他們的喜怒哀樂，他們愚蠢或奸詐的談吐、可笑或可恨的舉動惟妙惟肖地刻畫著。其技巧之超卓，真可謂「傳神阿堵」、「神妙欲到秋毫顛」了。自從他創造了這一派文學以後，表現「地方土彩」（Local color）變成新文學界口頭禪，鄉土文學家也彬彬輩出，至今尚成為文壇一派勢力。

魯迅記述鄉民談話，並不用紹興土白，這也是一個值得研究的問題。胡適常惜〈阿Q正傳〉沒有用紹興土白寫，以為若如此則當更出色。許多人都以這話為然，我則不得不略持異議。要知道文

學應具「普遍性」，應使多數讀者感到興趣和滿足，不能以一鄉一土爲限。鄉土文學範圍本甚隘狹，用土白則範圍更小。這類文藝本土人讀之固可以感到三倍的興趣和滿足，外鄉人便將瞠目而不知所謂，豈不失了文學的大部分功用？

　　法國文學家都德生於法國南部，所作《磨房書牘》多外省（La provence）風土色彩。這書在法國幾於家傳戶誦，而譯到中國來趣味竟大減。又如都德的Tartarin de tarascon寫南部某鄉紳故事，突梯滑稽，法人讀之莫不笑不可抑，而我們讀到中譯時也覺得味如嚼蠟。雖說譯書人傳神達意的手段有點問題，其實也因爲鄉土文學本不易翻譯，不能怪他們。幸而都德這兩本書還沒有用法國南部鄉村土白，我們雖不能感覺多少興趣，意思還勉強可懂，如其他用的是所謂「patois」，那就不但無味，連翻譯也不可能了。這可見〈阿Q正傳〉不用紹興土白，正是魯迅的特識。

　　關於這位作家的思想，我願意保留到《論魯迅雜感文》裡再說。現在只能就此收束，免得野馬跑出題目範圍以外去。

　　——原載一九三四年十一月五日《國聞周報》（上海）第11卷第44期

論《阿Q正傳》

張天翼

最初的印象

我第一次讀到《阿Q正傳》，記得是在杭州什麼地方售出的一種油印單行本。

那時候我正在杭州一個舊制中學讀書，一面又是林琴南的信徒。我不得不感激我們學校的老師；虧得他們所施的好教育，才使我成爲這一個正派人。

我還記得我畢業的那所高小——一位教國文的老師盯著我們教了三年，又一直是我們的級任。他極力攻擊當時的「新文化」。一踏進那家舊制中學，頭兩年的國文老師也是這麼一套。兼教修的校長先生也隨時告誡我們，那些新式白話文千萬不可看。

這些教育，把我在思想方面訓練成當時的一個好學生，我雖然也跑跑跳跳，但是精神方面倒的確是個小老頭。這一點是毫不辜負師長們的苦心的。

當時，那些「新文化」到底是怎麼回事，到底是什麼東西，那

就可管不著，我不知道。我看都不去看它，也摸也不摸一下，那怎麼會知道呢？然而我偏生會跟著人家攻擊它，嘲笑它。我在小學裏讀了四書。雖然一點也不懂，而又要背，苦著連睡覺都睡不安，可是我認為一個小孩子應該讀這些經書。這是天經地義，有一次，我聽見我父親發的議論，我私心覺得他未免太新了，他說：

「四書不應該給小學生讀，只能給大學生、學哲學的人去研究。」

他老人家倒什麼報紙都看看。論年齡，他比我大四十歲。論思想，我可比他起碼老四十歲。

然而，我向來愛讀小說，這習慣是我在家裏養成的，在學校裏——先生在講台上講他的書，我在下面看我的舊小說，偵探小說。以及「禮拜六」之類。那時候林琴南發表一篇筆記式小說，彷彿是叫做什麼《荊生》的，把「新文化」臭罵了一通，我看了真高興。還有兩三個同學也有這個癖好。我們還寫，還向《禮拜六》等等的雜誌投稿，也用白話寫過，但絕不肯使用標點。女旁的「她」字原是訓「母」，把這字當做女性的第三人稱，當然也是異端，概在排斥之列。不瞞你說，我還寫過篇得意之作哩，那是諷刺自由戀愛，諷刺婦女解放那些邪說的。我把這些活動都瞞著我父親，為的是怕他笑我太守舊。

至於我所看的小說呢，我只模模糊糊地把它分類為兩類，一類是好小說，如《水滸》、《儒林外史》、《紅樓夢》，以及《俠隱記》、《撒克遜劫後英雄略》、《塊肉餘生述》等等。這些使我感動，使我老記得那些人物。還有一類呢？那就是福爾摩斯偵探案之流，還有那時候《禮拜六》之類的老作家的小說，這一類——我當時自不忍公開說它不好，但總覺得有點差勁，看了不那麼過癮。

這兩類一比，似乎是今不如古，要拿這一點理由來復古，倒也還說得通的樣子。可惜，當時我連這點理由也不會找。我們極力維

護的——正是我們一無所知的東西。而我們所極力反對的——也正是我們一無所知的東西。然而我們倒是中流砥柱哩！

可是之後——不記得怎麼一來，竟讀到了《阿Q正傳》。

我只記得有好幾個同學讀過這一篇小說，邊讀邊在那裏發笑，這冊書到了我的手裏的時候——不用說，這是「異端」。題目也就古里古怪，而且全篇又都是那些新派頭！我對自己說：

「唔！倒要看看這是些什麼東西！」

凡是新式小說總不會好的；一定是無聊，瞎扯，不知所云。雖然我一篇也沒有看過，可是總相信自己這個判斷不會錯。

於是我讀起來。我為了極力要維護我的自尊心起見，讀的時候拼命裝出一副冷淡的樣子，表示這種小說絕不會感動我。

然而，然而我忍不住笑。而有些地方，又忍不住對一些人物憎惡，而覺著阿Q糊塗得可憐。

什麼？他竟是這麼迷住了我？——那不行！這得小心！

可是，那個阿Q，竟老是在我腦子裏面留下一個影子。並還比李逵、馬二先生、史湘雲、達特安、呂貝伽、密考伯那些人還熟些。我老是記起他。我覺得認識他，好像在什麼地方見過他似的。一個癩頭，一根稀疏的黃色細辮子，給人揪住了在牆上碰響頭。「假洋鬼子」的「哭喪棒」一揚，他那瘦伶仃的身子一躲就飛跑開去。

這些印象很深。這可使我不安。這不安，到底還是因為自己被新式小說迷住了而覺得丟面子呢！還是因為看了阿Q悲劇而不舒服，心裏就是感到慘慘的呢？這我自己也說不出。我也不大明白這篇文章裏面所含的意義，只是它深深地打動了我的情感。

一篇好的藝術作品——我們的接受它，最先大概是由我們的情感接受它的吧？我們讀完了一篇作品，常常不能用言語來講出它所含的意義，可是我們已經被感動，有所愛，有所憎，那麼，我

們是已經用我們的情感接受了它的主題了。所以第一次讀《阿Q正傳》，我只會說：阿Q很可笑，又很又憐。

我這麼偷偷地問自己：

「難道，難道把這篇新式小說也歸到好小說那一類嗎？」

一下子可去不掉向來的成見。一下子可也去不掉阿Q的影子，這時候，我就只好自己想出些話來安慰安慰自己，叫自己相信沒有丟面子。

但總還是說不出的不安。到後來又看了新式小說，再又把《阿Q正傳》重讀了一遍，這不安可就來得越發明顯了。

阿Q是很有成見的，他講求「男女之大防」。他反對剪辮子等等。他譏笑城裏人把「長凳」叫做「條凳」，譏笑城裏人把煎大頭魚所加的蔥條切細。你要是問他：

「阿Q，你爲什麼反對那些東西，要譏笑那些東西呢？」

那是白問，他連他自己都不知道。

他正是莫名其妙衛護這一些東西，也莫名其妙反對一些東西，他固執，他有他的一套道理。這些道理是怎麼回事，是哪裏來的，那他管不著，總而言之，向來如此，所以應該如此，不然就是「異端」。不錯，他對「異端」是「深惡而痛絕之」的。

這些特性難道不可笑嗎？

可是——對不起，請你自己平心靜氣想一想，你自己有沒有這些脾氣？

其實，我們在我們的熟人中間，常常遇到一些可笑的人物：他有可笑的性格、見解、作風等等，做出一些可笑的事情來。不過我們看到這些眞人眞事，在當時當場並不覺得他們可笑。而一經人家在作品裏寫出來，這才發現了他那種人物的可笑。對於自己呢？那尤其是不照照鏡子，往往不自知自己的嘴臉，於是一看到人家作品裏所寫的人物，或多或少有了我自己的影子在內的話，這就——雖

然也忍不住要笑，可是這裏面總不免夾雜著不安，或是帶著痛苦，或竟是老羞成怒，或是還雜著其他什麼來。

並且，我還有自尊心，因此就生怕別人讀了這篇作品之後，而竟也認清了我的嘴臉，看出了我那可笑的一面。

一個人要是不知道他自己的毛病，那他可以糊裏糊塗地很幸福。這毛病一被發覺之後，可就尷尬了，那麼他不是要醫好她，就是要忌諱她。但即使是醫治這毛病，開始總也是很苦惱，在他內心會引起一場衝突。在這時候，他常常會想出一篇藉口來安慰自己，而且生怕別人提起他的毛病，生怕別人洞悉他的內心，生怕別人展露他的靈魂。

而現在——竟被別人展露了，而使無數讀者洞悉了。

我這才明白，我的不安原來是這麼回事。

那麼阿Q這人物之所以在我腦筋裏留下那麼深的印象，不單是他的形貌，不單是他的癩和瘦而已。而是一些更深刻的東西，是他的靈魂。有一位古希臘哲學家說靈魂是一種透明的靈魂原子構成的，我們如果借用他的話來說，那就是——我的靈魂裏也有阿Q靈魂原子。

怎麼辦呢？

要是把我的阿Q病不許別人提起，也不對自己提起，當做一個忌諱吧！——那倒恰恰是阿Q作風，阿Q諱言「癩」甚於連「亮」連「燈」也諱言。這正是害阿Q病害得更深一層了。

唉，這《阿Q正傳》真害人——把阿Q所忌諱的「癩」示了眾，這不算，還要連阿Q忌諱毛病的這毛病也拿出來示眾！叫那些害了這毛病的人竟無處藏身，無法躲躲閃閃遮掩他的真面目。

這是用笑來否定那些靈魂上的醜病，並且笑得那麼深刻，那麼有力，於是我一面在笑中帶著平安，一面開始檢查我自己身上所含有的阿Q原子——試想要把它清除出去。

我也沒有勇氣來設法安慰自己，以挽救我自己的自尊心了，那一手，不也正是阿Q的「精神勝利法」嗎？

　　再想起那位使我佩服的林琴南先生——他義憤填膺地寫出那篇什麼《荊生》，我讀了好幾遍，而且很合我的口味的，我對它怎麼看法呢？現在，這篇筆記式的小說，的確使我很舒服。記得末尾出現了一個小說偉丈夫，結結實實把那些「新文化」運動的人物乾了一頓，掃滅了一個乾淨，真是大快人心。老實說，我原也巴不得真正跳出一個偉丈夫幫幫我們，因為我們自己沒有力量，可是事實上沒有這麼個人出現。事實上倒是「新文化」運動更廣泛，更普遍，國內大多數的雜誌都革新，登載新的文章，甚至連小學生也讀起白話文來了。

　　那位偉丈夫只是在那篇筆記式小說裏出了世，只是那位作者軟弱無力，無法取勝，就空想出這麼個人物，寫出來泄泄憤，也當做打了敵人幾個耳光，聊且快意的，換一句話說，那實在也是一種——是一種「精神勝利法」。

　　還有呢？林琴南先生似乎也說過古文的妙處——是知其然而不知其所以然的，而阿Q——不幸得很，阿Q也正是「不知其所以然」地有許多成見，排斥異端。

　　唉！請你替我設想一下，我發見了我所尊敬的一師竟是一個阿Q，我心裏夠多難受！

　　但還有更糟糕的呢！那是想到自己，那位大師雖「不知其所以然」，到底可也「知其然」，而我呢？他的信徒呢？不瞞你說，那可就連那麼一點兒「然」都也不「知」，我只是聽了他那樣人說了那樣的話，就相信那是天經地義，向來如此，就所以應該如此，恰好像阿Q那麼糊裏糊塗的過話。那麼那我跟林琴南先生一比，我倒更像阿Q些，而他們倒反而近乎趙太爺之流了。趙太爺們之衛護一些東西，反對一些東西，總比阿Q「知其然」得多，而且「趙太爺

是不會錯的」。

我還記得高小裏面那位級任老師，這家中學的校長先生，他們都像趙太爺，他們把一部未莊文化塞給我們，要把我們年輕小夥子都訓練成小阿Q。

唉！這樣想法未免太殘忍了一點。

我所佩服的大師們，以及我所受他們薰陶的老師們——如果只覺得他們像阿Q，那充其量也不過是說他們可笑而已，並且多少還令人憐憫。可是，要說他們更近於趙太爺型，那他們連這點憐憫也不配收受，而只是易之以憎惡和憤怒罷了。

然而，沒有辦法，我禁不住要這麼想。我一下說不出理由來，不過我總是有這樣的感覺，而且這感覺越來越分明：我越覺得我自己像阿Q，就像覺得他們像趙太爺之流。

那麼這很明白：我如果要不再像阿Q那樣糊裏糊塗做人，我只有從未莊文化的圈子裏跳出去，不再懷著我不知其然的那些成見，並且要不再自欺自的想出些話來安慰自己，而勇於正視自己的毛病！

「阿Q之成為阿Q，就是不能從他的糊塗和怯弱中自拔。」我想。

就這麼著，阿Q給我的印象越深，我就越看得清我自己身上這些阿Q病。同時也就越容易發現到別人身上的阿Q性。

別人讀這篇作品的時候，有沒有照見他自己的心，而照見了又是怎麼樣一個心情，我可不知道。至於我，我可感到很苦惱，覺得哭也不是，笑也不是，我討厭我自身上那些阿Q靈魂原子，這好像雞眼一樣那麼麻煩。我要割掉它。這當然會要引起我自身內部衝突的，要受一些痛楚的。……

可是，情願忍受。

總之，不要做阿Q！

也只有這樣，我才能漸漸從不安之中解脫，才能在對阿Q的笑裏面不復帶著苦味羞恥，只能夠放聲一笑。

於是我想，我們大家也都是這樣的：我們大家要是能夠對著阿Q放聲笑去，而內心毫無所愧，那才可以證明我們自身是健康的。

於是我想，這樣的笑——正是那位藝術家在創造那典型所熱烈地期望的吧。

我這麼相信：要是一位藝術家不懷著這樣大的熱情，要是他對人生冷漠，無所善惡，無所愛惜，並不想來洗滌我們的靈魂的話，那他一定寫不出這樣的作品來。

阿Q的命運

可憐的阿Q，自從你被創造出來，你就一直被我們大家笑著。

老實說，這決不是一種看得起你的笑。剛剛是相反：這笑——倒是帶著諷刺、帶著輕蔑的。有時甚至還帶幾分憎惡。你在調戲靜修庵的小尼姑的時候，酒店裏的人能夠賞識你的勛業而笑，可是我們辦不到，我們只能一面笑你，一面又非常討厭你。

而看到你做人處處失敗了，這又使我們在笑裏面帶著眼淚。我們同情你，可憐你，可是你偏偏自以為你是勝利者，於是你更可笑，而我們對你的憐憫——雖然是隱藏在笑裏面的，倒是更深厚了些，更深進到我們的心底裏了。

你也許會很詫異：什麼呀！——憐憫？同情？這是些什麼玩意兒？

不錯，這些——你是從來沒有接受過的。你在世的時候，你從來沒有得到絲毫人與人在相接觸的那些溫暖過。

雖然有人誇過你，說你「真能做」，即使這就算是一句正經

話，那也只是說你對他們有用處，只是把你當做又會割麥，又會舂米，又會撐船的一個活行頭，並不是把你當做有血肉，有靈魂的「人」來同情你。而這句話倒使你很高興，你周圍的人能給你的高興，至多也不過是這一類罷了！

那麼，我們對你的憐憫，在你當然是完全生疏的東西。不但生疏，大概還會使你不高興吧，因爲你原是自以爲處處勝利的，而現在我們竟對這勝利者加以憐憫，這不是明明給你這勝利者一個侮辱嗎？

我們知道你，你模裏模糊地在找出路，想要闊氣起來，想要做一個未莊出人頭地的角色。你要是眞到了那一個地步，而又是照你阿Q那樣做人法，那麼你就也許一點都不可憐，倒是可憎恨了。

然而沒有法子，你巴不得我們能夠不憐憫你只憎恨你，可是你竟沒有交那鴻運。

眞的，現在我們並不恨你，也沒有誰對你憤怒，因爲你不配。

你有那一套阿Q見解。你深惡「假洋鬼子」及其洋服及「哭喪棒」。你對於「男女的大防」向來非常嚴，認爲一個女人在外面走，一定是要勾引野男人。你剛一聽說革命黨，就以爲那是造反，造反就是與你爲難。總而言之，你爲什麼要堅持這些見解呢？

那你自己不知道，你自己說不出什麼理由。

縱使你「先前闊」，可是你總沒有進過書房。要是你先前闊得和趙府上一樣，你竟也讀了書，能夠有茂才相公那樣博雅的話，那就可以把你的阿Q見解裝潢起來了。

假如是那樣的話，那麼你的深惡「假洋鬼子」，你的講求「男女之大防」，你的反對「革命黨」，你都有一篇大道理好說，說的未莊人都肅然起敬，而你後來的鬧戀愛，後來的居然「投革命黨」，居然也跟「假洋鬼子」合作，你照樣也都有一篇大道理好說，說的未莊人都肅然起敬。

不過，這麼一來，你對你那些見解的堅持方式，也就不成其為阿Q的堅持方式了。

　　你可不會幹那一套，你全沒有管這些阿Q見解對於你阿Q到底相稱不相稱，到底有沒有什麼矛盾。你幹得很天真。你不是替你自己打算，也不會替自己辯護，你的「正氣」真是為正氣而正氣。

　　從這一點說來，我們就覺得你實在可笑，可厭、可憐之餘，還似乎覺得你多少總還有點可愛。因為你的這種幹法，是出於你的純真，毫沒有什麼利害打算。

　　誰也不來怪你，你那些阿Q見解原來是你自己創造出來的東西，絕不是你阿Q自己的所有物，這只是未莊文化把你教育成這個樣子。宋莊文化薰陶你，影響你，灌輸你許多見解，教你去痛惡剪辮子，痛惡革命黨，而對於那些外面走的女人，對那些跟男子講話的女人，大聲說幾句「誅心」話以當懲治。至於為什麼一定要把一切革新都斥為異端，而深惡痛絕之，這才叫做「正氣」呢？——這個問題不該拿來問你阿Q，只應該去請教趙太爺他們。

　　趙太爺他們是未莊的頭等人物。他們是未莊文化的支持者，傳道者，甚至於又是創造者，未莊文化也是趙太爺文化，這套文化對於趙太爺他們很有用，也像神話之對於僧侶很有用一樣，這二點，趙太爺他們自己有沒有發覺，那我不知道，總之是這套神話對他們很有用處。他們就把這一套東西來造好一個文化搖籃，讓你在這搖籃裏長大成人。

　　於是你所衛護的，正是趙太爺他們所要衛護的。你所要排斥的正是趙太爺他們所要排斥的。真是，你想想看，假如他們不用這些未莊文化來培養你們未莊小腳色，而隨你們去接受「異端」，那麼，趙府在未莊就不能有那種氣派了。

　　然而，你莫明所以。這樣，你在這一方面，也就僅僅是成了一個行頭——一個支持趙太爺文化的行頭，並不屬於你自己的一個

「人」。

　　你或者以為人生於天地之間，大約本來也要替人做行頭的吧，但你這樣的命運，究竟是怎樣造成的呢？

　　我不打算跟你談什麼哲學的問題，只就你的「行狀」來說吧！

　　自從你進過城，在城裏欣賞過人家的殺頭藝術之後，你就讚美得了不得。「咳，好看，殺革命黨。唉，好看好看 ……」你從來沒有被別人把你當做一個「人」看過，你不知道世界上還有同情這東西。你也就失去了人性，接受了那「看殺頭」的文化，幸災樂禍，以人對人所施的殘忍行為為快。可是你到底是藐小的，你頂多只能夠用右手在王胡脖子上「嚓」地直劈下去。你可不能真的殺人，真的去創造那種殺頭術。

　　能夠創造那種殺頭藝術的，是趙太爺舉人他們。要是沒有他們去創造，你就壓根兒無從「好看」起了。

　　而結果來了一個「大團圓」。你終於做了殺頭藝術的祭品。你是喜歡看人殺人頭的，這回輪到別人看殺你的頭了，你這才記起你四年前在山腳下看見過的狼眼睛，而現在的人眼睛比狼眼睛更可怕，你「看見你從來沒有見過的更可怕的眼睛」 —— 使你什麼也說不出，並且還要吃你皮肉以外的東西。他們似乎聯成一氣，已經在那裏咬你的靈魂。

　　這些可怕的眼睛，不正是殺頭文化裏哺養出來的嗎？你不也有過這麼一雙眼睛麼？

　　唉！只有在你自己做了他們的祭品的時候，你這才想起 —— 大概是你生平第一次吧 —— 想起了「生命」，你叫：

　　救命，……

　　可是遲了，唉，阿Q，遲了！

　　你的命運，你的所以失敗。也同是這樣的。你在未莊生活裏熬煉成你這麼一個阿Q，你身上裝滿了趙太爺的未莊文化，而結果，

你做了他的犧牲品。

　　在未莊你僅是一個打打流，做做零工的小腳色，你是一個弱小者，而且是孤零零生活著，沒有一個朋友，也沒有一個親人，沒有一個人來幫助你，沒有一個人來將心比心的替你想想。人家只是看你「眞會做」，這就用得著你時要你，用不著你時就把你一腳踢開。人家高興時就對你惡作劇，不高興時候就凌辱你。你不知道世界上還有第二種生活。你不知道世界上還有兄弟朋友的情誼這東西。你只認識大地間天地間有一種趙太爺之流的上人，那是最強者！還有一種小尼姑之類的下人，那是最弱者。而強者當然是應該支配弱者，欺壓弱者，當然是應該給弱者一點苦頭吃吃的，因爲未莊向來是這樣，所以也就理該這樣，這是天經地義，要是趙太爺忽然體貼你起來，你倒反而會不舒服，會看他不起，而且認爲他顛倒了是非黑白，而視之爲「異端」而排斥他了。

　　就這麼著，趙府上要你來舂米，一直舂到點燈的時候，你毫無不平。趙府因爲你調戲吳媽，藉此不給你工錢，還扣下你的布，你也不爭半句，趙太爺和秀才拿大棒打你，用官話罵你做「忘八蛋」，你也完全忍受著。地保兩次問你討了酒錢，你也乖乖地把你最後的財產孝敬他。

　　還有，甚至趙太爺不准你姓趙，致使你一輩子沒有一個姓氏。你也不抗辯，也絲毫不怎麼樣。

　　看重姓氏，這原是趙太爺的未莊文化中很重要的一項。你的攀同宗，倒其實是這一項精神的表現和發揚，然而也只有趙太爺他們才配看重他們的姓氏。至於你呢？你可連姓氏都不配有。

　　這簡直是趙太爺未莊文化裏面的一個矛盾。

　　可是，「你姓趙嗎？」──你不開口，你還忍受了趙太爺親手給的一個嘴巴。

　　像趙太爺那像的人物，可用種種來對待你阿Q這樣的人物，你

是無話可說的。

所有未莊「那夥鳥男女」也可用種種來對待你，因為他們比你強。

你一生受盡了人家的欺壓、侮辱、玩弄，雖然是強者理該這樣對待弱小者，可是你到底也不怎樣愉快。你心裏其實是憤怒的，你想要像個「人」樣的站直起來，想要報復，然而你又掙脫不出這未莊的生活和文化的籠子。並且你連想也想不到要掙脫出去。你倒是把你自己束縛到這個籠子裏面，以為人生該如此。而假如有人要逃出去的話，你反而要對他深惡而痛絕之的。於是，你老是想要站直，可又永遠站不直。

這是你自身上的一個大矛盾。

那麼你是怎樣解決這個大矛盾嗎？

——你有你阿Q式的解決法。

別人打了你，罵了你，這除開使你有生理上的痛苦之外，還有一件更不可忍的事，就是——這是對你的公開侮辱。這會使你顏臉掃地，大概一個人越有弱點，就越怕人家因這而看不起他，蔑視他，因此，他總是時時刻刻把自尊心放在心上，你正是這麼一個講自尊心的人。那你當然心裏不高興，想要報復，至少至少，你也得要自衛。

但是，你都辦不到，你是一個弱小者，連你「非常蔑視」他的王胡，都能夠扭住你的辮子去撞響頭，連小D那麼一個又瘦又乏的窮小子——你也只不過跟他打一個平手，你怎麼還對付得了別的人哪？於是你只好自己寬慰寬慰自己，在精神上來取勝，說是「兒子打老子」，不過人家還是不饒你，連你這聊且快意的「精神勝利法」都不容你採取。於是你只好又退一步，拿「第一個能夠自輕自賤」的「第一個」來取勝。而只在賽神那晚上被賭攤搶了你的錢之後，你就把你自己的臉權當作別人的，痛打了兩個嘴巴來取勝。

真正到了萬不得已，退無可退的地步時，你還有最後「法寶」：忘卻。

　　你雖然有這麼一套「精神勝利法」來解決你自身上那個矛盾。可是事實上──你總不免還有一肚子悶氣。你這就掉過臉去，向那些比你更弱小的人身上去發洩。你也僅僅乎只在更弱小者那裏，能夠得到一點形而下的真正勝利。

　　這是你解決自身上的矛盾的第二個辦法。

　　就這樣，你在酒店門口建立了一個大勛業；你欺侮了靜修庵裡的小尼姑，你調笑她，你還扭住她的面頰，而且「再用力地擰一把才放手」。她只能滿臉通紅，逃走，只能用帶哭的聲音罵你一句，她簡直無法反抗，而你可就十分得意地笑起來。

　　你後來到了趙太爺不准進趙府的大門，你的顧主們也都聽了這個風，不再用你做短工了，使你發生生計問題了，你就只好另打主意，去偷東西。但是你絕沒勇氣去偷趙府，去偷使你挨餓的趙府。你倒是打上了靜修庵的主意，因為老尼姑和小尼妓都沒有力量來抵抗你。

　　趙太爺可以欺壓你，而你也可欺壓尼姑們，這原是你的阿Q哲學。而且你還可以得到真正的勝利，可以任意去欺壓全未莊的人，可以任意支配人家的命運，正如現在別人支配你的命運一樣。

　　你想像到「未莊的一夥鳥男女」的笑，他們跪在你跟前求饒命。「誰聽他」，你得把小D、趙太爺、秀才、假洋鬼子，一齊殺掉，連王胡也不留。你得叫人替你跑腿，去替你搬元寶，洋錢，洋紗衫，還有秀才娘子的那張寧式床。而同時──「女……」的問題當然也就容易解決了。

　　還有許多事情，許多好處──那一時還來不及想到它。總之，你的夢假如一旦實現了，那你就什麼也不缺。你還會有一個可貴的姓氏，趙司晨趙白眼還要到你這裏來高攀本家，叫你一聲太公，替

你做事，地保也成了你的手下人，鄒七嫂也會成了你府上的上房行走。那時你也許強討了小尼姑和吳媽（只可惜腳太大）做小老婆。但同時——你可又會命令停止一切女人在外面走，並嚴禁女人跟男子講話，以免有所「勾當」而傷風化。

到了那時候，你可就成了未莊的袁世凱。那一套老未莊文化就真對你有了用處。你會更建立一些大勛業，比如——凡未莊人有剪辮子者，必處以重刑，穿洋服拿「哭喪棒」者亦同罪。又如「長凳」不得稱爲「條凳」，違者嚴罰不貸，並禁止王胡等流氓在未莊閑逛。而未莊所有的出版物上，凡有「癩」字以及近於「癩」的音，以及光、亮、燈、燭諸樣者，一概嚴加取締。

但你即使成了未莊最強有勢的腳色，你上面也還是有更強者的，比如城裡的舉人老爺和把總他們，那不用說，你在他們面前，你當然還是保持著你那副可憐的阿Q相——逆來順受，而只用「精神勝利法」來寬慰你自己的。

然而你的夢無法實現。

你要「革命」。可是你對革命——也像你對於戀愛一樣無知。你不曉得該如何「革命」法，這一層，未莊文化簡直沒有交代過。不但是沒有交代過，並且還只是使你痛惡革命黨，叫你認爲「革命黨便是造反」，造反是跟「你」作對。這也很像你的兩性觀使你不會有辦法去戀愛一樣，你的革命觀也使你不知道怎樣去革命。

這麼著，你只是想「投革命黨」，或是心裏這麼想想，你就以爲你得勝了。

你向來是有這個巧妙方法來解決你的矛盾的。

不過，這矛盾並沒有真的解決。

這個，亦猶之乎你的「精神勝利法」之不能使你完全滿足，而你這須向更弱者身上去消憤一樣，你單是在心裏想想「革命」，這在你是不夠的。

於是你要去動手。

可是當然 —— 你絕不敢到趙太爺們頭上去動手，雖然是趙太爺他們「那夥鳥男女」逼得你「從中興到末路」，逼得你那麼想，「革這夥媽媽的命；太可惡，太可恨！」但你總不敢去「革」那些鳥男女的命，你向來是服服貼貼讓強者欺壓你，而且這是該當的，你當然就碰都不敢去碰他們一碰，你向來只揀軟的吃。

現在，你就自然而然又看中了靜修庵。

你這種阿Q式的革命，仍舊是從你那阿Q哲學出發的。

到底你是打算怎樣革命呢？要「革」小尼姑嗎？要「革」蘿蔔嗎？還是要「革」一些別的什麼東西？

果然你幹得對，你又得了勝，偷到了蘿蔔，你僅僅遇到了一點點小驚慌，那就是靜修庵裡的那條黑狗 —— 牠居然要反抗，居然咬你，嗨！原來那條黑狗是不理解你阿Q的哲學的。

趙太爺們及其手下人縱然都不把你當「人」看，並把你教養得使你自己也忘了你是一個「人」。但一個「人」的欲求 —— 你還是有的。饑來必須覓食，要另尋活路，有時候還要想到「女 ……」。

這些，哪怕趙太爺們極力反對，你自己也極力反對，然而，這些東西自會來作怪的。所以你居然也去偷東西，居然也鬧戀愛，居然也要去「投革命黨」。

諸如此類的行為，明明是跟你的阿Q倫理學相衝突的。

咱們在前面不是談到的麼 —— 你的阿Q倫理學並不是你自己的東西，只是趙太爺他們的，而你呢？你有你的阿Q生活，有你可憐蟲的生活，你的倫理學跟你的生活，那簡直是驢唇不對馬嘴。

唉！就是這麼一個矛盾 —— 使你的戀愛成了悲劇。

你既經動了心，一想起小尼姑罵你「斷子絕孫的阿Q」，你就真的擔心到怕你「無後」，這理由正當到極其正當，但其實是促

使你更想女人而已。夫子孫者，一定要跟女人睡了覺而後才會有者也。

趙太爺當然有老婆，秀才也有他的秀子娘子。他們怎麼能夠找到女人的呢？——他們當然有他們那套的生活，他們有他們的生活，有他們那套戀愛觀或婚姻觀，他們就用他們自己的那套方式，去選上他們認為合適的女人。

可是你沒有自己的這一套。

要是你去找到一個馬馬虎虎的女人，或是找到一個藐小不足道的女人，那麼也許你會戀愛成功，不過成問題的是——即使你找到了，你一定不會把那種女人看上眼，你只會吐一口唾沫走開。你偏要去找上吳媽這個「小孤孀」，而她正好也是跟你一樣很「正氣」的女人。

凡是跟男子說話的，「一定要有勾當了」，而她們又偏生要裝「假正經」，所以你只要一有意，就不怕不會上手。這些認識使你很有把握的去求愛。而使你失敗，害得你好苦的——正也就是這些見解，你只有趙太爺式的兩性觀和戀愛觀，可是不配有趙太爺式的戀愛法。你只會跪在吳媽面前，用你阿Q想得出的方式，說你阿Q嘴裏所能說得出的話——「我和你睏覺，我和你睏覺！」

眞是，你這樣還不活該倒楣！

你簡直是——連一丁點兒戀愛技術都不懂得。這或者是由於你一向「正氣」慣了，不屑跟女人們打什麼交道，因此就毫無戀愛經驗，不懂得什麼戀愛技術吧。可悲也夫！

可不是麼，你始終沒想到跳出那個未莊式的生活和文化的箍子。就是你後來的居然想要去革命，也還是沒有跳出，也還是在那個箍子裏打旋。

向來你是深惡革命黨，可是看見未莊人那麼害革命黨，連城裡

的舉人老爺也都害怕，你就知道革命黨比舉人老爺趙太爺他們都強得多。你想你一去革了命，你就可以在未莊出人頭地，就連趙太爺他們也成了你腳底下的弱小者。你不單是可以出一口鳥氣，那我們不知道，那大概連你自己都不明白。

總而言之是，你遲到了一步，別人已經去「革過一革的」了。

凡是有好處的事，人家總是比你先一步得到。而你總落了空。「人家比你聰明得多，比你有能力得多。」

即如趙秀才那類人罷，他本來對革命「深惡而痛絕之」，而又非常害怕。他是絕不准你革命的。可是革命終於來到了，沒有辦法了，趙府在未莊的威風要倒地了。他一定要另想辦法。他如果要保持他趙家原來的老地位呢？他就應當要見風轉舵，於是他跟歷來也不相能的假洋鬼子攜手，「咸與維新」。

這是你所料想不到的。

然而要是真正革命了，真是成了中華民國，彼此都是處於平等身分的話，趙府在未莊也還是會失掉原來的派勢。這當然不行。頂好是換湯不換藥，只在形式上「革」他一「革」。這就來了一手帶象徵味兒的革命：打碎了「皇帝萬歲萬萬歲」的龍牌——僅僅乎是一塊龍牌。此外呢？一切都照舊。甚至於連趙秀才的辮子也還不肯剪掉它。

城裡的舉人老爺本來還怕革命黨造反，用烏篷船裝東西寄到趙家的，而現在倒當了政務幫辦。帶兵也照舊帶兵，不過叫做把總就是了。而趙太爺他們在未莊，依然是人上人，依然是頭等腳色。

這也是你料想不到的。

趙秀才他們也是跟你一樣，「革命」革上了靜修庵。他們似乎也實行你的阿Q主義，只揀軟的吃了。不過這種說法很不公平，而且是忘了本。因為你的阿Q主義——原就是從他們那裡得來的呀！你看，他揀了一個最穩當最安全的辦法，並且又保得定大得全勝。

果然，他們給了老尼姑很不少的棍子和栗鑿，順順利利「革」過了「命」，還順手帶走了觀音娘娘座前的一個宣德爐。

可惜他們沒有叫你！

如果他們來叫你的話，那你當然也就會把那夥鳥男女的「太可惡太可恨」忘得乾乾淨淨，倒是興高采烈的跟在他們後面，聽命於他們了。

然而他們不要你。你以前嚷著「造反了！造反了！」的時候，未莊人都用了驚懼的眼光對你看。趙太爺竟還怯怯的迎著叫你「老Q」，然而現在——他們再也用不著害怕你，因此也就用不著看重你了：趙秀才自己也去革了命哩！並且你於他們沒有什麼用處，你還遠不如趙司晨、趙白眼他們有用。你要到「假洋鬼子」那裡去投他，難怪投不進了。

什麼，只許他們造反，不許你造反？你在痛恨之餘，只好又想出些話來聊且快意：「好，你造反，造反是殺頭的罪名啊！我總要告你一狀，看你抓進縣裡去殺頭，——滿門抄斬——嚓！嚓！」

這麼一來，彷彿始終支持未莊文化的，始終排斥異端的——倒是你阿Q了。他的「正氣」反而遠過於趙秀才他們了。

而你被人抓到城裡，在大堂裡開審的時候，你自然的跪了下去。這跪，原就是為了尊敬他們老爺們而設的，是他們使你跪的。可是現在老爺竟叫你「站著說」。可說你始終支持這種屈膝文化，又跪了下去，致使老爺罵你是「奴隸性」。

趙秀才和「假洋鬼子」他們造了反，他們沒有「滿門抄斬」，反而是你這個並沒有「造反」的阿Q——人家倒把你抓到城裡，把你判了一個死罪。

這在你真是一部奇怪的命運。

趙家的搶案你沒有參加；你還沒有本事去犯那種罪，只不過在旁邊暗地眼紅而已，但做了犧牲的是你。這只是為了把總老爺「做

革命黨還不上二十天，搶案就是十九年」，要掙回他把總老爺的面子，就揀上你阿Q做「示眾」的傢伙。

唉，阿Q，你就是這樣的下場，你糊裡糊塗活著，你就糊裡糊塗死去。

唉，阿Q，這就是你的一生！趙太爺他們的未莊文化就籠住了你一輩子。人家教會你講求「男女之大防」，給了你那一套兩性觀和戀愛觀，致使你戀愛失敗；而人家有女人。人家教會你排斥異端。給了你那一套革命觀，致使你革命不成；而人家倒跟假洋鬼子同去建立了功勛，進了「柿油黨」，弄到一塊銀桃子掛在大襟上。

人家總比你強，要是你能夠稍微強一點兒——比如說，你在城裡混的那一向，不僅僅是一個在門外接東西的小腳色，而是一個比較行一點的賊的話——那麼未莊人還能夠對你保持相當的敬意。然而你，其實你「不過是一個不敢再偷的偷兒」而已。你到底硬不起來。就這麼著，人家可以從你手裡買你那些很便宜的贓物，地保可以取走你的門幕去；而你呢？僅因為你也曾經在城裡幫助人取走過人家的東西，人家就可以逼你走到「末路」，地保還問你要每個月的孝敬錢。人家可以藉故扣你的工錢，可以拿你的香燭罰款留給趙太爺拜佛用，可以把你的布扣下拿去做襯尿布和鞋底布；而你呢？你對趙府上的東西碰也不敢碰，可是出了搶案之後，人家倒把你當做強盜辦。

這種種一切夠多矛盾！——而這就造成你阿Q那可笑又可憐的命運。

假使你不是生活在那個強吃弱，大壓小的未莊世界裡，而你能夠被人愛，被人幫助，而你會去愛人，幫助人，那你才是真正做了一個「人」。

你要是真正做了一個「人」的話——請容許我重說一遍——那

麼第一就要你掙脫得出未莊文化的箍子，能夠立直起來。

現在——我們整個民族正是走著這條路；這是跟你阿Q命運正相反的一條路！

這樣，我們就要看清你阿Q之為人，然後我們各人——我們民族中的這每一個分子，都把自身檢驗一下，看還帶有你阿Q靈魂原子沒有。假如我身上還有你那種倒楣的靈魂原子，那麼我這個民族的一員，就會跟我們整個民族隊伍在歷史大路上進展的步調不一致，多多少少總會使我們民族在進展中受到拖累，甚至或是受阻礙的。

那麼——我們一定要勇於正視我們自身上的缺點和毛病，一定要洗滌我們的靈魂。

而事實上，自從你這個阿Q被創造出來之後，我們民族許多有良心的藝術家，都是懷著極大熱情，在不斷做這些洗滌靈魂的工作。

這也可以說，我們中國現在的許多作品，是在重寫著《阿Q正傳》。

讀書筆記一則

《阿Q正傳》，是對於未莊式的文化與生活的一個總批評。

阿Q不僅是代表辛亥革命時期的一個鄉下打流漢子而已！在辛亥前在辛亥後，也會有阿Q。在打流生活以外的許多行業中，也會有阿Q。

但阿Q的典型——難道是超出任何時間性空間性的麼？

當然不。

是這樣：阿Q之為人，是被種種條件造成的，（例如人欺人，

而被欺者又不能自拔於這人欺人的生活與哲學，等等）。那麼只要那種種條件存在一天，阿Q這種人就可能存在一天。只要那種種條件存在某個場合裡，這個場合裡就可能找得出阿Q來。

比方說，到了「世界大同」那一天吧，那麼人與人彼此相愛，再不會有什麼壓在人腳下的弱小者，也沒有未莊文化之類來哄人來箍住人了，那麼世界上再也不會有阿Q的了。

同是被人欺壓的弱小者裡面，也有各種各樣的型。有的站得起來，而自強不息，例如我們這民族就是。而有的則掙脫不出人家在他頭上所箍著的箍子。等等。

而阿Q——就是屬於那個被壓而又無力掙扎，只好伏在那箍子裡的那一類。

阿Q代表了千千萬萬的人物。

可是這千千萬萬的人物——他們各人所含有的阿Q靈魂的原子，是有的含得多，有的含得少的。因此他們各人所具有的阿Q性，也就有程度上的差別，有的或者只有兩件阿Q式的「行狀」，而有的可就多些。

並且他們不是各人都具備了全套阿Q性。只是——有的有這種阿Q性；有的有那種阿Q性。他們有的把阿Q性表現於這方面，有的表現於那方面，再呢？表現的方式各異其趣。

所以他們各人的阿Q性，是不完全的，是偶然的。

於是藝術家發掘了他們的靈魂，把那裡所含的阿Q靈魂原子抽出來，創造了一個完全的阿Q性的阿Q，最阿Q的阿Q。

這就創造了典型。

當然，現實界裡的千千萬萬的阿Q——並不一定是癩頭，也並

不定說過「兒子打老子」，不一定欺侮小尼姑，不一定痛惡辮子和「哭喪棒」。

他只有阿Q性的原素：例如忌諱毛病，自慰自的「精神勝利法」，「忘卻」，欺軟怕硬，排斥異端，等等。

假使有這麼一位詩人，他絕非癩頭，倒是蓄了一腦袋的烏黑的長頭髮，但他生怕聽見讀者說起他作品裡的缺點，一聽見就發脾氣。那他就是阿Q。

他決不想做別人的老子來討便宜。但他說，「日本是藐小的，它可憐巴巴的想要在我們中國手裡討一點好處，我們就布施它一點好了，幹麼要去跟它對打呢？」那就是阿Q。

他並不是「先前闊」而現在窮。但他對一般青年們說：「哼，你們盡講我開倒車，盡講我有封建思想，我先前——五四運動中間我還是一個台柱哩！」那他就是阿Q。

他也許很同情小尼姑之類。但他會斥罵那些不知名的小腳色，動不動就對他們皺眉——「你們這批青年！唉。真沒有辦法，跟你談什麼！」把他們投來的稿件看也不看，或者是盡情譏笑一頓。而他在他所認為的大師面前則卑躬屈膝。那他就是阿Q。

他當然沒有辮子，而且還穿著洋服，手持「哭喪棒」。但他對美學上的什麼新見解，看也不看就一味排斥，只把自己籬在象牙之塔裡面，此外一概目之為異端。那他就是阿Q。

要是只拿「癩頭」等等條件去找阿Q，那太機械了，那大概是一個阿Q也找不出的。

我們所說的「阿Q性」，這是一種抽象的說法。這是從現實中無數不完全的阿Q們身上取出來的一般性，而成功這個典型的「阿Q性」。

雖則阿Q典型之創造，難道僅是Q「直覺的知識」（照克羅采的說法。）而已麼？

單是靠「直覺的知識」——是不夠的。一定還要借「邏輯的知識」（還是克羅采的用語）。

固然，一個藝術家觀察到事物，最初是直覺的：是知道了這單個的事物。可是再進一步，就得去認識這一群單個事物中的關係，就得「邏輯的知識」了。

不過單是這麼進一步把現實界中許多人物的阿Q性抽取出來，而來談這個抽象的阿Q性，那並不是文藝作品。

要是把這抽象的阿Q性——比擬作一個看不見摸不著的靈魂的話，那麼，現在還要賦給這個靈魂以血肉；這樣寫出來，才使我們看得見摸得著，使我們感動。換一句話說，就是要把這抽象的阿Q性，賦以可感覺的形式而表現出來。

這工作也像科學家的工作一樣：科學家在自然界事物裡，抽取了他們的法則，而用這法則製造機器。於是那些從自然物中所得來的抽象法則，現在賦以一個具體形式了，我們對這機器看得見，摸得著，並且可以用它了。

然而自然界中並沒有一架天生的蒸汽機。同樣，現實界裡並沒有像《阿Q正傳》裡所寫的一色一樣的那麼一個阿Q。但我們決不能因此就否認現實界裡有阿Q這樣的人，亦猶之我們不能否認自然界的熱力一樣。

所以典型人物的創造，也跟人類一切創造物的創造一樣：先是一個個現實界的具體物；然後得到了關於這些具體物的抽象概念，然後又拿這創造出一個具體物來。這個創造出來的具體物，比起現實裡那些原來的一個個的具體物來，那是提煉過，蒸餾過更完全的東西，也就是更本質的東西，是取了一種更高級的形狀的東西。

這個工作的經過是這樣：

（一）「直覺的」。

（二）「邏輯的」。

（三）「直覺的」。

（附記：這〈三〉是賦以直覺形式的更深刻的東西。不能因為它是以直覺的形式表現出來，就把它跟〈一〉〔對於個別事物的認識〕混同。從〈一〉所得的出來，那只是像照片似乎膚淺作品罷了。）

不過藝術家創造典型之際，跟發明家創造機器之際，當然還有大不相同之點。因為一個藝術家不獨是要用「邏輯的知識」，不獨要用理智，而且還有更重要的──要用他的感情和想像。

賦予阿Q靈魂以血肉，賦予阿Q性以具體形式，這就是藝術的形象性。

一篇作品，最先使我們感受的──是它所表現的形象性。

再進一步，我們才探索出這些形象後面的東西，抽象為「諱疾」，「精神勝利」，「欺軟怕硬」等等的典型性格。

那些形象是因為那個人物而存在的，使阿Q成功一個活生生的阿Q。

於是我們讀起《阿Q正傳》來，就覺得是真人真事一樣的。

阿Q之癩，說「兒子打老子」，不能反抗未莊「那夥鳥男女」而只欺侮小尼姑，以及痛罵「假洋鬼子」及其「哭喪棒」，等等，這的確是《阿Q正傳》裡的那個阿Q才有的花頭。這些，只是屬於這一個阿Q，只屬於「This one」。這些是特殊的東西。

但這些，只是使抽象阿Q性具體化，使之形象化的一種手段。

拿剛才打的那比方來說，那麼這些形象，也正好像蒸汽機裡的那些活塞，推動棒，轉軸，偏心棒，排汽口等等──是賴以表現熱能，賴以表現熱本質的手段一樣，這是表現阿Q性本質的一種藝術手段。

換言之，那麼這篇作品裡關於阿Q的這些形象雖然是特殊的，是僅僅屬於「這一個」阿Q，但他倒正是為了表現一般的阿Q性而有的。例如「癩」，用來表現忌諱毛病，「兒子打老子」是用來表現「精神勝利法」，而調笑小尼姑則用來表現欺軟怕硬，以及排斥異端，諸如此類。

　　所以作品裡所表現出來的典型人物，又有特殊性（This one），又有許多現實阿Q的一般性。後者則居於主要地位；這是那個典型人物的靈魂。是作者在這作品中所含的哲學，是這作品的內在精神。

　　但那些表現成「這一個」人物的諸形象，藝術家也決不把它忽略過去，要是忽略了這些，僅只寫出一個不可感覺的靈魂，沒有血肉，那麼就不像一個人了，不能使我們得到一個印象，不能使我們當作真有這麼一個阿Q似的那樣感受了。

　　並且——要是忽略了這些印象，或是隨意處置這些形象的話，那就連這每個靈魂，都不能充分表現出來，或是不能適如其他可表現出來。

　　這些形象——絕不是隨便安排的。

　　你看，關於阿Q的狀貌，舉動，談吐等等，哪怕只要寫一兩筆，我們就知道阿Q的地位身分，並且由此而知道阿Q之為人。

　　就說「癩」吧，這也正是阿Q那麼一種生活裡才會有的毛病，「斯人也而有斯疾也。」像前面所假設的那位當詩人的阿Q，他可就沒有這個「體質上」的「缺點」。因為他的生活可以使他能夠保持清潔，講衛生，不讓細菌到他頭上去橫行。

　　可是別的人，只要他也是在阿Q之得癩病的同樣條件之下，也會變成一個癩頭。當然，並不是一得了「癩」即成了阿Q，他跟阿Q僅僅只有這一點相同，就是他沒法講衛生，也讓細菌在他頭上猖

癩。此外他也許就跟阿Q沒有相同之點了。他並不是阿Q。這樣，他頭上的「癩」——所起的作用也就不同了，不是可以拿來表現阿Q性之一的「忌諱毛病」的了。或者呢？他的「癩」壓根兒就不起什麼作用。

這「癩」等等，如果在這個典型人物身上是不可能有的，或者即可能有而並不是用來表現這阿Q性的，或是壓根兒沒有作用的——那麼這「癩」在此就不適當。那麼作者就不會把它選進去。而會要另外去選上別的一些更適當的東西來表現他。

這些形象是要經過選擇的：要適當。形象也該有其典型性。

要注意——關於典型人物的典型形象。

阿Q是中國人，所賦給阿Q靈魂的血肉，是中國的。表現這些典型人物的那些形象，全是道地的中國派頭，例如「兒子打老子」之類。

可是——也像現實界中阿Q的存在，不僅限於辛亥革命時期，不僅限於未莊一樣，阿Q這樣的人，也不僅只我們中國才有。

外國也有許多許多阿Q。比如那家太陽牌帝國主義，它也欺軟怕硬，而它的侵略我們，已經深陷泥淖而不能自拔，它可還要打腫臉裝胖子；這一點不明明是個阿Q麼？又如卓別林在他片子裡演的腳色，也十足是一個可憐的阿Q。

說「兒子打老子」，這是中國阿Q的派頭。外國阿Q並不以做人家的老子為討了便宜，但他們另有他們洋式的「精神勝利法」。

阿Q這一種「兒子打老子」的勝利方式，是民族的。但他所表現的本質（精神勝利法），是有世界性的。

總之——

關於阿Q形象——民族性。局限性。僅屬於「這一個」阿Q。

所表現的阿Q的靈魂，則有一般性，甚至世界性；只要或多或

少有造成阿Q靈魂的那些條件的時間內，就會有這些或多或少帶阿Q性的人物在。

　　我們中國那些阿Q性的人，要不再做阿Q了，還可能不可能呢？

　　可能。

　　一個人總是會發展的，會要變的。

　　他們各人所含的阿Q靈魂原子——或者本來就力量很弱，或者即使力量大點而還不足以支配全局，那麼它就會被別種更有力的靈魂原子所吸引，所左右，而變成了另一種典型。

　　再呢？阿Q靈魂原子也像化學原子一樣，還會跟別靈魂原子化合，而變成另一種東西。不過化合的時候，也得有一種接觸劑才行；例如我們民族當前所迎接著的大時代，這偉大的歷史事件，就是一種接觸劑。

　　這麼著，他的阿Q性就會變了質，成了別的什麼性了。

　　那麼——如果他變了，他身上就一個點兒阿Q性的渣子，也都沒有了麼？

　　不。他多半會留下阿Q性的渣子。

　　但這不要緊，並不妨礙他向好的方面發展。

　　單是人的一種特性——要是它不跟別的事物有所關係而表現出來，那我們簡直無從說它是好的還是壞的。單只是一種特性，它就概無所謂絕對優，也無所謂絕對的劣。

　　往往是——它在這場合裡表現為缺點。而在那場合裡表現為長處。阿Q常做夢。做夢本身並沒有什麼要不得。但阿Q的夢只是一種幻夢，是他自己寬慰自己而聊且快意的一種幻夢，他這就永遠掙不出他那悲喜劇式的命運了。我們絕不能僅因阿Q也做夢之故而力戒自己做夢。合理的可實現的夢，我們為什麼不做呢？真正偉大的

人是眞正會做夢的。

又如，阿Q有一種滿不在乎的勁兒，熬得住痛苦。但他的「滿不在乎」是一種麻木，是沒有前途的，只是無力掙扎，屈服著而做退一步的想法，而我們的長期抗戰——我們也忍受暫時的痛苦而滿不在乎，而這「滿不在乎」是有前途的，是使我們作戰得更沈著，更有把握，使我們不斷地生長新力量。於是打得敵人倒下去再也爬不起，這「滿不在乎」正是表現了我們不可屈，以及對於戰鬥的韌性；這正是我們民族的優點。

諸如此類。

這些，在好的方面發展，即也是洗滌了靈魂而變成一個新的人物了。那原有的阿Q性，雖然還殘留著，但已經變了質，有了新的作用，已經由劣點而變成優點了。

有一幅版畫，叫做《阿Q站起來了》——阿Q也起來爲保衛祖國而戰。

不錯，這是一個新的阿Q。

那麼，這種新的阿Q，正就是我們民族在歷史大路上進展中，使他原有的阿Q性發展，變了質，而產生的一種新的阿Q典型吧！

——原載一九四一年一月一〇日《文藝陣地》（半月刊）（重慶）第6卷第1期

艾蕪

一　作者怎樣懷孕起阿Q這個人的

　　作者在《吶喊・序言》內，說到他看到身體強壯的國民，也無非做了別國人殺頭示眾的材料。「所以我們的第一要著，是在改變他們的精神，而善於改變他們精神的是，我那時以為當然要推文藝，於是想提倡文藝運動了。」他在《論睜了眼看》一文中說：「文藝是國民精神所發的火光，同時也是引導國民精神的前途的燈火。」從這裡可以看出作者是非常注意中國國民的精神的。

　　作者所遭遇的時代，正是帝國主義戰勝中國的時代。在他生前四十年，即一八四〇年鴉片戰爭發生。一八四二年，訂江寧條約，五口通商，割香港給英國。一八五七年英法聯軍攻陷廣州，擄去兩廣總督葉名琛。一八五八年，英法聯軍陷大沽。中英中法訂天津條約，允許教士入內地傳教，開始有領事裁判權。一八六〇年，英法聯軍破北京。一八七一年俄兵佔伊犁。一八七九年，日本併吞琉球。這是作者未降生前的中國情形。作者是一八八一年才誕生的。

在孩提期中，帝國主義侵略中國越發狂烈。一八八五年中法戰爭，安南割讓法國。一八八六年，英併緬甸。一八九〇年，訂中英藏條約，承認哲孟雄爲英國領土。一八九四年，作者已經十四歲了，發生中日戰爭，國家受到戰敗的恥辱。一八九五年，訂馬關條約，割遼南台灣給日本。一九〇〇年，作者二十歲的時候，義和團起事，八國聯軍破北京。一九〇一年，訂辛丑和約，賠款四萬萬五千萬。

在這時期的國民精神，雖然受到戰敗恥辱的影響，但卻是看不起外國人，仍以中國的封建文明自誇。像有些朝野人士，即使看出了洋槍洋炮的厲害，主張向西洋人學習，而在學術方面，依舊堅持「中學爲體，西學爲用。」像主張接受西洋文明最有力的張之洞在勸學篇內說倫紀、聖道、心術、都是不變的。在上海強學會序言內也說，皆以孔子經學爲本，薛福成在變法文內說：「我國家集百王之成法，其行之而無弊者，雖萬世不變可也。」又說：「夫孔子之道，人道也。人類不盡，其道不變。三綱五常，人生之初已具，能盡乎人之分所當爲，乃可無憾。經書胥基於此。」李鴻章在派員攜帶幼童出洋並應辦事宜疏中說：「幼童須學中學，課以孝經、小學、五經等疏、以示尊君親上之義，庶不至囿於異學。」

一九〇四年日俄戰爭的時候，作者已經在日本留學了。當時留學日本的中國學生，雖明知自己是戰敗國的人民，卻以中國有著了不得的精神文明，故把日本人全不看在眼裡。有時偕追求精神的慰安，「便神往於大元，說道那時倘非天幸，這島國早就我們滅掉了。」（見作者《說鬍鬚》一文）而「在東京的留學生很有學法政理化以至警察工業的，但沒有人治文學和美術。」（見《吶喊·序言》）這都是「中學爲體，西學爲用」在起著作用。作者對於這種國民精神的毛病，頗爲感慨，在《文化偏至論》一文內說：「中國既以自尊大昭聞於天下，善詆諆者，或謂之頑固；且將抱殘守缺，以底於滅亡。」作者在文藝方面的見解，是要拿文藝來改善國民的

精神病狀的，那麼，以精神勝利這一特點見稱於世的阿Q，無疑是受孕於當時的國民精神了，也即是被帝國主義打敗，偕是以封建文明自誇的國民精神。

二　阿Q是國民精神病狀的綜合嗎？

作者在《阿Q正傳》內說到阿Q是永遠得意的，便加了這樣的按語，「這或者也是中國文明冠於全球的一個證據了。」又阿Q認為應有個女人，否則，斷子絕孫，便沒人供一碗飯。也加按語說：「所以他思想，其實是樣樣合於聖經賢傳的。」對於假洋鬼子小尼姑之流的異端，則加以嚴厲的攻擊，對於男女一塊談話，則怒目而視，更儼然是道學先生一流的人物了。阿Q罵人，「我們先前比你闊得多呢！」這和留學生神往於大元，是極其相似的。表面上尊崇禮教，（男女一塊，認為有勾當）暗中卻摸女人的大腿，這種假道學的地方，正和許多上流人物差不了多少。只是上流人物不像阿Q一樣的笨，他們用不著去偷摸女人的大腿，他們把錢一出，妓女婢妾之類的人物，便自動地走來了。這樣，他們一方面既玩弄了女人，另一方面又對於一塊談話的男女大搖其頭，嘆為世風日下。阿Q非常憎惡革命，等到革命成功有利可圖的時候，便又到處鑽營奔走，要求加入了。這種人當然不僅阿Q一流人才有的，可以說好多人都有這種毛病，尤其是士大夫這類人中最佔多數。至於欺軟怕硬（打小D，侮辱小尼姑，趙太爺打他，則不敢回手），意見圓滑（以為王胡要逃了，就給他一拳，打不贏了，就說君子動口不動手；城裡人煎魚，用細蔥可笑，但鄉下人連城裡人煎魚都沒見過，亦可笑。）亦莫不是好多中國人都具有的。

阿Q是中國人精神方面各種毛病的綜合，這在作者本人亦是承

認的。作者在《俄文譯本〈阿Q正傳〉序》講到他創造阿Q這一典型：「我雖然已經試做，但終於自己還不能很有把握，我是否真能夠寫出一個現代的我們中國人的靈魂來。」又說：「所以我也只得依了自己察覺姑且將這些寫出，作為在我的眼裡所經過的中國的人生。」這可以看出作者創造阿Q這一典型，是從許多中國人身上觀察得來的結果。作者在《我怎麼做起小說來》一文內也說：「人物的模特兒也一樣，沒有專用一個人，往往嘴在浙江，臉在北京，衣服在山西，是一個拼湊起來的角色。」

　　阿Q最特別的性格，是精神勝利這一點，如現在雖窮，從前比你們闊得多哩！這種口氣，實是許多中國人都講的。兒子打老子，上流人士不會這樣說，因為他們有著紳士態度，根本就不會同什麼人打架，更不會常常被人打，但精神勝利法都是有的，只不過表現的方式不同而已。上流人士同別人下不去，當面忍著，背地才來說他的閑話，甚至回到家裡，拍案打凳地罵。或者在社會上受了氣，無可如何，於是一肚皮氣回家向老婆發泄，再不然打小孩一頓。（阿Q沒有老婆孩子則打自己）這種現象很不少，在社會上做懦夫，回到家裡，便當暴君，算是某一方面雖然失敗，可是在另一方面卻又勝利了。

　　就上面的話來說，阿Q是綜合中國國民精神方面的毛病寫成的，而其中最大的毛病，則是精神勝利這一點。

　　魯迅先生在《我怎麼做起小說來》裡說：「自然，做起小說來，總不免自己有些主見的。例如，說到『為什麼』做小說吧，我仍抱著十多年前的『啟蒙主義』，以為必須是『為人生』，而且要改良這人生。我深惡先前的稱小說為『閑書』，而且將『為藝術的藝術』，看作不過是『消閑』的新式的別號。所以我的取材，多採自病態社會的不幸的人們中，意思是在揭出病苦，引起療救的注意。」根據這段話，更可以明白，作者是有意要寫出中國人的毛

病，使人警惕，趕快療救的。

三　阿Q有沒有成為世界典型人物的可能？

莎士比亞寫的哈姆雷特，西方諦斯寫的唐吉訶德先生，都已成了世界的典型人物。魯迅先生寫的阿Q有沒有可能，越出中國人的範圍，走到外國人裡面去生活，跟哈姆雷特、唐吉訶德先生等人一樣馳名呢？我敢說這有可能的。阿Q最特徵的毛病，精神勝利，這一點在外國人裡面害這種病的，實亦不少。歐美人非常信仰基督教，聖經上的名言，當是深深印在他們的心裡。富人進天國，比駱駝鑽針眼還難，窮人只消大搖大擺就可以進去。像這樣的話，不是國民精神是什麼？實際的幸福，讓人去享受，自己只得意於渺茫的幻想，正跟阿Q老兄差不了多少。

人類尚未完全克服自然戰勝環境，而又不甘屈服，總想暫時求得慰安，同時還有人繼續拿空虛的東西而使屈服者滿意，在這種時候，阿Q總得跟他們發生關係的。而且阿Q到現在只不過活了二十來年，唐吉訶德先生和哈姆雷特卻在世界上活了幾百年，相形之下，當然阿Q還年輕得很，同外國人混熟，必得需要一段時間的。

四　為何要把精神勝利的特徵弄在阿Q身上？

作者為什麼不把精神勝利這一毛病，具象在知識分子身上，而要找個卑微的人們呢？當時精神勝利的毛病，害得最屬害的，不就是那些在朝在野的讀書人麼？我以為這是由於作者向來主張寫作品「選材要嚴，開掘要深」（見作者《關於小說題材的通信》），

不肯隨便寫作的緣故。他首先在知識分子身上看出精神勝利的毛病，繼後便再行研究下去，觀察出沒有受過教育的下層階層，因受著世世相傳的因襲見解，也是害著這種毛病的。他知道這種精神勝利的毛病，生根在國民精神生活裡面，是非常之深，若要連根將它拔去，單把這毛病具象在上流人士身上而加以諷刺，是不夠的，必得要藉一個下層人物的一生，將這毛病揭示出來。而且精神勝利這種毛病，弄在被壓迫的卑微人物身上，兩相對照，則更襯托得分明，非常醒眼。像《阿Q正傳》裡面所描寫的趙太爺秀才舉人假洋鬼子之流，原是一些被帝國主義侵略下的人們，但他們同時和阿Q一比，偕是高阿Q好些倍數的，阿Q這種人便可以說是被侮辱中最被侮辱的一個。同時也是下層中最下層的一個。他沒有田地沒有家，只住在未莊公有的土穀祠，一向做在手裡吃在口裡的。後來因鬧戀愛，一件唯一的棉被，也給趙家落去了，他真是一個十足的窮光蛋。但他偕是得意非常，永遠在精神方面感到勝利。因為他能自輕自賤，別人打了他，他說兒子打了老子。人家有錢，他說他從前更闊，他會自己打自己，使自己終於得到了勝利。而且又拿忘記做法寶，使侮辱的事情，不久忘記得乾乾淨淨。這個物質方面一無所有，精神方面則事事勝利的阿Q來作主人翁，可算是一面磨得很亮的鏡子。將中國人精神勝利的毛病，照得非常鮮明，絲毫畢露的了。

五　作者怎樣使阿Q變成活人的？

將國民精神方面的毛病，綜合在一個卑微的人物身上。這是一個抽象的思索的過程。至於要把這個人物，長成活生生的，跟我們每個能言能笑的人一樣，第一就必須將精神勝利這一特徵，通過卑

微人物應有的生活，具體地表現出來。在這一點上，作者是應該精通他們的生活的，沒有這種知識，就定歸失敗無疑。據周作人批評《阿Q正傳》的文章，說阿Q是有一個模特兒叫做阿桂這樣的人。從這裡可以看出作者對於這個卑微人物的生活，當是十分熟悉。第二，單在阿Q身上，表現出精神勝利這一點，是不夠的，偕應該加上許多次要的特徵，使其性格複雜化。因為要這樣，才可能使他成為活人了，像阿Q的假道學，暗中偷摸女人，表面則對一塊談著的男女怒目而視，極其憎惡革命，然而一見有利可圖，又趕緊鑽營奔走，要求加入。以及欺軟怕硬，意見圓滑等等，都是在精神勝利這一特點之外，再行加進去的東西。事實上，人也原是這麼雜複的。

——原載一九四一年三月一〇日《自由中國》（副刊）
《文藝研究》第1期

論阿Q

何其芳

　　魯迅的最重要的作品，「五四」以來最傑出的小說《阿Q正傳》，創阿Q這個不朽的典型。一個虛構的人物，不僅活在書本上，而且流行在生活中，成爲人們用來稱呼某些人的共名，成爲人們願意仿效或者不願意仿效的榜樣，這是作品中的人物所能達到的最高的成功的標誌。在「五四」以來的新文學裡面，包括小說和戲劇，阿Q在這方面的成功是最高的，從而與我國和世界的文學上的著名的典型，並列在一起。

　　《阿Q正傳》發表於一九二一年至一九二二年的北京《晨報副鎸》。一九二三年，後來也成爲著名的小說家的沈雁冰就寫道：「現在差不多沒有一個愛好文藝的青年口裡不曾說過『阿Q』這兩個字。我們幾乎到處應用這兩個字……」（《讀〈吶喊〉》）。阿Q就是這樣迅速而廣泛地流傳的。現在，早已不止於愛好文藝的青年，而是流傳在更廣大的人民中間了。

　　然而，直到現在，我們的文學批評對這個人物的解釋仍然是分歧的，而且各種解釋都並不圓滿。

　　困難和矛盾主要在這裡：阿Q是一個農民，但阿Q精神卻是一種消極的可恥的現象。

  阿 Q 正 傳

爲了解決這個矛盾，曾有人否認阿Q是農民，或者從阿Q說過的「我們先前——比你闊得多啦」這句話，斷定他是從地主階級破落下來的，和一般農民不同。這種企圖單純從階級成分來解釋文學典型的方法，顯然是不妥當的。按照小說本身的描寫，阿Q的雇農身分誰也無法否認。「我們先前——比你闊得多啦」，這不過是阿Q的精神勝利法的一種表現，同時也是作者對於當時有些不長進的人喜歡誇耀我國過去的光榮的一種嘲諷。這「先前」不一定指他本人，很可能是他的先世。我們並不能用這句話來斷定阿Q的階級出身，正如並不能根據他的精神勝利法的又一表現「我的兒子會闊得多啦」，就斷定他將來一定會成爲闊人的老太爺一樣。而且阿Q的性格的某些很重要的方面，包括開頭的「眞能做」和後來的要求參加革命，都並不能用破落的地主階級的子弟的特性來解釋。

　　還有一種解釋說阿Q是中國人精神方面的各種毛病的綜合，或者說他是一種神的性格化和典型化，說他主要是一個思想性的典型，是阿Q主義或阿Q精神的寄植者，是一個在身上集合著各階級的各色各樣的阿Q主義的集合體。這種解釋也不妥當。世界上的文學典型，沒有一個不是具有高度的概括性和思想的意義，而又同時是，或者還可以說首先是一個具體的活生生的人。兩者是不可分離的。如果阿Q只是各種毛病的綜合，或者某種精神的性格化和典型化，那他就不可能成爲現實主義的文學的典型，而不過是一個概念化的不眞實的人物。在《阿Q正傳》裡面，阿Q的性格從頭至尾都是統一的，他的思想和言行除了極其個別的地方，都是和他的階級身分、社會地位和特有的性格很和諧的。他並不是一個用中國人精神方面的各種毛病或者各階級的各色各樣的阿Q主義拼湊起來的怪物，而是一個我們似曾相識的有血有肉的人。提出集合體的說法的人，也承認阿Q是一個活生生的人物，他這種承認就和他的一種精神的性格化和典型化的說法自相矛盾了。因此，這種解釋的提出者

後來也改變了他的意見。

　　更多的評論者是把阿Q解釋為過去的落後的農民典型，認為他身上的阿Q精神並不是農民本來的東西，而是受了封建地主階級的思想的影響。這些評論者都以「統治階級的思想在每個時代都是佔統治地位的思想」這樣的名言來作為根據。沒有問題，就阿Q的整個性格來說，他是過去的落後的農民的一種典型。同樣沒有問題，阿Q頭腦裡的那些「合乎聖經賢傳」的想法，「斷子絕孫便沒有人供一碗飯」、強調「男女之大防」和排斥異端，都是封建思想。而且整個阿Q的愚昧也是長期存在的封建剝削封建壓迫的一種結果。但我們稱為阿Q精神的他的性格上的那種最突出的特點，卻未見得是封建地主階級的特有的產物和統治思想。馬克思和恩格斯所說的每個時代裡的統治階級的佔統治地位的思想，如他們自己所說明的，「是佔統治地位的物質關係在觀念上的表現」，「是那些使某一階級成為統治階級的各種關係的表現」。很顯然，阿Q精神並不是這樣的東西，它並沒有表現封建思想的特有的性質。而且，如果說魯迅通過阿Q這個人物只是鞭打了辛亥革命前後的落後的農民身上的封建思想，那就未免把這個典型的思想意義縮小得太狹窄了。所以這種解釋仍然是不圓滿的。

　　阿Q性格上的最突出的特點是什麼呢？如大家所熟知的，是他的精神勝利法。文學上的典型和生活中的人物一樣，他的性格是複雜的，多方面的。阿Q「真能做」，很自尊，又很能夠自輕自賤，保守，排斥異端，受到屈辱後不向強者反抗而在弱者身上發洩；有些麻木和狡猾，本來深惡造反而後又神往革命，這些都是他的性格。但小說中加以特別突出的描寫的卻是他的精神勝利法。兩章《優勝紀略》就是集中寫他的這特點。誇耀「先前」的闊和設想兒子的闊來藐視別人，忌諱自己的癩瘡疤而又罵別人「還不配」，被人打了一頓卻在心裡「現在的世界太不成話，兒子打老子」，打不

贏別人的時候便主張「君子動口不動手」，甚至在其他精神勝利法都應用不靈的時候，便痛打自己的嘴巴，這樣來「轉敗為勝」……所有這些都是寫的阿Q精神的具體表現。流行在我們生活中的正是這個阿Q。凡是見到這樣的人，他不能正視他的弱點，而且用可恥笑的說法來加以掩飾，我們就叫他「阿Q」，於是他就羞慚了。凡是我們感到了自己的弱點，而又沒有勇氣去承認，去克服，有時還浮起了掩飾它的念頭，我們就想到了阿Q，於是我們就羞慚了。文學上的典型都是這樣的，他們流行在生活中並且起著作用的常常並不是他的全部性格，而是他們的性格上的最突出的特點。

魯迅在《〈阿Q正傳〉的成因》中說：「阿Q的影像，在我心目中似乎確已有了好幾年。」許壽裳在《亡友魯迅印象記》中說：魯迅在日本留學的時候就很注意研究中國的「國民性」。在主觀上，作者是有通過阿Q來抨擊他心目中的「國民性」的弱點的意思的。在他的論文中，他曾經多次地批評過這種弱點，一九○七年寫的《摩羅詩力說》就有這樣一段話：

　　故所謂古文明國者，悲涼之語耳，嘲諷之辭耳！中落之胄，故家荒矣，則喋喋語人，謂厥祖在時，其為智慧武怒者何似，嘗有閎宇崇樓，珠玉犬馬，尊顯勝於凡人。有聞其言，孰不騰笑？夫國民發展，功雖有在於懷古，然其懷也，思理朗然，如鑒明鏡，時時上征，時時反顧，時時進光明之長途，時時念輝煌之舊有，故其日新，而其古亦不死。若不知所以然，漫誇耀以自悅，則長夜之始，即在斯時。今試履中國之大衢，當有見軍人躞蹀而過市者，張口作軍歌，痛斥印度波蘭之奴性；有漫為國歌者亦然。蓋中國今日，亦頗思歷舉前有之耿光，特未能言，則姑曰左鄰巳奴，右鄰且死，擇亡國而較量之，冀自顯其佳勝。

夫二國與震旦究孰劣，今姑弗言；若云頌美之什，國民之聲，則天下之詠者雖多，固未見有此作法矣。

他在這裡所批評的弱點，不是和阿Q誇耀如何闊，並且自己頭上有癩瘡疤，卻藐視又癩又胡的王胡一樣嗎？一九一八年，他在《隨感錄》三十八中批評了所謂「合群的愛國的自大」，並且把這種自大分為五種：

甲云：「中國地大物博，開化最早；道德天下第一。」這是完全自負。

乙云：「外國物質文明雖高，中國精神文明更好。」

丙云：「外國的東西，中國都已有過；某種科學，即某子所說的云云」，這兩種都是「古今中外派」的支流；依據張之洞的格言，以「中學為體西學為用」的人物。

丁云：「外國也有叫化子──（或云）也有草舍，──娼妓，──臭蟲。」這是消極的反抗。

戊云：「中國便是野蠻的好。」又云：「你說中國思想昏亂，那正是我民族所造成的事業的結晶。從祖先昏亂起，直要昏亂到子孫；從過去昏亂起，直要昏亂到未來。……（我們是四萬萬人，）你能把我們滅絕麼？」這比「丁」更進一層，不去拖人下水，反以自己的醜惡驕人；至於口氣的強硬，卻很有《水滸傳》中牛二的態度。

這五種議論雖然程度不同，不都是阿Q精神的具體表現嗎？至於一九二五年，他在《論睜了眼看》中所寫的這些話，就更像是對於阿Q精神的總說明了：

中國人的不敢正視各方面，用瞞和騙，造成奇妙的逃路來，而自以爲正路。在這路上，就證明著國民性的怯弱，懶惰，而又巧滑。一天一天的滿足著，即一天一天的墮落著，但卻又覺得日見其光榮。

很顯然，魯迅並不認爲阿Q精神只是存在於當時的落後的農民身上的弱點，也並不把它看作僅僅是一種封建思想，他把它稱爲「國民性」，這自然是不妥當的；但如果說阿Q精神在當時許多不同階級的人物身上都可以見到，這卻是事實，這卻的確有生活上的根據。一八四一年，第一次鴉片戰爭中的廣東戰爭失敗後，清朝的將軍奕山向英軍卑屈求降。對清朝的皇帝卻誑報打了勝仗，說「焚擊痛剿，大挫其鋒」，說英人「窮蹙乞撫」（《中西紀事》卷六）。清朝的皇帝居然也就這樣說：「該夷性等犬羊，不值與之計較。說既經懲創，已示兵威。現經城內居民紛紛遞稟，又據奏稱該夷免冠作禮，吁求轉奏乞恩。朕諒汝等不得已之苦衷，准命通商。」（《籌辦夷務始末》道光朝卷29）一八九八年出版的《勸學篇》，它的作者張之洞在最初的《自序》上說：「中國學術精微，綱常名教，以及經世大法，無不畢具；但取西人製造之長補我不逮足矣；……其禮教政俗已不免於夷狄之陋，學術義理之微則非彼所能夢見者矣！」這就是清朝的皇帝和大臣們的精神勝利。鴉片戰爭以後的清朝的統治者們，就是帶著這樣的阿Q精神，一直到他們的王朝的滅亡的，辜鴻銘極力稱讚辮子和小腳，專制和多妻制，並且說中國人髒，那就是髒得好。《新青年》第四卷第四號上發表過林損的一首詩，開頭兩行是：「樂他們不過，同他們比苦！美他們不過，同他們比醜！」這就是過去的舊知識分子的精神勝利法。據說魯迅常常引林損這幾句詩來說明士大夫的怪思想（周遐壽：《魯迅小說裡的人物》）。至於被取來作爲阿Q的弱點的象徵的癩瘡疤，

在舊中國的農村裡，那的確是從地主到農民，都一律忌諱，而且推廣到連「光」「亮」「燈」「燭」也忌諱。「兒子打老子」，也是同樣廣泛地流行在舊中國的各種不同的人們中。魯迅還做過一篇文章，叫做《論『他媽的！』》。對這一類非常流行的罵語，他解釋為是庶民對於「高門大族」的攻擊，那恐怕是過於曲折的。這和「兒子打老子」一樣，都是阿Q式的精神勝利法。阿Q精神的確似乎並非一個階級的特有的現象。

魯迅在《答〈戲〉周刊編者信》中說：「我的方法是在使讀者摸不著在寫自己以外的誰，一下子就推諉掉，變成旁觀者，而疑心到像是寫自己，又像是寫一切人，由此開出反省的道路。」這不但是在說明他的一般寫作方法，而且正是在說明《阿Q正傳》。《阿Q正傳》發表的時候，的確就有一些小政客和小官僚疑神疑鬼，以為是在諷刺他們。而且發表以後，這個共名又最先流行在知識青年中。可見作者的主觀意圖和作品的客觀效果都不僅僅是鞭打舊中國的落後的農民，也不僅僅是鞭打他們身上的封建思想。

然而文學作品中的人物不能不像在真實的生活裡一樣，也是社會的人物。儘管魯迅主觀上是想揭露他所認為的「國民性」的弱點，但在中國的土地上卻找不到一個抽的「國民性」的代表。他選擇了阿Q這樣一個辛亥革命前後的雇農來作主人公，就不可能停止於只是寫他的癩瘡疤，只是寫他的精神勝利法，只是寫他的優勝實即劣敗，就不能不展開舊中國的農村的階級關係的描寫，不能不寫到阿Q以外的趙太爺、趙秀才和假洋鬼子這樣一些人物，不能不寫到阿Q受到剝削受壓迫，寫到他從反對造反到神往革命，不能不寫到辛亥革命的不徹底，寫到阿Q要求參加革命卻被排斥，並且最後得到那樣一個悲慘的「大團圓」的結局。這正是現實主義的巨大的勝利。這樣，魯迅的最重要的作品，「五四」以來最傑出的說《阿Q正傳》，它的成就就不是創造了阿Q這個不朽的典型，而且深刻

地寫出了舊中國的農村的真實和資產階級領導的舊民主主義革命的弱點。這樣，阿Q就不是中國人精神方面的各種毛病的綜合，不是一種精神的性格化和典型化，不是一個集合體，而是一個具體的活生生的人物，而是一個獨特的存在，而是一個個性常鮮明的典型了。從阿Q精神來說，存在於阿Q身上的是帶有濃厚的農民色彩的阿Q精神，並不是各階級的各色各樣的阿Q主義，雖然它們中間有著共同之處。從農民來說，阿Q只是具有強烈的阿Q精神的農民，只是一種農民，並不是農民全體，雖然他身上有著農民的共性。曾有過這樣的評論，說阿Q終於要做起革命黨來，終於得到「大團圓」的結局，似乎在人格上是兩個。這種評論就是由於只看到阿Q身上的阿Q精神，沒有看到他是一個雇農。而魯迅寫他神往革命並且決心投降革命的時候，他又仍然是我們已經很熟悉的阿Q，仍然是帶著阿Q式的落後的色彩，甚至臨到了最後的場面，他還「無師自通」地說了半句「過了二十年又是一個 ……」，雖然他這最後一次的精神勝利法的表現是那樣悲愴，那樣沈著，我們也笑不出來了。所以在整篇小說中，阿Q的性格是有發展，卻又仍然是很統一的。只有讀到他被抬上了沒有篷的車，突然覺到了是要去殺頭，小說中說他雖然著急，卻又有些泰然，「他意思之間，似乎覺得人生天地間，大約本來有時也未免要殺頭的」，接著又讀到他遊街示眾的時候，小說中說他不知道，「但即使知道也一樣，他不過以為人生天地間，大約本來有時也未免要遊街要示眾罷了。」——這些描寫卻像是把士丈夫的玩世思想加在他頭上，我們覺得小有不安而已！

　　魯迅自己說，他寫《阿Q正傳》，「實不以滑稽或哀憐為目的」（《魯迅書簡》二四九頁）。阿Q到剝削和壓迫，尤其是他要求參加革命而受到排斥和屠殺，都是激起我們的同情的。而且我們從阿Q這種落後的農民身上，也看到了農民的反抗性和革命性。然

而，如果如有些評論所說的那樣，把阿Q精神當作一種反抗精神，或者把阿Q看作一般弱小人物，以為魯迅對他主要是同情或甚至喜愛，那就不但遠離作者的原意，而且和作品的客觀效果也不符合了。我們讀《阿Q正傳》的時候，是經歷這樣一種感情的變化的，對阿Q最初主要鄙視而最後卻同情佔了上風。這真有些像托爾斯泰對於契訶夫的《寶貝兒》所說話一樣，作者本來是打算詛咒她，結果卻反倒為她祝福了。但作品的主要效果和作者的目的還是一致的。在我們生活中流行的阿Q是以精神勝利法為他的性格的主要特點的阿Q，是一個誰也不願意仿效的否定的榜樣。文學上出現了阿Q，生活中就有很多很多的人再也不願意做阿Q了。

阿Q是一個農民，但阿Q精神卻是一種消極的可恥的現象，而且不一定是一個階級所特有的現象，這在理論上到底應該怎樣解釋呢？理論應該去說明生活中存在的複雜的現象，這樣來豐富自己，而不應該把生活中的複雜的現象加以簡單化，這樣勉強地適合一些現成的概念和看法。阿Q性格的解釋問題，實際上是一個典型性和階級性的關係問題。困難是從這裡產生的：許多評論者的心目中好像都有這樣一個想法，以為典型性就等於階級性。然而在實際的生活中，在文學的現象中，人物的性格和階級性之間都並不能劃一個數學上的全等號。道理是容易理解的。如果典型性完全等於階級性，那麼從每個階級就只能寫出一種典型人物，而且在階級消滅以後，就再也寫不出典型人物了。這樣，文學藝術在創造人物性格方面的用武之地就異常狹小了。在階級社會裡，真實的人都是有階級身分，都是有階級性的。文學所描寫的是階級社會的人物，因而也就不能不有階級性，而且典型人物的性格的確常常是表現了某些階級的本質的特點。然而在同一階級裡面卻有階層不同、政治傾向不同、思想不同、性格不同的人物，這就決定了文學從一個階級中也可以寫出多種多樣的典型來。這大概誰也不會否認。生活中還

有一種現象，某些性格上的特點，是可以在不同的階級的人物身上都見到的。文學作品如果描寫這樣的人物，而且突出地描寫了這種特點，儘管他有他的階級身分和階級性，但他性格上的這種特點卻就顯得不僅僅是一個階級的現象了。諸葛亮、唐‧吉訶德和阿Q都是這樣的典型。諸葛亮的身分是一個封建統治階級的知識分子和政治家，然而小說中所描寫的諸葛亮的性格的最突出的特點卻是他很有智慧，他能夠預見。希望有智慧和預見，這就不僅僅是封建統治階級的政治家的要求，而且也是人民的要求。因而諸葛亮就流傳在人民的口中，成為人民所喜愛的人物，並且產生了「三個臭皮匠，合成一個諸葛亮」這句歌頌集體的智慧的諺語。唐‧吉訶德的身分是西班牙的鄉村裡面的一個舊式的地主，他的身上不但有他的階級性，而且還有特定的時代和特定的地域的色彩。小說的情節主要是寫歐洲中世紀的騎士制度已經滅亡以後，這位舊式的地主仍然要去做遊俠騎士，結果得到不斷的可笑的失敗。唐‧吉訶德全部性格不止於此，然而小說中描寫得最突出的卻是這樣的特點。因而這個名字流行在我們的生活中，就成了可笑的主觀主義者的共名。主觀主義當然不僅僅是一個階級的現象，因而唐‧吉訶德這個典型的意義就不因時代和地域的差異而喪失。阿Q也是這樣。他的身分是辛亥革命前後的雇農，他的性格，他的行動都強烈地帶有他的階級和時代的特有的色彩。許多評論者說明阿Q的性格的時候，都指出了所特有的時代背景，指出了在鴉片戰爭以後不斷地遭到失敗和屈辱的老大的大清帝國裡面，阿Q精神是一種異常普遍的存在。這是對的。正是因為阿Q式的想法和說法在清末民初很流行，魯迅才孕育了阿Q這樣一個人物。然而小說中所描寫的阿Q的最突出的特點，不能正視自己的缺點，而且企圖用一些可恥笑的自欺欺人的想法和說法來掩飾，卻是在許多不同階級不同時代的人物身上都可以見到的。這到底應該怎樣解釋呢？我們知道，剝削階級（並不僅僅是封

建地主階級）爲了維持和鞏固他們的統治，當他們遭到困難和失敗的時候，特別是當他們走向沒落的時候，他們是不能公開承認他們的弱點和景況不佳，而必然會採取自欺欺人的辦法來加以掩飾的。半封建半殖民地的舊中國的統治階級，及其知識分子的阿Q精神之特別濃厚，而且表現得特別畸形和醜陋，以至曾被魯迅誤認爲是「國民性」，原因就在這裡。像阿Q那樣的勞動人民，除了勞動力而外一無所有，本來是沒有忌諱自己的弱點的必要的。然而當他還不覺悟的時候，他不能不帶有保守性和落後性，而這種保守和落後也就不能不阻礙他去正視、承認和克服他的弱點，而且用可笑的方法來加以掩飾了。這就是說，在人民的落後部分中間也可以產生阿Q精神的。有些評論者認爲阿Q的時代過去了，阿Q精神就完全過去了，永遠過去了，這並不完全符合客觀的事實，並從而降低了阿Q這個典型的意義。在我們今天的生活中，如果碰到那種拒絕批評和自我批評、而且用一些可恥笑的想法和說法來掩飾自己的缺點和錯誤的人，不管他的想法和說法和那個老阿Q是多麼不同，我們仍然不能不叫他做「阿Q」。從日益陷於孤立和失敗的帝國主義分子豢養的和本國人民爲敵的傀儡政權中間，我們常常聽到阿Q式的叫囂和哀鳴。《阿Q正傳》的很早的評論沈雁冰說：「我又覺得『阿Q相』未必全然是中國民族特具，似人類的普通弱點的一種」（《讀〈吶喊〉》）。「似人類的普通弱點的一種」，這種說法自然是不科學的。但如果我們並不著重這後半句話，並不承認人類有什麼抽象的超階級的弱點而僅僅取其前半句話的意思，「阿Q相」並非只是舊中國一個國家內特有的現象，就不能不說，這位評論者的這種感覺仍然有一定的生活的根據。晚清的封建統治集團和今天的帝國主義者，及其豢養的傀儡政權的阿Q精神，應該說沒有什麼本質上的不同。走向沒落的失敗的剝削階級和落後的還沒有覺醒的人民中間的阿Q精神，卻不但表現形式有差異，而且本質上也是不同的。

如我們在前面說過的，剝削階級的阿Q精神是爲了維持他們的反統治，而落後的人民中間的阿Q精神卻不過由於他們還不覺悟而已。因此沒落時期的剝削階級的阿Q精神是無法去掉的，就像是他們的影子一樣將要一直跟隨到他們滅亡；而落後的人民中間的阿Q精神卻會隨著他們的覺悟提高而消逝，只要他們認識到沒有必要害怕承認自己的錯誤和缺點，而且接受了馬克思列寧主義的自我批評的武器。

　　對階級社會中的文學的現象，是必須進行階級分析的。但如果以爲僅僅依靠或者隨便應用階級和階級性這樣一些概念，就可以解決一切文學上的複雜的問題，那就大錯特錯了。不僅是對於阿Q的解釋，在對於《紅樓夢》中的劉姥姥和《西遊記》中的妖魔的爭論上，都曾經表現了一種簡單化的傾向。劉姥姥是一個農民家庭的婦女，然而她在大觀園中出現的時候，又帶有女清客的氣味。根據她的性格中的這個特點，於是有些人就曾經叫吳稚暉那種反動統治階級的幫閑爲「劉姥姥」。劉姥姥出現在大觀園的時候，小說又曾著重描寫了對於上層社會生活的陌生和見解不廣。於是我們的生活中又流行著一句諺語──「劉姥姥進大觀園」。不知道文學上的典型人物，在我們的生活中常常只是他的性格的某一種特點在起著作用，並不是他的全部性格，而全部性格又並不全等於他的階級性，卻企圖都從他的階級身分去得到解釋，因而把爭論都糾纏在給人物劃階級上，這就永遠也得不到正確的結論了。《西遊記》的妖魔，它們很多都是由動物變成的，因而這些由動物變成的妖魔的形象，首先就有一些適合它們的原形的特點。它們既是妖魔，又自然有一些妖魔的特點，如會變化和會使用法術等等。它們都會變化爲人，這樣又有了人的特點。作者在描寫它們身上的最後這一點特點的時候，當然是以現實中的人爲模特兒的。因而可能在某些妖魔身上找得到某些表現人的階級性的東西，但不會是一個統一的階級的階級

性。因爲作者到底是在寫各種各樣的妖魔，並不是在寫一個統一的階級裡面的種種人物。而且如果用實事求是的態度去讀《西遊記》，我們可能還會發現這樣的事實：在有些妖魔身上，作者只描寫了動物的特點、妖魔的特點和人的某些外表的或一般的東西，根本就難於找到明顯的或者很統一的階級性。總之，對於這樣眾多、這樣來路不同而且性格也不同的妖魔，正如對於《聊齋誌異》裡面所描寫的那些狐狸精一樣，是要加以具體的研究和細緻的分別的。但我們的許多評論者卻硬要給這些妖魔劃階級，而且硬要把它們劃成一個統一的階級。首先是把它們劃爲農民，而且都是起義的農民，於是一直爲人民所喜愛的孫猴子，就非成爲一個鎮壓農民起義的封建統治階級的爪牙不可了。後來有些評論心中不安，又反其道而行之，於是把那些妖魔又一律定爲反動的統治階級，不是皇親國戚就是地主惡霸，好像《西遊記》的作者吳承恩，並不是在寫他的幻想的小說，而是在充滿了神和妖魔的世界裡做土地改革工作，早已心中有數地把它們的階級成分都定好了，只等待我們來發榜一樣。把階級和階級性的概念這樣機械地簡單地應用，實在只能說是對於馬克思主義的嘲笑了。

研究文學作品中的人物，正如研究生活中的問題一樣，是不能從概念出發的。必須考慮到它的全部的複雜性，必須努力按照它本來的面貌和含義來加以說明，必須重視它在實際生活中所發生的作用和效果，必須聯繫到文學歷史上的多種多樣的典型人物來加以思考。這樣做自然要困難得多。正是因爲困難，我在這裡所試爲做出的對於阿Q的一點說明，和比較圓滿的解釋大概還是很有距離的。但是我相信。用這樣的方法卻可以從不圓滿達到比較圓滿。

一九五六年九月廿四日爲魯迅先生逝世二十週年紀念作
——原載一九五六年十月十六日《人民日報》

《阿Q正傳》
俄譯本代序

〔前蘇〕羅果夫 著

　　大家都知道，《阿Q正傳》第一次俄譯本的序是魯迅親自寫的。此外，魯迅還了一篇專門的論文《〈阿Q正傳〉的成因》。而作者在答覆《戲》周刊（第十期）編者的公開的信上重又回到這個問題。在這篇小說問世後的二十五年來，在現代中國文學批評上創立了獻給「阿Q」研究的專門文學。所以，給這篇著名的小說再寫一篇序文，恐怕有畫蛇添足之義。我想關於作者寫寥寥數語以代序言。

活的魯迅

　　現代中國最優秀作家魯迅逝世了十年。這些年來，在中國滾過了廬舍為墟的戰爭，出現了新的一代的人民。而活著的魯迅今日像以前從未有過的站在我們的視線前面。

　　我看見魯迅在燈下，夜間從事寫作他的幾百篇火一般的雜感之

一。從纖細的墨筆下無聲地出現著字句，充滿了憤怒，和反對不公平的壓迫和人民的痛苦的抗議，或是充滿了公正的確信，和因為自己的人民在團結和進步上有小小的增長而感到的喜悅。在旁邊一張普通的桌子上放著一束沒有閱讀過的新書，稍遠是未寫完的短篇小說的草稿。

我看見魯迅低著頭讀古書，浸沈於歷史原文的閱讀中。用現代化的語言寫作的新文學創作者，「引車賣漿之流」都能了解的故事的作者竟從事研究灰色的古代。他不是枯燥的書呆子，不是好古家，不是愛上古風的、因為孔子的道德律在被人遺忘而悲傷、因為現代藝術家和作家不能駕越古代藝術和文學傑作而高興的保守主義者。魯迅在宋以前（九六〇年～一二七六年）的古代文學中得到世界最古文學和藝術裡幾百年來不消滅的民族性。一九一七年「文學革命」（五四運動）後出現的新文學語言「白話」，和紀元前十世紀的許多朝代的封建文學的故事和書信的民間語呼合著。魯迅的知友許壽裳教授七年前在重慶和我的談話中強調說，如果在魯迅傳裡不將魯迅表現出是一個學者，中國古文學的深刻的鑒賞家，無論這本書是寫得多麼好，都不會是一本魯迅傳。

我看見魯迅在從事校閱剛從東北逃到上海的青年女作家蕭紅的蠅頭小楷的原稿。在她第一部小說裡，她講述日本的佔領對於東三省的人民有什麼意義，普通的老百姓怎樣變成抗日游擊隊。這位身為作家的少女慎重地把自己的手稿，放在茶葉罐裡經過日本的崗哨和海關。魯迅更為慎重地校閱著這個原稿。他為現代中國文學發掘出一群從東北逃出來的新作家。

我看見魯迅穿著敝舊的長袍，在出發往德國大使館抗議法西斯暴行——在希特勒的德國在火堆裡焚書——的作家、演員和作曲家的不大的代表團中間，在有一次參加抗議對反日運動的領袖有恐怖行為的示威遊行中，魯迅出發的時候不帶門上的鑰匙，因為他知道

他在那裡會被捕 ……魯迅在浙江省黨部通緝他的命令未撤銷前就逝世了。一直到生命最後的呼吸，這位熱情的民意作家的意志都未屈服，他沒有讓步也不同意沒有主義的妥協。

我看見魯迅四周圍著字典和同一本書的日本、俄文和英文本。他在精密地將果戈里的《死靈魂》從日文譯成中文。魯迅不懂俄文。他幾次著手研究俄文，他稍稍會說一點和讀一點俄文。可是革命家、作家的漂泊不定的生活，使他不可能有系統地從事研究他心愛的作家果戈里、薩爾蒂柯夫、錫且特林、契訶夫和高爾基的語言。這位中國作家對俄羅斯文學——一切文學中最中道主義的，尤其對它的革命民主傾向的愛好是那麼大，使魯迅不但親手翻譯了果戈里，並且還譯了薩爾蒂柯夫、錫且特林、契訶夫、高爾基和蘇聯作家法捷也夫、聶維洛夫、賽甫琳納、雅柯夫榮夫、班德烈葉夫，以及其他作家的作品。

魯迅在翻譯《死靈魂》時，為病魔所侵，可是他沒有放下艱苦的工作：翻譯和將自己的譯文與他種文字的翻譯對照，藝術語言的巨匠被我們的果戈里俘虜了，因為在俄羅斯古典作家的溫柔的幽默後面遮掩著一幅古式農奴制的俄羅斯的陰鬱的圖畫，像現在半封建半殖民地的中國。當魯迅譯著關於帕羅爾・伊凡諾維奇、乞乞科夫的經歷的故事的時候，在他眼前站起了中國的乞乞科夫，中國的瑪尼勞夫，普劉盧庚，柯洛巴契卡，諾茲德里夫。所有他們都和《阿Q正傳》裡的「趙老太爺」、「錢老太爺」、「假洋鬼子」、「秀才」——趙太爺的兒子很相似。

對於魯迅，果戈里的典型不但是活的，而且是中國封地主制的現實裡的熟悉的人物。在做這件工作的時候死神將魯迅攫去。魯迅喜歡《死靈魂》，他翻譯這本書，因為俄羅斯文學的古典作品對於他不是歷史，而是生活。

在讀過他每一篇的故事後，活的魯迅便站在眼前。

在魯迅作品最新選集俄文本（一九四五年）裡面，發表了他的八篇小說。它們彷彿是一個完整的作品。固然故事在題材上並不相連，它們裡面的人物是不同的，可是它們全部都是統一的完整，因為在它們裡面坦白地述出作者對生活各方面的積極的態度。作者的真摯，他要暴露黑暗勢力，封建餘毒的憧憬，他在暴露舊生活的反動力量，和愚鈍中的不可屈服的剛直將它們結合著。所以因為這些理由在他的每一篇甚至最短的故事裡面，也站著活的魯迅。

現代中國文學的開端

在中國文學批評上一般認為所謂的一九一七年的「革命文學」是現代中國文學的開端。這恐怕並不正確。在詳細研究當時的中國文學的時候，顯明了「文學革命」不如說是創造現代文學的前提。而還不是它的發展的開端。一群前進文學家和以胡適教授為首的北大教授們，所提倡的「文學革命」運動不過是文學語言的改革，呼召拒絕死的書本的語言和轉變到活的口語化的語言。在用大家都能理解的口語化的語言「白話」寫成的藝術作品開始出現以前，還嘗試了幾年。

這種用白話文寫作的新文學的最初作家之一是當時還沒沒無聞的作家魯迅。在一九一八年至一九二二年中他在《新青年》雜誌上發表了自己的小說。他最初的小說最新穎的地方是它們是用白話文寫的。魯迅的第一篇小說《狂人日記》（一九一九年）只是反對舊式生活的野蠻，和封建風俗的遠隔的象徵的抗議。魯迅的現實性的短篇小說，稍後給中國文學帶來新的內容。

魯迅最初的小說所以喚起批評和抗議的波濤，與其說是因為它的內容，還不如說因為它們是用販夫走卒都能理解的語言寫的。

反對白話文學的學者把新文學形容得像「卑俗的」文學。爲了要用自己創作的努力來證明新文學的「生存權」，魯迅必須花費不少的努力。

　　實質上，這是已經成爲過去的言語和文體方面的問題的尖銳的文學鬥爭的繼續，不過這一次舊文學的擁護者並沒有使群眾都能理解的，和中國的古老封建文學的民族性不被承認的傳統有關係的，新文學遭受到落後，中國的新文學是中國民族的偉大的國民醒覺的一部分。一九一一年的中國革命，雖然是向反動勢力讓步並且受到外來的帝國主義列強的壓迫，但卻建立了中華民國，動搖了封建社會的古老的基礎。鄰國俄羅斯帝國的勝利的社會革命對中國的民族解放革命有極大的影響。

　　在中國歷史上文學運動公開地成爲社會政治鬥爭的一部分尙屬創舉。文學裡面發出新中國的呼聲——這是反對古老的，過時的封建中國的暴動，暴露反動和停滯的黑暗勢力，和反對公開的共謀和對舊的封建勢力的讓步的抗議。

　　魯迅以自己的含著新內容的，用群眾都了解的語言寫的現實主義的作品奠下了現代中國文學的開端。在中國文學的最初的作品中第一個位置是屬於中篇小說《阿Q正傳》的。

　　《阿Q正傳》是用活的口語寫的。按照它的風格，它是論戰性的和諷刺性的。在它裡面有明顯的反對舊的死文學擁護者的尖銳的論戰的成分。它的諷刺的戰線第一是在它被寫成像是模仿舊文學作品的規矩的形式；第二，它裡面撒著多才多藝的諷刺家的鞭撻人的刺，他將過時的文學形式和生活的新要求對照著。

　　照它的內容，這篇寫實派的小說的意義，是在它裡面顯示出：中國農村富農的生活狀態，農村貧農的貧乏，農民的迷信的宿命論，農村富農的毫無憐憫的榨取、狡猾和殘酷。阿Q受到無情的榨取，大家都欺侮他，他的最根本的人類的尊嚴被粗魯地蹂躪，可是

他滿意於生活和他自己，因為他是在永久溫順的權力之下，因為他甚至不去考慮周圍進行的。因為他對於一切都有幾百年的、停滯的、封建的生活習慣所準備的現成的答覆。「這大概是」，魯迅在他的一個普通的諷刺的結論裡諷刺地說：「作為中國的精神文化在地球上是站在最前的證明之一！」

《阿Q正傳》的藝術真理是在它裡面以極大的熟練反映出現代中國一個延長的時代的斷片。這個階段的特徵是中國的革命尚未完成，在革命完畢以後的讓步和承認舊的黑暗勢力的主權。這樣的革命對於人民大眾不知不覺地過去。中國農村的富農很快地適應革命，拿它投機，靠它發財，可是窮人呢？如果他這樣或者另樣地牽涉入事件，他非但來不及改造自己的生活，甚至來不及辨別和了解到底是發生了什麼事，就死掉。阿Q的命運是悲慘的。人們奉了革命後變成縣長的地主的命令，把他拉去處死。小說的結果達到眼睛看不見的緊張！阿Q在群眾的眼中被處死了。沒有人知道為什麼砍掉一個窮鄉下人的頭，他除了一副乾癟的軀體，長手臂和一副結實的腿以外，一無所有。鄉下一群遊手好閒的人只有一件事不滿意——阿Q在處死之前一支歌也沒有唱，「他們白跟著他走，不過是浪費光陰⋯⋯」

二十五年前《阿Q正傳》的出現在中國文學上是那樣的新奇，使當時某些人認為這篇小說「不是中國的現象」，而是西方影響的結果。這個「理論」沒有維持很久。魯迅很快地以自己全部的才力攻擊盲目的模仿西方，污辱那慚愧他們是中國人的中國人們，攻擊「那些比美國人本身更是美國人」的中國人。魯迅和蕭伯納的談話中稱他們為「藍眼睛的中國人」。大家都知道，魯迅不但呼召新文學理解中國舊文化的最好的傳統，而且自己也是中國古文學的深刻的鑒賞家。

當想把魯迅的創作描寫成西方影響的產物的企圖失敗的時候，

新文學的反對者開始確信魯迅的創作是非常地國粹化，外國人不能了解他。這個理由自破了。《阿Q正傳》立刻有了日文、英文、德文、法文和俄文幾種譯本。比方說，我們的翻譯就是這篇著名的小說第三次的俄譯本。

　　《阿Q正傳》——現代中國文學的第一部最優秀的作品——永遠成爲世界文學的不可磨滅的一部分。

　　——原載一九四七年二月《蘇聯文藝》（月刊）（上海）第26期

• 本文由萬達翻譯

故事的建築師

語言的巧匠

〔美〕威廉‧萊爾

自成一類的《阿Q正傳》

　　《阿Q正傳》和魯迅其他的小說在許多方面有所不同：它的篇幅長，散漫，有著插曲式的結構。但撇開這些不同的地方，它也可以列入以魯迅為敘述者，論爭情緒的小說一類。這個敘述者明顯地不是抒情狀態的魯迅，但他又很接近於我們所了解的全面的魯迅其人。比如說，作為虛構的敘述者的魯迅其人。

　　這小說的著名，在於它揭示了被認為是典型的、普遍的中國人的精神狀態，一種以「精神勝利法」代替「現實勝利」的自欺的方法。因此，它似乎也可歸入心理小說。其實並不合適。因為心理小說中的主人翁是有可能在不改變社會的條件下改變自己的狀態的，阿Q卻完全是社會的產物。如果社會制度不徹底革命，阿Q本人的精神調整便根本做不到。也就是說，在個人中心的小說裡，主人翁都應該對他自己的現狀負責；阿Q卻不能對自己的現狀負責。《阿Q正傳》歸入群體中心小說一類也不恰當，因為所有這些小說（也

許《風波》除外）主人翁都表現為僅僅是社會的受害者，阿Q卻既是受害者，也是傷害他人的人。他的確常被欺負凌辱，但只要有機會，他也會欺負凌辱那些比他處於更不利地位的人。再說，他對革命的夢想，也只是狹隘的限制在搶劫復仇的範圍以內。《阿Q正傳》之所以不能列入群體中心小說的原因，也表明了這篇小說的另一顯著特點；主人翁的兩重性。

《阿Q正傳》原是為在北京晨報副刊每週連載而寫的。看得出來，這頗影響了小說的特點。它本來是放在「開心話」的欄目下，後來作者和編者都認為不合適，便移到「新文藝」一欄中，故事是一連串事件的散漫敘述，描寫了未莊的人們和他們對辛亥革命的反映。從開始到結束，敘述者表現為一個有知識，帶著苦味的幽默的人，用居高臨下的語氣敘述。態度開始是輕鬆的，但隨著故事的進展，卻越來越陰鬱甚至嚴峻了。

第一章，序。大部分是作者獨白。這獨白並不起把故事情節推向前進的作用，而是一些以中國舊文化和自命為傳統文化保存者的、現代文人為材料的、帶諷刺口吻的散漫議論。那像是帶著倒裝鉤子的諷刺，針對著各種目標：陳言套語的傳記寫作，形形色色的新文化運動的批評者和敵人。在這一章裡阿Q已經出場，是個雇工，住在土穀祠裡。在這一章裡我們還看見趙太爺打了他一嘴巴，因為在秀才進學以後他居然敢自稱姓趙，冒充趙太爺的本家。

第二、第三章通過一系列事件表現阿Q的生活方式和心理狀態，同時畫出未莊社會的輪廓。其中多次重複地表現了阿Q的「精神勝利法」。這方法，有時是使自己的失敗合理化，有時是貶低勝利者的對方，甚至包括自己打自己的嘴巴，把自己看做只是打人的而不是被打的，從而取得精神勝利。這兩章裡我們還認識了趙太爺和他的兒子秀才，錢太爺的兒子假洋鬼子，和假洋鬼子手裡的那根哭喪棒。這裡還寫了阿Q和王胡的捉虱子比賽，阿Q失敗；和王胡

打架，又失敗；想把怒氣發泄到假洋鬼子身上，又挨一頓打。阿Q受夠欺負以後，終於輪到他來欺負別人。他於是侮辱小尼姑，以博得酒店閑人們的喝彩。

第二、第三章裡的情節並沒有把故事向前推進。直到第四章，故事才前進了。阿Q由於笨拙地向趙家女僕吳媽求愛，失去了生計，為當地的權勢者所不容。在寫這一情節時，敘述者幾乎完全採用了傳統說書人的方法，離題閑扯，按照中國傳統的男人對女人的看法，發表了長篇議論。

第五章，故事繼續向前進展，描寫了阿Q因吳媽的事件而聲名掃地，失去了一切受僱的可能。阿Q誤以為自己的倒楣責任在小D，於是和小D打架，當然又失敗。他實在無路可走，只得離開未莊，進城去碰碰運氣。第六章描寫幾個月後阿Q從城裡回來時發達中興的情況，以及在未莊人眼裡阿Q地位的變化。確實，在未莊，有錢和見多識廣是最令人佩服的，未莊人怕強欺弱的心理更確保了對新發財的阿Q的尊敬。這種尊敬，甚至在已經明白阿Q是小偷以後也還沒有改變，並到發現他並非是個了不起的賊，既不能上牆也不能進洞，只是一個在洞外接東西，而且已經嚇怕不敢再幹了的小腳色時，大家的尊敬才減退下來。從結構上看，這一章也沒有起推進情節的作用，只屬於揭露的類型。

在第七章，未莊傳來了革命的謠言，於是未莊人的「怕強欺弱」又得到進一步的諷刺揭露。阿Q本來是敵視革命的，但忽然發現害怕革命的原來是有錢有勢的人，就覺得革命也很好，並且願意充做革命的一員了。但當他跑進靜修庵去革命（實際是搶劫），又發現秀才和假洋鬼子已經搶在他前面「革」過了，因而沮喪起來。很明顯，這是本來互相對立的兩股地方勢力聯合起來投「革命」之機，以使在「革命」的情況下，保存地方的權力結構。但阿Q當然不能理解這種複雜性，他僅僅是因別人已革過命了而「感覺」失望

阿Q正傳

而已！

在第八章，革命顯然已經勝利，未莊卻沒有發生什麼變化。阿Q很煩惱，確認自己倒楣是因為早沒有和革命結識。於是，頗為滑稽而不協調地，他竟到錢家去找假洋鬼子商量參加革命了。不出人們所料，在錢家院子裡擺弄著革命黨徽章假洋鬼子，一見阿Q進來，便也如當年打阿Q一嘴巴的趙太爺一樣，舉起棍子把阿Q趕了出去。後來，當阿Q有一次無精打采地在村裡彷徨時，無意中在趙家附近看見了「革命隊伍」在搶劫。他因為是「做過這路生意」的人，就在那裡欣賞了一會。回去土穀祠後，在回憶中還很為這人竟不來招呼自己同去而不平。

在第九章開始時，警察和兵丁包圍了土穀祠，鼓起勇氣進去捉住阿Q，帶進城，逼他招了供。最後阿Q被槍斃（改殺頭為槍斃，是建立民國以後一項改革）。故事中也注意描寫了阿Q當時特殊的心理狀態，但興趣的集中點卻在圍繞著阿Q的那個殘酷、冷漠的社會（也許魯迅這時又想起了仙台的幻燈片）。

在故事接近結束時，敘述者的諷刺再也不能像開始那樣以輕鬆的筆調出之了。他已瀕於絕望：

> 至於輿論，在未莊是無異議，自然都說阿Q壞，被槍斃便是他的壞的證據；不壞又何至於被槍斃呢？而城裡的輿論卻不佳，他們多半不滿足，以為槍斃並無殺頭這般好看；而且那是怎樣的一個可笑的死囚啊，遊了那麼久的街，竟沒有唱一句戲：他們白跟一趟了。

作為小說中的一個人物，阿Q傑出的地方是在於魯迅把「受害者」和「傷害他人者」這兩者的特點彙集在同一個人的身上。同樣，這篇小說的高度藝術質量，也在於把兩種似乎是互相排斥的技

巧結合在一起：一種是傳統的中國說書人的技巧，另一種是現代西方短篇小說家的技巧。傳統中國說書人感興趣的主要是情節，想方設法將故事情節呈現於聽眾之前，以聽眾得到娛樂爲滿足。這種只求小說「有趣」的觀點，魯迅在別處是看不起的。由於說書人的興趣主要只在故事本身，傳統小說的布局往往是鬆散的、漫無拘束的，把許多事件隨意地連接在一起，組成一部「長篇小說」（這個詞我們有時譯爲「novel」，但約翰・畢曉普①卻比較準確地譯爲「accretive novel」，意即「增添的長篇小說」）。魯迅寫小說不是爲讓讀者娛樂，而是對中國社會進行嚴肅的個人的評論（普實克②認爲中國傳統說書人的特點是表達社會上「普遍公認的觀點」，魯迅與此相反，表達的是個人自己的觀點）。因此，雖然魯迅很熟悉傳統的技巧（他的《中國小說史略》便是證明），在他的代表性作品中卻避免加以使用，而用著明顯的西方形式。

畢曉普批評中國傳統小說「只注意故事」、「只重復講述社會的宏觀，不剖析人生的微觀」。在西方，現代小說和傳統小說的區別也在這裡。愛爾蘭小說家蕭恩・奧福蘭（Sean O'Faolain）在他的《短篇小說》（倫敦，一九四八）中便說：

> 現代講故事人也不能不要偶然事件、軼事、情節布局，以及隨之而來的其他種種，但他卻改變了這些東西的性質。現代小說中仍然有冒險，但現在已經是心智的冒險。仍然是懸念，但少有激動神經的懸念，而是感情的、智力的懸念。

現代作家，爲了完成他的目的，不能不要偶然事件或情節布局：

 阿Q正傳

……有些偶然事件當然是必要的。關於小說技巧的一
個最好的定義是：行動剖露了人物，人物又在行動中表現
了自己。而行動，也就是偶然事件的另一種說法。但現在
偶然事件只是一個扳機，是機槍上的一個小片，就像這扳
機觸發子彈打碎一塊玻璃一樣，偶然事件觸發了集中的笑
聲、幻想、悲劇或快感。

　　在《阿Q正傳》裡，偶然事件經常觸發人的快感。但它們也
剖析了阿Q以及他周圍的那些人物。小說保留了許多傳統故事的痕
跡。在結構上，它是中國和西方兩種方法的愉快的結合。
　　魯迅曾說過：他乘編輯不在時把阿Q槍斃了，以免無休止地寫
下去。這句話很多人都知道。儘管不一定可信，至少說明了一件事
實，即章回體是可以無限制的拉長的。再者，魯迅在序言的第一章
裡曾說他早就想給阿Q做傳，而且是從「閑話少說、言歸正傳」這
句套話中借用了「正傳」一詞。魯迅在主要故事開場以前，用很長
的篇幅先說了一篇閑話，用來掃射他的一批特定的敵手。這一點也
和傳統小說相像。如果魯迅真是在茶館裡說書，這種設計就可以充
做等待顧客時一段絕妙的填充的段子。顧客如果在說第二段時才走
進茶館，對主要故事也不會聽漏多少，花的錢還是值得。也許魯迅
在開始同意寫這篇連載小說時，便已經意識到範圍受限制，不得不
採用傳統技巧了。很自然的，他在其他那些受西方影響較深的小說
中常用的結構設計，在《阿Q正傳》中就少用了。如詩意的重複、
封套，用動靜對比有節奏地推進情節等方法，在《阿Q正傳》中就
都不曾運用。另外，我們當然也不能期望在這種連載小說的形式
下，在場景上能非常節省。不過，應該說，《阿Q正傳》在有意義
的人物和道具方面，也如魯迅的其他小說一樣，是非常節省的。
　　我們在前面曾有機會談到，魯迅既是口吻辛辣的論爭者，又

是感情豐富的人，又是藝術家。論爭者否定；感情豐富者肯定；而藝術家，則想兼顧地把握他自己創造精神的這兩種風格，以達到更高、更客觀的美學標準。說到這裡，我們不免想到葉慈（Yeats）的詩：

> 雄辯家想欺騙他的鄰人
> 感情豐富者想欺騙他自己；
> 而藝術，只不過是現實的一重幻影。③

《阿Q正傳》作為小說，其價值正在於「不過是現實的一重幻影」。當然，阿Q身上的許多東西，魯迅和大多數讀者都並不喜歡，但他們在私下意識中，卻不得不承認自己身上也有著相似的傾向。他們很難避開自己，卻問心無愧地只去指責阿Q，如像指責高老夫子一類人一樣。魯迅是不由自主地帶著深深的同情進入阿Q的。魯迅小說中的某些人物雖然不能完全對自己的現狀負責，畢竟還是要負些責任。阿Q卻比這些人寫得更圓滿。他是個塑造得充分的人的典型，是指責的靶子，也是同情的對象。

——原載一九八一年北京大學出版社《國外魯迅研究論集》
• 本文由尹慧民譯

註：

①約翰・畢曉普（John Bishop），美國著名漢學。他關於中國長篇小說的觀點見所著《中國小說的局限性》一文。——譯者
②普實克（J. Prusek）捷克著名漢學家。——譯者
③見《葉慈詩集》紐約，1933，184頁。

沒有英雄氣概的主人公

〔巴勒斯坦〕阿布‧夏維爾　伊宏譯

——關於中國作家魯迅的小說《阿Q正傳》

「魯迅是中國文化革命的主將，他不但是偉大的文學家，而且是偉大的思想家和偉大的革命家。魯迅的骨頭是最硬的，他沒有絲毫的奴顏和媚骨，這是殖民地半殖民地人民最寶貴的性格。」——毛澤東主席以這樣的熱情描述了中國作家魯迅。毛澤東主席說，魯迅是我們歷史上空前的英雄。

在我們訪問中國的時候，確實聽說過這位作家；但是，我們沒有讀過他的作品，這是因爲對這位中國文學家所做的翻譯介紹，實在太有限了。

在我們國家，我們大家對保羅‧薩特和西蒙‧德‧波瓦的了解比對納吉布‧馬哈福茲或陶菲格‧齊亞德的了解更多。薩特被投入監獄不過數日，就已成了道奇‧費塔（我希望這個名字沒有弄錯）、馬發納和開羅利希咖啡館的熱門話題，或許還會成爲卡塔

爾、巴林及其他地區的革命作家們的談資。

　　與此同時，這些作家對一位戰鬥的巴勒斯坦作家卻毫無所知——他叫陶菲克・法亞德，一位真正的戰士，以為阿拉伯方面竊取情報的罪名，被判處十年徒刑，在被佔領的祖國被投入了監獄。我不曉得大家是否聽過陶菲克・法亞德這個名字，他是《黃街》和劇本《瘋狂之家》的作者。

　　正因為如此，當我們看到一位中國作家的作品被譯阿拉伯文時，是怎樣地沈浸在歡樂之中啊！我們已經厭倦了——偉大的真主啊！——我們已經厭倦了沙特；厭倦了故去的卡繆；厭倦了西蒙・德・波瓦——她和她的丈夫譴責阿拉伯人攻擊以色列，譴責阿拉伯人用武力代替對話；我們也厭倦庫明（庫林）・威爾遜——這個人很像我國的艾尼斯・曼蘇爾和穆斯塔法・馬哈茂德，每天一本新書，又厚又貴，由住在倫敦的巴勒斯坦作家尤素福・沙魯魯翻譯——沙魯魯一面抵抗小說，一面翻譯庫林的作品，摘譯庫林同志的作品，最近他加入了翻譯家協會，那是一塊響亮的招牌。

　　是的，我們好高興！如果某些人將因我以所有人的良心說話而動怒，那麼，我只表達我個人的欣喜之情，以我個人的良心來說話吧！我向大家推荐一本翻譯小說《阿Q正傳》，由蘇海勒・阿尤卜律師翻譯，敘利亞大馬士革出版社出版。這本書可能是從英文轉譯的（因為蘇海勒・阿尤卜律師有一批譯著是從英文翻譯過來的），也可能是從法文翻譯過來的。我覺得譯文優美凝重，像一般人所說「下了功夫」。——不過，阿Q是誰？

　　他並不是什麼了不起的人物。

　　他不值得我們給他立傳，他的真實故事既惹人發笑，又令人心憂。他頗像一位小唐・吉訶德，愛胡思亂想，愛做美夢，他想成為社會的一部分，但卻不能。

　　作者在這部作品的小序裡寫道：

「因爲從來不朽之筆，須傳不朽之人」。

而阿Q並非不朽之人，他僅僅是一個被否定的人物。他生活在一個「只管獲取，不要給予」的社會裡，沒有「過去」，就是說，他的身世並不爲世人所知，可是，他存在著……

在第二章《優勝記略》中，作者寫道：

「阿Q不獨是姓名籍貫有些渺茫，連他先前的『行狀』也渺茫。因爲未莊（阿Q生活的地方）的人們之於阿Q，只要他幫忙，只拿他玩笑，從來沒有留心他的『行狀』的。」

阿Q不曾有過家。

他也沒有固定職業，他做別人要他做的任何一種活兒，一閑空，人們連阿Q都早忘卻，更不必說「行狀」了。

阿Q只不過是個物件而已，實在沒什麼價值可言。他生活在奇怪的傳統之中，把自己的所有給了他人，而沒有一個人給他一點什麼。就連有一天他聽一個老頭子說的那句讚揚的話，好像也不是當眞說的，那句話似乎更接近於嘲諷。

有一天，一個老頭子頌揚說：「阿Q眞能做！」這時阿Q赤著膊，懶洋洋的瘦骨伶仃的在他面前，別人也摸不著這話是眞稱讚還是譏笑，然而阿Q很喜歡。

阿Q的確很能幹，但他找不到一個固定職業，只得餓一天，飽一天。

他住在村邊口，於是又認爲自己比全村的人都了不起。他「很自尊，所有未莊的居民，全不在他眼睛裡，甚而至於對於兩位『文童』也有以爲不值一笑的神情。」

接著，魯迅描繪了阿Q那令人發笑的形象，魯迅寫道：

「阿Q『先前闊』，見識高，而且『眞能做』，本來幾乎是一個『完人』了，但可惜他體質上還有一些缺點。最惱人的是在他頭皮上，頗有幾處不知起於何時的癩瘡疤。這雖然也在他身上，而看

阿Q的意思，倒也似乎以爲不足貴的，因爲他諱說『癩』以及一切近於『賴』的音，後來推而廣之，『光』也諱，『亮』也諱，再後來，『燈』『燭』都諱了。」

阿Q在每一次較量中都吃敗使。如果有個人用什麼詞指出他頭上的患疾，他就瞪了眼大罵起來；倘若對手較弱，他便動手去打。怪就怪在阿Q總是吹虧的時候多。最後，他採取了一套新辦法，即一般地滿足於怒目而視了。

他和一些閑人爭鬥時，常常挨打，由此，他又認爲自己是第一個能夠自輕自賤的人。不過，他把「自輕自賤」勾掉了，只留下「第一個」。這樣一來，他感到自己戰勝了對手，額頭的皺紋也舒展了，於是便跑到酒店裡去喝幾碗，和別人調笑一頓，口角一頓，再一次得勝了。

這不是阿Q實現勝利的唯一方法。當趙太爺打了他一記耳光時，他心裡想，兒子打起老子來了，現在的世界眞不像樣！（與小說內文略有出入）如果說阿Q曾想與社會步調保持一致，曾想加入到這個社會裡，那麼，由於社會環境一直和他相對立，阿Q總是第一個失敗者，不論在爭吵時，還是在賭博時，都是如此。即使他在進行模仿或假冒時，也總被人戳穿。

有一年春天，阿Q醉醺醺地在街上走著，看見一個叫王胡的坐在那裡捉虱子，他也想學著捉。雖然王胡也長著癩，人稱「王癩胡」，但阿Q刪去了其中的一個「癩」字，一直對王胡看不起。阿Q和閑人王胡並排坐在一起，感覺著是抬舉了這個王胡。

阿Q很想像王胡那樣捉虱子，但在衣縫裡只找到幾個小的；用牙去咬，又發不出王胡那樣的響聲。

在這裡，兩人發生了衝突，王胡動手打到他。在他宣布了「君子動口不動手」的抗議之後，和往常一樣，他又戰敗了。

阿Q畢竟是個男人，雖然是一個被拋棄的人。有一天他終於陷

入了愛。

請看阿Q，他飄飄然展翅欲飛了！

從他對面走過來一個尼姑，他伸手就去捏人家柔軟滑潤的臉頰——

「斷子絕孫的阿Q！」尼姑罵了他。

他呢？卻在想：不錯，應該有一個女人，斷子絕孫便沒有人供一碗飯，……應該有一個女人。

他想著，「女人，女人！」……

他又想，「和尚動得……女人，女人！……」

由於想女人想得發了狂，阿Q終於跪倒在趙家太太的女僕面前。

「和我睏覺！」

女僕吳媽驚恐不安，結果阿Q又吃了耳光。女人們在路上見到他，都躲著走了。

阿Q離開了未莊。當他在這一年的中秋節後轉回未莊時，人們都大吃一驚：他身上帶著銀子，用現錢買酒吃，談論城裡殺革命黨，把聽的人嚇得毛骨悚然。

阿Q還帶回一些衣服，他開始向未莊的富戶兜售。

人們已經發現，阿Q在離開未莊的那段時間內，幹過偷竊的勾當，他帶回來的那些衣服，全是偷來的。

不久，革命黨來了，城裡的舉人逃跑了。阿Q對革命黨曾經是深惡痛絕的，因為他們是造反的匪徒，造反便會把一切事情弄糟。不過村子裡的人都害怕革命黨，這件事使他感到十分開心。

阿Q想，革命不是一點一點地搞，革命要消滅他們所有的人，他們應當受詛咒，就是自己，也要加入革命黨了。

革命黨來到的那一天，阿Q正好肚子餓了，他喝了兩碗空肚酒，大喊大叫起來：

「造反了！造反了！」

村民們驚愕地看著他，他越發感到興奮，邊走邊喊道：

「好，……我要什麼就是什麼，我喜歡誰就是誰。……」

革命黨人導致了一九一一年的革命，但什麼也沒有改變，官職照舊，革命黨進城，並沒有使事物的進程有多少變化。

儘管如此，阿Q還是想當一個革命黨。可「洋先生」（這是指那些不按中國傳統方式留辮子的人的形容語）趕他走。他逃跑了，心裡更加忐忑不安，洋先生不讓他當革命黨，他就沒有別的出路了。他的抱負、志向、希望、前程──所有這些都被一筆勾銷了。

四天之後，阿Q被抓進城裡，投入監獄。當有人問他為什麼到這裡來時，他的回答是──「因為我想造反。」

阿Q被控告盜竊了趙家的東西，結果被判處了槍斃。

這就是阿Q的正傳。

阿Q是一個普普通通的人，他想生活下去，想成家，想愛，想得到一點尊重，但這些，社會一點也沒給他。他終於被莫須有的罪名判處死刑。當他喊「造反了！造反了！」時，僅僅是因為他看到造反和革命震動了死氣沈沈的未莊而已。當然，革命並不是喊喊口號，起義也不會自行來臨。

阿Q是一個沒有英雄氣概的英雄。他是一名普通而又不幸的公民，步入了生活，又離去了，毫無意義地離去了。難道這不是封建社會和資本主義社會裡，千千萬萬人生活的寫照嗎？

其次，難道這不是把我們引向它所期望的、沒有欺詐、沒有漂亮言詞、沒有虛偽的形式主義遊戲的偉大文學嗎？

請讀一讀這部小說吧！您將會了解，什麼是偉大的文學，如何寫革命的文學。

──原載一九八四年《魯迅研究年刊》

魯迅在《阿Q正傳》中對女性的看法

〔泰國〕莎娃蒂娜

　　泰國女作家素帕・莎娃蒂娜撰寫的一篇紀念文章，連載於一九八一年一〇月一〇、十七、二十四日出版的泰國《新暹羅》週刊上。文章說：

　　「魯迅是享有盛譽的世界重要思想家和作家，是中國的偉大革命家，同時也是中華人民共和國現代文學的奠基人。他的名著《阿Q正傳》，泰國讀者頗爲熟悉。這部幽默諷刺小說，在中國大革命前的一九二一年十二月問世，曾被譯成多種文字在國內外廣爲傳播。……《阿Q正傳》被譽爲中國現代文學寶庫中的一部傑作。書中的主人公阿Q就是虛構的當時中國人民的典型代表。儘管阿Q飽

受統治階級的壓迫剝削，但他卻心安理得，而且以種種想法來作自我安慰。孔子的哲學思想對魯迅觀察當時中國人的心理狀態是有影響的。愚昧是『國粹派』的特點，它使從前的中國人陷入了貧窮落後的境地。人民對壓迫剝削逆來順受，不起來進行鬥爭，只想尋求寬心和自我安慰。這種情形，簡直就像瞎子一樣。魯迅說：『這個世界上，假如人們需要繼續生存下去的話，他就要敢說，敢笑，敢哭，敢罵，敢鬥，敢於驅走這個令人詛咒的時代。』

「魯迅正是在這種思想指導下，辛辣地諷刺了被稱爲『國粹』的那些愚昧落後的東西。小說中的主人公阿Q，是個流浪的無產者。他瘋瘋癲癲，天天幫人做各種活計，但在世上他卻是一個被遺忘的人。在爆發革命以後，阿Q對革命一點不了解，以致讓革命成了剝削階級的工具。最後，儘管阿Q遭到逮捕，並且被處死，然而罪名並非是因爲他參加革命，而是因爲他參與搶劫。」

文章說：「《阿Q正傳》全部共九章。該書正如中國文學家所稱頌的那樣，魯迅筆下的這部小說富有極其幽默的情趣和辛辣的諷刺意味。它猶如箭上之矢，射中了封建地主階級之的。它動搖了一貫用忍耐和自我安慰來欺騙自己的舊中國的社會基礎。」

「另一方面，也表現了魯迅對當時中國女性的看法。魯迅是領導中國社會的思想家和革命家，他對女性的看法如同我們現在看到的一樣，是進步的和平等的。然而魯迅在這部小說中對女性的看法，卻是頗爲有趣和耐人尋味的。他描寫細膩，寓意深刻。在表現手法上，採用了光輝閃爍的象徵暗示讀者，讓他們看到突破『男女之大防』的新途徑。例如魯迅在第三章描寫阿Q遇靜修庵小尼姑的場面就是如此。……作者讓人們思考爲什麼要去當尼姑？爲什麼阿Q見到尼姑要唾罵？阿Q心想自己的『晦氣』是因爲見到了小尼姑的緣故，爲了替他的『晦氣』報仇，他居然扭住小尼姑的面頰說：『和尚動得，我動不得？』所有這些都是在引導人們去探索新路。

值得深思的是，為什麼魯迅要在這部小說中特定阿Q這個角色？阿Q為什麼會對尼姑有那種思想舉動？為什麼人們會把婦女當尼姑似的任意欺辱？魯迅又為什麼要寫阿Q扭住小尼姑的面頰說：『和尚動得，我動不得？』」

「假如我們讀了這一章以後，只滿足於表面上的感覺，認為阿Q實在不中用，好惹是生非，欺侮婦女，蔑視佛教尊敬的人物——和尚與尼姑。這就太不夠了。你要是懂得中國歷史的話，你就會明白當時的中國社會是何等的腐敗，人民大眾在思想上受到了怎樣的壓抑和束縛。而使人愚昧無知的宗教迷信，變成了剝削階級的工具。他們打著慈善積德之類的招牌，把自己的幸福建築在廣大人民的血汗和痛苦之上。他們荒淫無恥，口是心非，講的是仁義道德，行的是男盜女娼。這種表裡不一的虛偽性，使人們對宗教的信仰也日趨衰落。所有這些，都充分表現了當時社會的衰敗。魯迅面對勞苦大眾淪為統治階級壓迫剝削的對象，而不覺悟一事心中悲憤難忍。因此，他在選擇學習專業的時候，曾在日記中這樣寫道：『我認為學習醫科專業並不是一件重要的事，對愚昧懦弱的人民來說，第一件重要的事情是改變他們的心理 ……，而魯迅認為，改變人們心理和思想意識最好的東西是文學作品。因此，他積極倡導文學運動，為促進新文學的建立和發展奔走呼號。』他堅持認為：『寫小說是為了生活，要使生活得到更好的改善。所以我寫的東西大都是來源於病態社會中遭遇不幸的人們。而且希望他們看到，通過文學這個媒介，可以使貧病交加的社會得到關心和醫治。』」

「《阿Q正傳》反映了當時社會下層人們的生活狀況。魯迅塑造的阿Q，就像是飽受剝削階級壓榨下的中國勞苦大眾的一個典型代表。他受的壓迫愈深，社會就愈腐敗，人們受迷信思想的束縛也就愈厲害。魯迅這部小說的特點，是以寓意深刻的光輝閃爍象徵和詼諧幽默的諷刺手法吸引讀者的。通篇小說給人以棉裡藏針之

感。」

　　文章說：「據我們觀察，魯迅之所以要諷刺和尙與尼姑，一方面是對神權的挑戰，同時也向讀者說明宗教地位的衰落。魯迅在第四章中寫道：『阿Q本來也是正人，我們雖然不知曾蒙什麼明師指授過，但他對於『男女之大防，卻歷來非常嚴；也很有排斥異端——如小尼姑及假洋鬼子之類的——正氣。他的學說是：凡尼姑，一定與和尙私通；一個女人在外面走，一定想引誘野男人；一男一女在那裡講話，一定要有勾當了。』

　　「不管魯迅給阿Q規定了諷刺和欺侮做為女人的小尼姑的情節也好，還是『一個女人在外面走，一定想引誘野男人』也好，除了告訴讀者當時中國女人的眞實生活狀況之外，還讓人們看到思想上『不知他曾蒙什麼明師指授過』的聖經賢傳的束縛。

　　「魯迅還辛辣地諷刺了討老婆是爲了傳宗接代和諸如『不孝有三，無後爲大』而『若敖之鬼餒而』等孔孟之道的舊禮教。他通過自己的妙筆，把阿Q對女人的想狀態描寫得眞實細膩，生動感人。這才是眞正的藝術。他這樣描寫，是要讓讀者看到男人對女人那種天生的性別差異。魯迅敘述說：『然而這一次勝利（阿Q扭住小尼姑的頰），卻又使他有些異樣。他飄飄然地飛了大半天，飛進土穀祠，照例應該躺下便打鼾。誰知這一晚，他很不容易合眼，他覺得自己的大拇指和第二指有點古怪，彷彿比平常滑膩些。不知道是小尼姑的臉上有一點滑膩的東西黏在他指上，還是他的指頭在小尼姑臉上磨得滑膩了？……」

　　「魯迅之所以要把阿Q對女人的思想感覺，描寫得總是如此的『飄飄然』，看來是要讓讀者從另一個角度看到作者總結出來的思想，也可能是作者自己的思想，這就是——『即此一端，我們便可以知道女人是害人的東西。』

　　「他爲什麼對女人有這樣激烈的看法？這是因爲『中國的男人

本來大半都可以做聖賢，可惜全被女人毀掉了。商是妲己鬧亡的；周是褒姒弄壞的；秦⋯⋯雖然史無明文，我們也假定他因爲女人，大約未必十分錯；而董卓可是的確給貂嬋害死了。』

「據筆者的理解，魯迅之所以說『女人是害人的東西』，是由於他對中國的宮廷和社會上層階級中發生的醉心於爭權奪利，以及縱容少數有權勢的女人對大多數人濫施威的腐敗現象而深惡痛絕的緣故。

「中國詩人蕭三在談到魯迅時說：『在魯迅的作品中，除有鮮明突出的藝術特點外，在內容上也使我們看到，他厭恨那種貪得無厭，口是心非，低級下流，卑鄙齷齪，裝腔作勢和辦事不公的行爲。他無情地嘲諷那些懦夫懶漢，投機分子，兩面派，阿諛奉承的能手和叛徒。但是他愛生活，同時也愛人。』

「魯迅對當時中國社會上層階級中由於有權勢的女人的不良行爲而產生的腐敗現象實在看不下去了。這些腐敗現象還伴隨著遊手好閑，圖謀不軌，口是心非等惡習，他們故意把這些東西當做『寶貝』來維護，不但自己去做，還唆使別人跟著效法。他們以種種手段對勞苦大眾壓迫剝削，敲骨吸髓，以滿足其聚斂財富，盡情享樂的欲望。這一切，使生活在這個社會中的魯迅忍無可忍。於是他便在《阿Q正傳》中不惜用好幾章的篇幅對這個社會中的腐敗現象，進行無情的揭露和辛辣的諷刺。以讓人們看到剝削階級中有權勢的女人，在思想和生活方面處於一種什麼樣的狀況。就拿未莊的有錢人家來說吧，他們不勞而食（因爲有傭人替他們幹活），太太小姐們賽著講究穿著打扮，用的是貴重東西。儘管他們看不起阿Q，但當阿Q從城裡帶回值錢的絲綢布來販賣時，他們也爭著去買。但同時又對阿Q不放心，懷疑他是從別人那裡偷來的，所以吩咐傭人關好大門，對阿Q多加小心防備。」

文章在引述了魯迅對未莊有錢的女人們爭著向阿Q買東西的生

動情景以後說：「魯迅描寫這些女人不逃避阿Q，是因爲未莊的有錢人家把阿Q看作下賤的男人。阿Q粗暴地硬要和趙太爺的女僕睡覺，因此誰見他都小心防備並逃避他。這種舉動使阿Q在未莊呆不下去了。但當阿Q像發了財似地從城裡帶回一些值錢的東西以後，立刻變成了受未莊歡迎的人。然而，人們歡迎的是阿Q帶來的『好東西』，並不是歡迎阿Q這個人。當阿Q的『好東西』賣完以後，他復而成了人們小心防備和厭惡的人。

「魯迅揭露的那個虛僞的社會，正是被少數有權勢的女人弄壞了。所以魯迅才說『女人是害人的東西』。當然，魯迅這裡說的女人並不包括貧苦的勞動婦女在內。例如趙太爺家的女僕就是如此。趙太爺家的女僕吳媽，魯迅是把她作爲廣大貧苦勞動婦女的代表來描寫的。她忠厚老實，純樸善良，勤勞能幹。魯迅寫道：『吳媽，是趙太爺家裡唯一的女僕，洗完了碗碟，也就在長凳上坐下了，而且和阿Q談閑天：

「『太太兩天沒有吃飯哩，因爲老爺要買一個小的 ……』

「『女人 ……吳媽 ……這小孤孀 ……』阿Q想。

「『我們的少奶奶是八月裡要生孩子了 ……』

「『女人 ……』阿Q想。

「阿Q放下煙管，站了起來。

「『我們少奶奶 ……』大媽還嘮叨說。

『我和你睏覺，我和你睏覺！』 阿Q忽然搶上去，對伊跪下了。

「一刹時中很寂然。

「『啊呀！』吳媽愣了一息，突然發抖，大叫著往外跑，且跑且嚷，似乎後來帶哭了。

「你看，魯迅在使用語言文字方面有著多麼高超的藝術啊！他只通過吳媽說了兩三句話，就把當時人們不同的階級地位和生活

狀況，清楚地勾勒出來了。在這裡他讓人很容易地就理解和看清了當時欺壓婦女的剝削階級的生活狀況，以及婦女在社會中的地位和價值。剝削階級把婦女當做奴隸，當做他們的玩物和滿足其性慾的工具。阿Q對吳媽說的『我和你睏覺』這句話，並非是向人們指出阿Q的瘋癲和粗野，而更多的是向人們揭露剝削階級在性慾方面的糜爛狀況。他們把女人當做商品和玩物，任意買賣和拋棄。具有忠厚老實、純樸善良和勤勞能幹等美德的吳媽，在聽到阿Q對她說的話以後，嚇得心驚膽戰，悲痛欲絕。但是在小說的最後部分，人們可以看到吳媽已恢復了平靜，她跟著人群到大街上去看罪犯遊行示眾。她也像某些人一樣，不知道什麼是革命。她見在遊行示眾的罪犯大有自己熟悉的阿Q，她驚奇得簡直不敢相信自己的眼睛了。這到底是怎麼回事呢？她也說不清楚。」

文章最後說：「當時，中國人民的苦悶和魯迅心中的苦悶肯定是不相同的。不然，哪會有魯迅的《阿Q正傳》和其他作品流傳下來呢！假如魯迅還活著的話，現在他心中的那些苦悶肯定已不復存在了。可是現在，泰國作家心中的苦悶卻正與日俱增，簡直叫人透不過氣來。難道事實不正是這樣的嗎?!」

（顧慶斗編譯）

原載一九八四年《魯迅研究年刊》

魯迅作品的黑暗面

夏濟安

　　傳說中，隋煬帝在位時是一個偉大的英雄時代。那許多英雄，都是生來該爲人打仗的；只不過有些人爲這位即將應運而出的唐太宗打天下，有些卻和他搶天下罷了。隋末，煬帝曾一度招降這些草莽英豪，請他們到揚州比武；說是要予優勝者以封王的榮耀。其實這是個一網打盡的詭計。他想讓這些人自相殘殺；隨而在會後引發埋藏地下的火藥，把剩下的人炸掉。如果這樣還有人倖存的話，城牆裡會降下一個千斤閘，阻斷他們的退路，再由禁衛軍展開屠殺。可是既然隋煬帝已失天心，這計畫自然不會成功。只有少數豪傑死在比武場中，埋藏的火藥也因爲一隻受命從群雄中救出真龍天子唐太宗的老狐的干擾，而未按預定計畫燃發。當千斤閘下降的時候，有位巨無霸型的好漢拖住它，讓來自全國各地的十八路反王等大小豪俠能夠及時逃生。但饒他再英雄，也難久撐這樣重的閘門，自己終究還是被壓死了①。

阿Q正傳

這個力撐千斤閘的綠林好漢的事蹟，對魯迅來說，有著很特殊的意義。在他還沒有對中國小說的研究發生興趣前，甚至早在他的孩提時代，他就很喜歡這一類的傳奇了。我以為他在民國八年，「五四」之後五個月，寫下面這段文章的時候，心裡頭一定想到了這個傳奇：

　　　　自己背著因襲的重擔，肩住了黑暗的閘門，放他們（孩子們）到寬闊光明的地方去；此後幸福的度日，合理的做人②。

　　從字面上看來，人家會以為孩子們幼小無知，需要保護。但「黑暗的閘門」這個典暗示孩子們和那個負重的巨人有共同的地方：他們都是叛徒。

　　五四運動之後，中文的辭藻，染上鬧劇似的誇張色彩，語義上總是趨於極端。鮮明的反叛色彩，渲染成以魯迅等人為首的革新派的散文。魯迅厭棄古董，而熱切異常地歡迎新的事物。過度的熱忱，自使他無法用完全合理的文章來突出他的論點。他的文辭有力，主要的利用光與暗，迷與悟，不願被吞噬者與食人者，人與鬼，孤獨的鬥士與其周遭的惡勢力等，代表革命者和一切欺壓他們的勢力之間強烈的對比。

　　在這種文字裡，典故占了極重要的地位。雖然老式教育的衰落，業已使文言式微，用文學作品或歷史傳奇中的典故而有所寄託的象徵手法，對任何一位和他的讀者共承一份文學或文化遺產的作家來說，是極明白易曉的。白話運動的先驅胡適頗反對用典，可是也常巧妙地引用西遊記、三俠五義等通俗小說中的典故，有時也引有名的唐詩。用典當然不只為自炫博學；出於文學家之手，它可以融記憶與感情及幻想於一爐，嵌古典於時新之上，並把現實投入繁複多姿的歷史、神話和詩歌中。魯迅在以新鮮而生動的典故，表現

出中國久遠的文化傳統所賦予其語文的不竭的意象之源這方面，有著卓越的才華。

因此有些辭藻裡過去用的字眼到現在還活著，而不合理的大有喧賓奪主之勢，要把合理的擠掉。對於我們來說，這該是一種自然現象，但對獻身於進步、科學，及反對那古老、迷信、殘忍等等的魯迅來說，這都是激憤的根源。可憐「舊中國」除了無限的恥辱之外，別無所有了。作為啟蒙的先驅，為了貫徹自己的理論，實施自己的宣言，他因而激動起來。但身為文人，他還是無法擺脫過去。他承認他的文體、句法，甚至思想，都受到文言作品很深的影響。可是他又說：

> 為了我背負的鬼魂，我常感到極深的悲哀。我摔不掉他們。我常感受到一股壓迫著我的沉重力量③。

這就是巨無霸力撐「黑暗的閘門」的意象了。

他的憤懣在他對文學的蔑視中表露無疑。民國十四年，有個報社請他為中國青年開列書單。他的答覆是：

> 從來沒有留心過，所以現在說不出。
>
> 但我要趁這機會，略說自己的經驗，以供若干讀者的參考——
>
> 我看中國書時，總覺得就沉靜下去，與實人生離開；讀外國書——但除了印度——時，往往就與人生接觸，想做點事。
>
> 中國書雖有勸人入世的話，也多是僵屍的樂觀；外國書即使是頹唐和厭世的，但卻是活人的頹唐和厭世。
>
> 我以為要少——或者竟不——看中國書，多看外國書。
>
> 少看中國書，其結果不過不能作文而已。但現在的青年最

要緊的是「行」，不是「言」。只要是活人，不能作文算什麼大不了的事呢④。

　　這雖然不算是魯迅的佳作之一，其中僵屍與活人的對比，又是一個鬧劇式的誇張修辭法的例子，是他對那極想埋掉、忘掉的「過去」的詛咒。依魯迅所說，一個人的死活，視其行為能力而定；但他自己一生中並沒有多少令人懷念的作為。他的聲明，說來也怪，倒是建立在他自評頗低的文學作品上。又有一次他發表了他對文人生涯不贊同的看法，聽來更為可悲。死前數月，他曾給他兒子留下這麼一句話：「萬不可去做空頭文學家或美術家。」⑤如果這不是承認他自己做人失敗的話，他的意思也該是說，人生有比寫作更重要的事。

　　因此魯迅之成為作家，而且是多產作家，實在頗為意外。在寫作技巧的培養上，他違背了自己的心意。他的白話文中雖運用了許多文言的字彙和修辭法，最能顯示出他在歷史上的矛盾地位的卻是他的詩。他的詩作不多，只是偶一為之。但無可否認的，那些全是很好的舊體詩；至少在簡潔、尖酸、諧謔等方面，可以比美他最好的白話文，而且也具有那份「凝結的火焰」，和「紅影無數，糾結如珊瑚網」於「青白冰上，」的奇絕的美⑥。但這些詩依然是用那種不諳古文的讀者感到深奧難解的文字所寫出來的，依然是對大眾的用處功過難斷，但卻能使讀者與作者洩氣的作品。在這些只想供少數好友傳觀的作品裡，他不僅滿足了一時的興致：他試用從前的詩人所用的方式寫詩；耽溺於「僵屍的樂觀」——有時是悲觀——之中，並且埋首在「死的語言」裏。雖說他顯然疏忽了他對大眾的責任，但他在和朋友通信時，未必比他在對陌生的群眾演說時更覺孤寂。如果沒有一群讀者讓他來教訓、侮辱、譏諷、鼓舞，或把他們的自滿嚇掉，那麼許多詭辭、派頭、花槍全都可以免了。他雖然

極端反對舊中國和中國古書，有時卻也能全新浸淫在因襲傳統的，晦澀的中國古詩中。他能使自己適應那傳統的士大夫文化，並從其中獲取在這激盪的社會變局和政治革命之中所能得到的每一分好處。

在他的舊體詩相形之下，魯迅的白話詩顯得貧乏而無足輕重。顯然他在詩之創作方面的衝力，一直不足以喚起一種卓越的創作力量，使「大眾的語言」邁入簡潔而復變化多端、且能與傳統的詩的優點相抗衡的境界。在他創作的衝動偶然趨向於詩的方面時，他也就只好求諸具有他這種文化背景者手頭最便捷的工具——文言——了。其實他在傳統詩的格律限制下，非但不十分不快，有時倒覺得是一種達成目的的滿足；一種挑戰。在寫這些詩的時候，他喜歡恰當的字眼和貼切的句子；喜歡刪節和裁剪字句；喜歡用巧妙的典故；喜歡用對比和並舉的手法令人感到驚異；也喜歡依詩文的韻律與形式而調度自己的情感；他也可能感到好好地完成一件工作時，那種秘密的欣慰，和對於心儀已久的大師們的作品模倣成功時的一份自豪。但他同時又駁斥傳統的一切。當他發現，如果他想從事寫作，勢必無法逃避傳統時，他該是多麼失望。爲此他很難使自己的喜憎和歷史性的運動趨於一致。但這歷史性的運動顯然不是魯迅唯一關心的事。他所遭遇的難題至少還有其另一面，那就是現代藝術和藝術家的完整與獨立性，這種完整與獨立性應爲求其屹立不移，在必要時，得與歷史的潮流對抗，甚或犧牲啓蒙的好處也在所不惜。不用說，這是魯迅很少想到要去維護，也是其他近代中國作家很少考慮到的一面。

魯迅留下了一本趣味雋永的書：《野草》。集中收了廿四首詩，只有一首「我的失戀」⑦讀起來還像是眞正的白話詩；但那是首戲謔的詩，並且寫得不十分高明，是嘲笑魯迅所輕視的充滿廉價的感情和輕浮的調子的當代戀愛詩。在野草那些嚴整的散文詩當

中出現了拙劣的詩句，就相當於魯迅對他所看到的白話詩窘境的批評。其餘的都是些具體而微的好詩：帶著濃烈沉鬱的感情的意象，行止於幽幽放光，但形式奇特的字行間，宛如找不著鑄模的熔融的金屬一般。在那篇代表作「影的告別」中，那「影」說：

> 我不過一個影，要別你而沉沒在黑暗裡了。然而黑暗又會吞併我，然而光明又會使我消失。然而我不願彷徨於明暗之間，我不如在黑暗裡沉默⑧。

　　一連串的「然而」使句子念來怪拗口：它打破了文言文和白話文中的「雅」字訣。但那也許是作者有意造成的效果。遇見生魂並且和他交談，真是一種最難受的經驗；而瀕於遺落自己的「影」的邊緣，更是件可怕的事。魯迅的夢境是一片空曠，其構成只是光與暗，和一個無精打采，半睡半醒的「亡是公」，茫然無助地傾聽人言，坐觀著周遭事物的發生。這種經驗，需要比魯迅所擁有的更大的詩才，方能完全揭露出它的真諦。常受擾於這一類的夢，魯迅原該能把中國詩，縱使是舊體詩，帶入一個新的境界──在一般的描述中，加入某種恐怖與緊張──一種可說是相當「現代」的經驗；因為中國詩的內涵雖富，卻少發現這一類的主題。但他只是把這些帶入他的散文中，而以他獨有的拗口的韻律和赤裸的意象，予白話文學很好的影響。因為他把白話文帶出了平民化主義之理想的窄徑。當他密切地注意到他個人的思想時，他開始感覺到表達工具的不足了。當他深思內省時，他忘卻對眾人發言了！但他的創作過程，終使「他們的」語言變異而光大。碰到不巧的時候，魯迅的修辭法，不論在效顰者的手中，抑他自己的手裡，都可能變成嬌揉做作；但他讓白話文做了前所未有的事──甚至是古文大家也不曾想到在文言文裡做到的事。

在另一篇裡，做夢的人在看一塊已經剝落的墓碣，那斷碑上留下的刻辭是這樣的：

> ……有一遊魂，化爲長蛇，口有毒牙。不以嚙人，自嚙其身，終以殞顚……
> ……離開！……

而在這剝蝕且苔蘚叢生的墓碣的陰面：

> ……抉心自食，欲知本味。創痛酷烈，本味何能知？
> ……痛定之後，徐徐食之。然其心已陳舊，本味又何由之？
> ……答我。否則，離開！……」⑨

高華的文言碣文中，點綴幾句白話的命令「離開！」便把過去與現在合而爲一了。它將見與聞混在一起；同時也惟妙惟肖地提示那命令是來自死屍的口中。其主題是「狂人日記」中食人主義的主題中另一種形態。該日記常被當作對「吃人的禮教」的控訴。只是「日記」中想像的恐怖，在這裡卻成爲半眞實的夢魘。短篇小說中，壓迫人的社會力量，和它被侮弄的對象之間的衝突，在此濃縮成單純，卻不減其恐怖的自毀行爲。這篇短文揭示出一個事實：不僅是「社會」會壓迫人，毀滅人，一個失落的靈魂也會化爲毒蛇，因「欲知本味」而自吃。這是個極重要的事實，雖然它常在人們醉心社會改革時被忽視了。推崇魯迅爲寫實作家的人，必須注意他的寫實主義的範疇。《野草》裡有許多篇，都用同樣的開端：「我夢見……」而這些夢都帶有那麼一份光怪陸離的美和精神錯亂的恐怖，恰是十足的夢魘。即使那些不標明是夢的，也都帶有夢魘所特

有的不連貫性和錯置的事物的衝突。因此在《野草》中，魯迅瞥見了無意識的世界。這些東西都寫於一九二四到一九二五年期間，也就是在「荒原」（The WasteLand）、「尤利西斯」（Ulysses）和「聲音與憤怒」（The Sound and the Fury）等作品出現的二十年代的中間。很可能是由於他的恐懼，他沒利用他對無意識的心靈狀態的知識寫出一部傑作。他太忙於擺脫那些夢了。他對光明的信心，其實並沒驅散黑暗；但它至少形成一面盾牌，為他擋住黑暗的誘惑。不管希望多虛妄，它畢竟是可愛些，比起夜晚的夢來要好得多了。

因此我們可以說，魯迅的黑暗的閘門的重量，有兩個來源：一是傳統的中國文學與文化，一是作者本身不安的心靈。

魯迅敏銳地感受到這兩種具有壓迫力、滲透力，而又無可避免的力量。人們也許不會同意他認為年輕的一代可以教導到能擺脫這些暴力而自由生活的論調，但他終於拼命地發出希望的 喊。他的英雄姿態暗示失敗，而他為自己選擇的位置幾乎是悲劇性的。他所以用傳說中被壓死的英雄的典故，正顯示出魯迅的自覺無力抗拒黑暗，而終於接受犧牲的道理。這個自覺賦予他的作品一種悲哀，成為他的天才的特色。

如果說：有任何事物，擁有那一去不復，彷如那即要把光明完全截住的黑暗閘門那種神秘逼人的力量的話，那該是死亡了。死亡之重，是任何一個人，甚至整個人類，所不能支撐的。不管是反動的抑前進的，它一概不饒。只有像斯賓諾莎（Spinoza）一般，能夠不去想這可怕的題目的人，才會感到快樂。但是魯迅，即算是中國現代主義的先鋒，是深知這個可怕的負荷的。

希望與抱負，真的，都被他作品中的陰鬱面抵消了。魯迅似乎是描寫死之醜惡的老手，不僅在他的散文詩中，在他的短篇小說中亦然。他小說中的許多人物臉色蒼白，眼神呆滯，舉動遲緩，甚至在死亡降臨之前，看起來就已跟死屍差不多了。葬禮、墳墓、行

刑，尤其是砍頭，甚至連疾病，都是他創作中一再出現的主題。死亡的陰影以種種不同的形式侵襲入他的作品，從一種陰險的恐嚇，如「狂人日記」中狂人對死亡的想像之恐懼，經「祝福」中祥林嫂安靜的去世，到眞正的恐怖：「藥」中被砍頭的烈士和癆病鬼，「白光」中那個追著虛幻的白光掉進萬流湖溺死的老學究，和「孤獨者」中齜牙而笑的死屍都有。「阿Q」的喜劇收場也許有它可喜的一面——當死亡降臨這個無知的村夫時。

有一樣是魯迅絕對厭惡的——就是那個只有「腐朽的名教，僵死的語言」⑩的舊中國。從他的公開言論和文學創作裡，可以看出魯迅對死本身的恐懼，遠不如他對象徵逝去的時代的死亡之恐懼來得厲害。這裡產生了一個有趣的問題：舊中國和死亡，他究竟比較痛恨那一個？如果我們當他是五四運動中知識份子的領袖，那他嫌惡的該是前者。但倘我們視他爲病態的天才，那他討厭的就可能是後者了。他對革命的熱忱僅使他有力量忍受他背負的鬼魂。

魯迅眞的研究了靈魂不朽的問題。「祝福」裡，可憐的祥林嫂問第一人稱的敘述者：「一個人死了之後，究竟有沒有靈魂的？」她能得到的是個不置可否的回答。一九三六年，在他死前數月，魯迅寫到：

> 三十年前學醫的時候，曾經研究過靈魂的有無，結果是不知道。

這話聽起來頗像出自孔夫子之口；至少它是一位科學發言人的坦誠之言。但終魯迅一生，他對靈魂不朽的問題一直不曾解決。在此生後面的一片空白到底不是醫學所能看得穿的。它一直是一個神秘的謎。而它對他產生一種和對孔夫子，或對他自己的兄弟周作人⑫完全不同的影響。

因此，和舊中國同為他所厭惡的死亡，也有其迷人處。魯迅從未能決定對這兩件他所厭惡的問題該採取什麼立場。他對當時爭論的問題所採取的極端態度，和他的積極鼓吹進步、科學與開明風氣，都是眾所周知的。但這並不構成他的整個人格，也不能代表他的天才；除非我們把他對他所厭恨的事物之好奇，和一份秘密的渴望與愛慕之情也算進去。把魯迅看做一個報曉的天使，實在是誤解了這個中國現代史中較有深度的人，而且是一個病態的人。他確曾吹起喇叭，但他吹出的曲調卻是陰鬱而帶譏刺，既包含著希望，也表達絕望，是天堂的仙樂和地獄的哀歌之混合。

　　魯迅文體的某些特色確實暗示著一隻喇叭。他常用的工具叫「目連號筒」。在他一九二六年所寫的「無常」中有極生動的描述。在目連戲（關於這個，我們等會兒還會再提到）的戲臺上，在無常奉閻王令出來拘「壞人」的鬼魂之前，你會聽到：

　　　　這樂器好像喇叭，細而長，可有七八尺，大約是鬼物所愛聽的罷，和鬼無關的時候就不用；吹起來，Nhatu, nhatu, nhatututuu地響，所以我們叫它「目連嗐頭」⑬。

　　然後無常就出現了，首先就打一百零八個噴嚏，表示這世界的人不適合他敏感的鼻子。觀眾都為他的滑稽突梯而發笑。他全身縞素，頭戴一頂滅火器式的高帽。他蹙著像瀝青一般黑的眉毛，從他臉上，你看不出他究竟在哭還是在笑。他的臉很白，嘴唇很紅。而魯迅開玩笑似的用了一個通常用來形容美女的成語，來形容無常臉上這一副化妝強烈的色彩：「粉面朱唇」。

　　一九三六年，魯迅寫了一篇關於「目連戲」裡另一個鬼魂的故事：「女弔」⑭。他說，無常代表一種對死亡的「無助」與「無所謂」的態度，「女弔」卻較其他任何鬼都要美些，強些。因為她帶

有某種「復仇的天性」。但其復仇動機是魯迅杜撰的，因爲就他記憶所及，在眞正演出中，那女鬼在用哀怨的音調和可怕的表情細數她那以自殺了結的悲慘的一生之後，在聽到另一個女人要自殺時，表示「異常驚喜」。在七月間紛渡「鬼節」的迷信的中國人認爲，自殺而死的鬼魂，要在找到「替身」，或找到同樣的方法自殺的人（在這故事裡的例子就是上吊）之後，才能再入輪迴。「女弔」在她的怨懟當中或曾表示過要對那些在她生前錯待她的人施以報復，但當她得到保證她將得到「替身」能夠再投胎爲人時，自利的觀念，戰勝了正義。她渴盼攫取另一個無辜者的生命，而寧願饒了那些壞人。

魯迅想把道德觀念放入「目連戲」中的「女弔」這篇故事中去，但他並沒有眞正的發揮復仇動機。這一篇的文體，和「無常」一樣具有可喜的輕嘲，和活潑的精神。他是這樣介紹那女鬼的：

> 自然先有悲涼的喇叭；少頃，門幕一掀，她出場了。大紅衫子，黑色長背心，長髮蓬鬆，頸掛兩條紙錠，垂頭，垂手，彎彎曲曲的走一個全臺……
>
> 她將披著的頭髮向後一抖，人這才看清了臉孔：石灰一樣白的圓臉，漆黑的濃眉，烏黑的眼眶，猩紅的嘴唇……假使半夜之後，在薄暗中，遠處隱約著一位這樣的粉面朱唇，就是現在的我，也許會跑過去看看的，但自然，卻未必就被誘惑得上吊⑮。

無疑的，魯迅背負了一些鬼魂。但他們未必如上述那些文章所描述的那般可憎。他甚至偷偷地愛著其中的某幾個。他對「目連戲」中的鬼魂就有一份溺愛。很少作家能以如此的熱忱來討論一個可怕的題目。這兩篇文章的難能可貴處，乃在於他們出自魯迅之

手：這麼一個社會改革家，居然會對流傳的迷信懷有同情。魯迅和對民俗故事做了許多精妙客觀的研究的周作人不同，他的興趣是非純學術性的。他入迷的望著那些鬼，然後再拿他們開玩笑。他讓自己的幻想無羈地馳騁在這題目上，而且興高采烈地去尋找我們有沒有愛鬼的理由。運用他靈活的想像力，他把他們帶回人間，並且深情地把他們介紹給讀者。

　　據周作人說，「目連戲」，或「目連僧傳」，是一九○○年左右，中國留存的惟一宗教劇⑯。印度傳說移植於中國民間文學的最早證據見諸於敦煌存稿──「大目乾連冥間救母變文」。這戲相當長。據「東京夢華錄」記載，在宋朝，它可以從七月八日到十五日晚，連演一星期。在離魯迅故鄉紹興西南約四十五里的小鎮，新昌，這戲在年會中通常都演七晝夜（總共演出三、四十個小時），直到一九四三、四四年間禁演才罷。可是魯迅小時候看的，卻是從黃昏演到翌日天明。即使在這縮短了的戲裡，它似乎也還包含許多成份：有唱，有舞，有特技，有諷刺，有廢話和報應的教訓，有可怕的迷信和得救的信仰。它主要的情節是敘述如來佛的徒弟，即目連僧，下地獄拯救因罪受刑的母親。地獄中的可怕事物，混雜著一些聖僧也目睹的有趣的插曲，因此全戲有使人驚恐處，也有娛人處。而使這種宗教劇更為有趣的是，大部份的演員都是業餘的。當地的屠夫、木匠、更夫等，穿著破舊的戲裝，很容易被觀眾，尤其是小孩子們認出來⑰。它留給魯迅和他那較穩健的兄弟周作人以極深的印象。

　　無疑的，有許多因素影響著魯迅的文學生涯，歷史和讀書之廣博最是常被注意到的。但我想提醒大家注意他所創造的小說世界和目連戲中的世界間的相似處：兩者同具有恐怖、幽默，和最後得救的希望。這樣說也許扯得太遠了，但我確以為對於魯迅來說，中國是他那犯了罪的可恥的母親，而她的兒子必須承擔和洗刷他的

罪愆；不管他在訪冥府時所扮演的是一個英勇的匪徒，或是尼采的「超人」。這戲裡有些插曲，由農人和村夫演來，帶有一點古拙的美和怪誕的純樸，十分適合魯迅的小說世界。在那許多在賑孤時趕來集結在臺上的鬼魂中，有一群死於鬧場中的「鬧場鬼」，手裡拿著毛筆，搖搖晃晃地走上來。讀者們也許會想起魯迅的「孔乙己」和「白光」中可憐的主角。周作人想起這一幕：有個人正讀著客廳牆上掛著的一幅立軸上的字，意思是：

紅日東升，
新娘沐身。
公公窺視。
別看呀！公公！
婆婆瞧著呢！

然後這個人像行家一般，說道：「那是唐伯虎的款啊呀！真是傑作！」⑱這種粗俗的幽默頗令人想起魯迅在「肥皂」中更細膩的諷刺。周作人又記起一個笨泥水匠，他全心全意工作，結果把自己也砌進牆裡。在另一齣裡，一個挑水的抱怨說：「說好工資是十六文一擔，可是怎麼又弄成十六擔一文。挑了一天水，我只賺到三文錢。」還有一齣叫「張猛打爹」，做父親的說：「從前我們打爹的時候，如果爹跑了，我們就不打了。可是現在呢？就算他跑開了，做兒子的還是追上去打，打個沒完的。」這一類的不幸和笑料，魯迅創造的角色雖不一定都遇到，至少阿Q，這位集中國生活荒謬大成的神化人物，都碰上了。

在目連戲中最特出的角色是無常和女弔，他們可怕的面目給魯迅一生一種奇異的魔力。他們成為兩篇古怪的文章描寫的對象。而魯迅在這兩篇裡施展了他最好的文學技巧。如把它們和魯迅全部

的創作放在一起，我們可以發現那些鬼不僅使他有機會施展學問和才華，有地方記載下他的鄉愁。他們代表某樣意義更深的東西：死亡的可怖與美麗，以及藏在濃脂艷抹的面具後的人生的奧秘。魯迅在探尋這種奧秘方面並沒有太大的成就；他還是在憤怒地反對社會的罪惡方面較有表現。但使他和同代作家不同的是，他承認了這種奧秘，且從不曾否定它的力量。他甚至被生命中的黑暗力所懾服；他對那些離了社會環境而孤立的小人物也有情感，這可從他好幾篇最佳的短篇小說，「野草」中的散文詩，和其他小品文中看出來。在中國的社會改革問題變質之後，這些作品也許仍將流傳下去。誠然，若以五四運動為揭　除舊布新的普及運動，則魯迅並非代表人物。他所代表的應是新與舊的衝突及其他超越歷史的更深的矛盾。他從沒有達到同代的二位作家，胡適和周作人所享受的寧靜境界，但他的天才很可能比他們高。

　　胡適才是五四運動的真正代表，他的致力於進步，顯得不含糊而且貫徹始終；他的一生充滿了穩定，安詳的樂觀的光輝。在他的文明世界裡，鬼魂是沒有力量的。一九二七年，他去了巴黎以後，人家問他為什麼化十六天在敦煌存稿上，而忽視了路易巴斯德研究所。他的答覆是：

　　　　我披肝瀝膽地奉告世人：只為了我十分相信「爛紙堆」裡
　　有無數無數的老鬼，能吃人，能迷人，害人的屬害勝過巴斯德
　　（Pasteur）發現的種種細菌。只為了我自己相信，雖然不能殺
　　菌，卻頗能「捉妖」「打鬼」⑲。

　　他的誇口當然只能姑妄聽之。但如果有人細審他滑稽的語調，將會懷疑胡適是否真正相信那些「老鬼，能吃人，能迷人」。和那些教魯迅著魔的鬼相比，胡適的都是些可憐無害的小鬼，能被在圖

書館裡研究的學者鎖住、制伏。

　　我說過周作人寫了許多篇關於中國民俗學的學術論文，但鬼對他也有一種象徵性的意義。周作人今天不管是被當作反動派也好，保守派也好，這兩個頭銜雖被一般人公認，要大家斟酌才能接受。身爲五四運動中興起的作家，他對舊中國的種種邪惡也沒什麼同情。在一九一九年以後，中國採取了大異他初志的形式之後，他從前鋒地位中撤退下來。他之厭惡新中國並不因寧可要舊中國，而是因爲它們有共同的醜惡處。從「現在」中，他看到「過去」的陰魂。一九二五年，當舉國掀起「反帝國主義」的怒潮時，也就是「五卅」運動時，他尖酸地表示這並非「中國的文化復興」。

　　胡適的樂觀和周作人的悲觀在魯迅作品中可以找到呼應，他和他們同樣地不滿現狀。所不同的是，他包羅的東西更廣博。未來在激進派和胡適等溫和派的眼中看來是非常光明的，在他細察之下卻無法永遠埋藏它的黑點。當周作人、林語堂等人想再發現一個安詳、更可愛的傳統中國時，「過去」對魯迅仍然是可詛咒的，可憎的，但卻又有吸引人的地方。他的問題比他同代作家所碰到的更複雜，更迫人；從這方面來說他才是那充滿問題、矛盾，和不安的時代的真正代表。把他歸入一種運動，派給他一個角色，或把他放在某一個方向裡都不啻是犧牲個人的天才而讚揚歷史粗枝大葉的泛論。到底魯迅所處的時代，即使把它當作一個過渡時期看，是什麼樣的時代呢？用光明和黑暗等對比的隱喻永遠不能使人完全瞭解它，因爲其中還有一些有趣的，介乎暗明之間深淺不同的灰色。天未明時有幢幢的鬼影，陰森的細語和其他飄忽的幻象。這些東西在不耐煩地等待黎明時極易被忽視。魯迅即是此時此刻的史家，他以清晰的眼光和精神的感觸來描寫；而這正是他有心以叛徒的姿態發言時所缺少的特質。他對一些較黑暗的主題的處理尤爲重要，因爲沒人知道天未明的時間（如非地面上的，至少是人心中的）究竟要

持續多久。

　　魯迅個人對時艱的敏感並未得到在中國的後繼者及評論者的充分賞識，但他們正像那些較小的英雄好漢一樣，也許相信他們能享受一些陽光全要歸功於他的力撐「黑暗的閘門」。魯迅天才的一面──閃爍的機智和用字的精煉，具有光華奪目的效果，這方面吸引了很多讀者的注意。我曾經指出魯迅是創造革新派散文的泰斗，因那些文章常無條件地隨意褒貶，態度既不能公正，內容也無法眞實。對那些較小的叛逆者來說，這種由世故，過度簡化，和情感偏激所合成的文體已成爲詮釋中國生活所仰賴的工具。我不知道在一九一九年提倡白話文運動之後，有多少「民眾的語言」曾被認眞地研究過；耳熟能詳的只是一位機敏的憤怒者的聲音罷了。由於魯迅的文體能自成一格，機敏與憤怒在白話文裡生了根，後起的白話文作家很難擺脫它們。在白話文的發展中，這種仰賴機智，依賴仇恨和侮辱的字彙的趨向，和這種眞的把中國語文的坦途縮小的責任都應由魯迅來負。但這種文體對模仿者有很大的限制，魯迅本人在其中卻是遊刃有餘。他能教可惡的黑暗和鬼魂做任何事情；他高興時甚至能把他們拉過來愛撫一番。效顰的人卻會被這些可憎的隱喻所嚇退，再也不願看它們一眼。

　　魯迅的確是一個情感不穩定的人。他可以有時悲，有時喜，有時古怪，有時憤怒，有時輕鬆愉快，有時冷酷無情。目前一般人心中的魯迅，他的尖酸和先見之明總被過分強調了。我能輕而易舉地鋪敘魯迅在其他方面的天才，給他一個比較不偏倚的畫像，或舉出比這篇文章裡所收更多的例子來證明他天才的病態，使他看起來更像卡夫卡的同代人而不是雨果的。但那樣做僅是我企圖的一部份。我想跟著魯迅喜怒哀樂無常的情緒跑，其徒勞無功正如他把他的意見和情感浪費在雜文上一樣可悲，儘管那些文章寫得極爲出色，他不是不能把各種情緒「融合」成一體，以更大的象徵統一性把他眼

中的世界充分地反映出來。他不是不可能更認真地熟慮他內心的衝突，這些衝突他的讀者瞭如指掌，但在藝術的結構中留著未決。就一位修辭家來說，他寫出來的「似非而是的怪論」沒一句不俏皮，但他的私人生活和現代中國生活的矛盾，希望與絕望之間的衝突，及比衝突更微妙的東西——那光明漸沒入黑暗中，或黑暗逐漸化為光明的幾乎無法描述的過程，那進退維谷的影子，他的存在受光明和黑暗兩者的威脅——在他的作品中實找不到一個象徵性的相等的東西。「阿Q正傳」也許可算是配得上，但它在結構上有缺點。

　　近代中國文學的一個謎是魯迅的小說作家生涯。他開始時極有希望，可惜沒繼續下去，我在這篇東西裡不擬為此提出任何解釋。但是由於缺乏一部長篇巨著，他那些研究生活黑暗面的短篇小說也可算得上是次一等的傑作。此外，他的散文詩和好幾篇小品文（尤其是收在「朝花夕拾」裡的）都是被鄉愁，帶有無助感的同情，孤獨奮鬥中失敗的預兆，和荒蕪敗落的景色所籠罩。希望以烈士墓上的花（在「藥」中），或阿Q騎馬赴刑場誇口說的「二十年後」，或為求個人利益忘掉報仇的女弔死鬼的形式出現。我相信任何魯迅的選集都不能排斥掉這些以及其他的鬼。

　　魯迅在談「女弔」的那篇文章裡告訴我們他在小時候常參加一種念咒的儀式，作為過節開頭時演目連戲的先聲。一個穿著有鱗甲的服裝的戲子，臉上塗青，據說是鬼王。十來個小孩子，魯迅也在其中，把臉胡抹亂塗，成為他的鬼僂儡。日落時分他們騎著馬下鄉去。直到找到一些無名的孤墳為止。騎著馬繞了三匝就下馬，一邊厲聲大叫，一邊把頭上開叉的長矛向墳上擲去。很快地把矛拔出來，他們就上馬疾馳歸去。然後他們把矛插入戲臺的木板上。這樣子人家就想鬼已經請來了，目連戲也就開始，魯迅當然從來沒看見他的矛頭帶回家的鬼。但是用他的筆，他創造了這些鬼，他們也從此刀槍不入，沒人能把他們弄死。

本篇原文刊於亞洲學會季刊
第二十三卷第二期（一九六四年二月號）

註：

① 見「說唐」第四十回。

② 見「我們現在怎樣做父親」，收在魯迅《墳》集內。

③ 見「寫在墳的後面」。

④「青年必讀書」。

⑤「死」，收在《且介亭雜文》末編內

⑥「死火」，收《野草》內。

⑦「我的失戀」，收《野草》內。

⑧「影的告別」，收《野草》內。

⑨「墓碣文」，收《野草》內。

⑩「隨感錄五十七：現在的屠殺者」，收《熱風》內。

⑪「死」，收《野草》內。

⑫ 周作人說他不相信靈魂的不朽，見其「談鬼論」，收《瓜豆集》內。

⑬「無常」，魯迅全集卷二。

⑭「女弔」，收《且介亭雜文》末編附集內。

⑮ 同 注。

⑯「談目連戲」，見周作人《談龍集》。

⑰ 周作人在「談目連戲」中曾提及業餘演員。

⑱ 這個及後面的插曲見周人作的「談目連戲」。

⑲「整理國故與『打鬼』」，《胡適文存》，第三集，一二五頁。

魯迅

夏志清

　　魯迅是中國最早用西式新體寫小說的人，也被公認爲最偉大的現代中國作家。在他一生最後的六年中，他是左翼報刊讀者群心目中的文化界偶像。自從他於一九三六年逝世以後，他的聲譽更越來越神話化了。他死後不久，二十大本的《魯迅全集》就立即出版，成了近代中國文學界的大事。但是更引人注目的是有關魯迅的著作大批出籠：回憶錄、傳記、關於他作品與思想的論著，以及在過去二十年間，報章雜誌上所刊載的紀念他逝世的多得不可勝數的文章①。中國現代作家中，從沒有人享此殊榮。

　　這種殊榮當然是中共的製造品。在中共爭權的過程中，魯迅被認作一個受人愛戴的愛國的反政府發言人，對共產黨非常有用。甚至於從未輕易讚揚同輩的毛澤東，也在一九四〇年「新民主主義論」一文中，覺得應該向魯迅致以最高的敬意：

　　在「五四」以後，中國產生了完全嶄新的文化生力軍，這就是中國共產黨人所領導的共產主義的文化思想，即共產主義的宇宙觀和社會革命論。……而魯迅，就是這個文化新軍的最偉大和最英勇的旗手。魯迅是中國文化革命的主將，他不但是偉大的文學家，而且是偉大的思想家和偉大的革命家。魯迅的骨頭是最硬的，他沒有

阿 Q 正傳

絲毫的奴顏和媚骨，這是殖民地半殖民地人民最可寶貴的性格。魯迅是在文化戰線上，代表全民族的大多數，向著敵人衝鋒陷陣的最正確、設勇敢、最堅決、最忠實、最熱忱的空前的民族英雄。魯迅的方向，就是中華民族新文化的方向②。

當然，在中共把他棒爲英雄以前，魯迅已經是一位甚受推崇的作家。沒有他本人的聲望作基礎，中共也不必費力捏造出如此一個神話。另一個值得注意的史實是：最初稱譽魯迅才華的是自由主義派的評論家如胡適和陳源，而共產主義派的批評家，在一九二九年魯迅歸順他們的路向以前，一直對他大加攻擊③。在三十年代和四十年代期間，這個魯迅的神話對於共產黨特別有幫助，因爲他的作品可以用來加強國民黨貪污和腐敗的印象。今天這個神話的效用已經有點過時，不過把魯迅仍視爲「國家英雄」，對於中共政權還是有利的，雖然中共卻極力阻止任何人模倣他的諷刺文體。

魯迅（本名周樹人）在一八八一年生於浙江紹興，是一個破落之家的長子。他的家庭雖然破落，卻仍保有書香世家的傳統。魯迅在南京水師學堂讀了一段時期，就和其弟周作人以公費赴日留學，選讀醫科，因爲他相信醫學最足以救助國人。他雖然在預科和本科學校中爲他的醫生行業而努力讀書，但同時也對西方文學和哲學發生興趣。他可以念日文和德文著作，並且讀了不少尼采、達爾文，以及果戈爾、契柯夫、和安德烈也夫等俄國小說家的作品。這些人對於他以後的寫作生涯和思想，一直有極大的影響。

魯迅最後決定以寫作爲職業，因爲他有一次在課餘放映的時事畫片上看到自己的國人備受凌辱。時爲一九〇四～〇五年的日俄戰爭，在銀幕上一個中國人被日本人捉住，認爲是俄國的偵探（間諜），正要被砍下頭顱，而一覃中國人好奇地圍觀這件「盛舉」，毫不感到恥羞。許多年以後，魯迅在他的第一本小說集「吶喊」（一九二三）的自序中提到這件事：

從那一回以後，我便覺得醫學並非一件緊要事，凡是愚弱的國民，即使體格如何健全，如何茁壯，也只能做他無意義的示眾的材料和看客，病死多少是不必以爲不幸的。所以我們的第一要著，是在改變他們的精神，而善于改變精神的是，我那時以爲當然要推文藝，于是想提倡文藝運動了④。

　　魯迅在東京籌備辦一個雜誌，名叫「新生」，但計劃終歸失敗。他用文言體寫了幾篇說教性的文章，促使國人注意達爾文主義優勝劣敗的教訓，並接受尼采的英雄事業的號召。這些文章後來都收在《墳》這個集子裏，魯迅當時又譯了三篇小說（安德烈也夫兩篇，加辛〔Garshin〕一篇），刊在周作人編的兩冊《域外小說集》中。這兩本小說集，每本在東京只賣了二十冊左右。

　　魯迅在文藝嘗試上失望之餘，於一九〇九年回到中國，在杭州和紹興的幾間中學教了三年生物。一九一二年民國政府成立，他接受了教育部一個僉事職位，就遷居北京。在北京的最初幾年，魯迅仍扮演一個隱士的角色，埋首於中國文學典籍的研究。文學革命使他重振對文藝的雄心。在留日時期的朋友錢玄同盛邀之下，魯迅爲一九一八年五月號的「新青年」雜誌寫了幾首詩，並寫了一篇小說「狂人日記」，此後幾個月中，他爲這本雜誌寫了不少有關當時情況的短文、評論、和感想，後來遂有「雜感」或「雜文」這個名稱。一九一九年他又發表了兩篇小說：「孔乙己」和「藥」。一九一九——二〇年多，魯迅已成了名作家，而且他在政府的閒差和新任北大中文系講師的收入，也使他在經濟上有了保障，所以他就返鄉把舊房子賣了，並把母親迎來北京居住。這次還鄉，在他的寫作生涯中，眞可說是適逢其會。

　　如果魯迅最初的三篇故事（無疑地都是以紹興爲背景）有任何代表性的話，他的故鄉顯然是他靈感的主要源泉。他從日本回國

後，曾在故鄉教過書，那是多年以前的事，當時紹興仍在清廷統治之下。現在，他第二次返鄉，發現雖然辛亥革命表面上是成功了，故鄉的一切顯然並沒有甚麼改變，他對於自己出生地的鄉土之情，竟然演變成一種帶有悲哀和憤慨的同情之心。而且，魯迅已年屆四十，他曾度過了一個相當靜默的青年時代，感情並沒有枯竭，因此，在反映他二度返鄉的作品——譬如「故鄉」、「祝福」、「在酒樓上」——魯迅所運用的小說形式，要比其他未成熟的青年作家複雜得多。我們可以把魯迅最好的小說與「都柏林人」互相比較：魯迅對於農村人物的懶散、迷信、殘酷、和虛偽深感悲憤；新思想無法改變他們，魯迅因之摒棄了他的故鄉，在象徵的意義上也摒棄了中國傳統的生活方式。然而，正與喬伊斯的情形一樣，故鄉同故鄉的人物仍然是魯迅作品的實質。

魯迅的最佳小說都收集在兩本集子裏：上述的第一集《吶喊》，和第二集《彷徨》（一九二六）。這兩本小說集，和好幾本散文集，以及他的散文詩集《野草》，都是他在北京創作力最強時期的作品。自從他在一九二六年八月離開北京以後（當時北京在一個強有力的軍閥控制之下，已經變成了反動勢力的大本營），他已大不如前。因為這是他一生中的一個重大轉捩點，所以我們也應該先就他的最佳小說，以出版先後為序，分別討論，然後再繼續鉸述他的生平。

《吶喊》集中的第一篇小說「狂人日記」，非常簡練地表露出作者對中國傳統的看法。「狂人」患了時時怕被人迫害的心理病，所以他以為四周所有的人物——包括他自己的家人——都要把他殺了吃掉。為了證實自己的疑懼，他有一天晚上翻開一本歷史書：「這歷史沒有年代，歪歪斜斜的每葉上都寫著『仁義道德』幾個字。我橫豎睡不著，仔細看了半夜，纔從字縫裏看出字來，滿本都寫看兩個字是『喫人』！」⑤所以不論如何仁義道德，傳統的生活

所代表的正是禮教吃人。在故事的結尾，狂人許了一個願，對於中國讀者這已是家傳戶誦：「沒有喫過人的孩子，或者還有？救救孩子……」⑥

　　魯迅對於傳統生活的虛偽與殘忍的譴責，其嚴肅的道德意義甚明，表現得極為熟練，這可能得力於作者的博學，更甚於他的諷刺技巧。作者沒有把狂人的幻想放在一個真實故事的構架中（本來沒有人要吃他），所以魯迅只有加油加醋，把各種中國吃人的習俗寫進去，而未能把他的觀點戲劇化。然而，作為新文學的第一篇歐化小說（「狂人日記」的題目和體裁皆出自果戈爾的一篇小說），「狂人日記」仍然表現了相當出色的技巧，和不少諷刺性。故事開端的介紹說狂人「已早愈，赴某地候補矣」⑦，作正常人的代價，似乎便是參加吃人遊戲的行列。

　　「孔乙己」是魯迅的第一篇抒情式的小說，是關於一個破落書生淪為小偷的簡單而動人的故事。孔乙己是酒肆中唯一和窮人交往的讀書人，用了一大堆之乎者也來辯白偷書不是賊。但這只贏得眾人的椰榆和嘲弄，因為他偷書，所以他時常被當地士紳打得鼻青眼黑，直到他在眾人不知不覺中死去。他的悲劇是在於他不自知自己在傳統社會中地位的日漸式微，還一味保持著讀書人的酸味。這個故事是從酒店裏溫酒的小夥計口中述出，它的簡練之處，頗有漢明威早期尼克·亞當斯（NickAdams）故事的特色。

　　「藥」較前兩篇小說的表現更見功力，它既是一篇對傳統生活方式的真實暴露，也是一篇革命的象徵寓言，更是一個鈙述父母為子女而悲痛的動人故事。作者自稱之為「安特萊夫〔安德烈也夫〕式的陰冷」⑧，真是不錯。故事是說一個名叫夏瑜的青年，因為參加推翻滿清的革命運動而被斬首。在同一個城裏，另一青年華小栓因肺癆病而奄奄待斃。華的老父執於迷信，向劊子手買來半個沾了革命烈士鮮血的饅頭，以為吃了可以使兒子起死回生。華把饅頭吞

下去，結果還是死了。

這兩個青年之死，情形雖個別不同（一個是爲理想而犧牲的烈士，一個是無知愚昧的犧牲品），可是對他們的母親說來，他們怎樣死去是不重要的。做母親的丟了兒子，感覺到的只是一種難以名之的悲傷，一種在中國封建社會生活中不但要接受，而且還要忘懷的悲傷。這兩位青年死後，葬在相距不遠的地方。一個寒冷的一早上，這兩位母親到墳上去哭兒子時，碰在一起；她們所感到的痛苦，可說是完全相同的。

魯迅在這篇小說中嘗試建立一個複雜的意義結構。兩個青年的姓氏（華夏是中國的雜稱），就代表了中國希望和絕望的兩而，華飲血後仍然活不了，正象徵了封建傳統的死亡，這個傳統，在革命性的變動中，更無復活的一可能了。夏的受害表現了魯迅對於當時中國革命的悲觀，然而，他雖然悲觀，卻仍然爲夏的冤死表示抗議。當夏的母親去探兒子的墳的時候，她發現項上有一圈紅白的花，可能是他的同志放置的，她幻想巡正是她兒子在天之上未能安息的神奇兆示：

　　　　那老女人又走近幾步，細看了一遍，自言自語的說，「這沒有根，不像自己開的。──這地方有誰來呢？孩子不會來玩；──親戚本家早不來了。──這是怎麼一回事呢？」他想了又想，忽又流下淚來，大聲說道：

　　　　「瑜兒，他們都冤枉了你，你還是忘不了，傷心不過，今人特意顯點靈，要我知道麼？」他四面一看，只見一隻烏鴉，站在一株沒有葉的樹上，便接着說，「我知道了。──瑜兒，可憐他們坑了你，他們將來總有報應，天都知道；你閉了眼睛行就是了。──你知道真在這裏，聽到我的話，──便教這烏鴉飛上你的墳頂，給我看罷。」

微風早經停息了；枯草支文直立，有如銅絲。一絲發抖的聲音，在空氣中愈顫愈細，細到沒有，周圍便都是死一般靜。兩人站在枯草叢裏，仰面看那烏鴉；那烏鴉也在筆直的樹枝間，縮首頭，鐵鑄一般站著⑨。

　　老女人的哭泣，是於她內心對於天意不仁的絕望，也成了作者對一革命的意義和前途的一種象徵式的疑慮。那筆直不動的烏鴉，謎樣地靜肅，對老女人的哭泣吧無反應：這一慕淒涼的景象，配以烏鴉的戲諷刺性，可說是中國現代小說創作的一個高峰。

　　在「故鄉」中魯迅又再度攻擊傳統社會習俗的約束。在這個故事裏，作者在返鄉途中遇到了閏土——他童年的遊伴，現在已是歷盡人世、有家室之累的人了。作者回憶兩人童年在一起玩樂的時光，但是現在閏土只不過是一個農民。閏土深知自己和兒時同伴之間在經濟與社會上地位的不同，所以恭謹地保持距離。作者親熱地叫他「閏土哥」，他只回稱「老爺」，然而作者的姪兒和閏土的兒子卻變成了友伴。當魯迅再度離開故鄉的時候，他不禁臆想這一份新的友情是否能持久，年輕的一代將來是否能享受新的生活：

　　　　我想到希望，忽然害怕起來了。閏土要香爐和燭臺的時候，我還暗地裏笑他，以爲他總是崇拜偶像，什麼時候都不忘卻。現在我所謂希望，不也是我自己手製的偶像麼？只是他的願望切近，我的願望茫遠罷了⑩。

　　在這一段文字中，魯迅表露出他最佳作品中屢見的坦誠，他雖想改造社會，但他也深知爲滿足自己的道德意圖而改變現實，是一種天眞之舉。「故鄉」這篇小說的雋永，頗像一篇個人回憶的散文。事實上，《吶喊》集中有幾篇根本不能稱爲短篇小說。「社

阿Ｑ正傳

戲」使是一淪關於作者兒時的美妙焜述。

《吶喊》集中的最長的一篇當然是「阿Q正傳」，它也是現代中國小說中唯一享有國際盛譽的作品。然而就它的藝術價值而論，這篇小說顯然受到過譽：它的結構很機械，格調也近似插科打諢。這些缺點，可能是創作環境的關係。魯迅常時答應為北京的「晨報」副刊寫一部連載幽默小說，每期刊出一篇阿Q性格的趣事。後來魯迅對這個差事感到厭煩，就改變了原來計劃，給故事的主人翁一個悲劇的收場，然而對於格調上的不連貫，他並沒有費事去修正。

「阿Q正傳」轟動中國文壇，主要因為中國讀者在阿Q身上發現了中華民族的病態。阿Quei（這個名字被縮寫為阿Q，因為作者故弄玄虛，自稱決定不了用那一個作「Quei」音的中國字）是清末時中國鄉下最低賤的一個地痞。從他屢次受辱的經驗裏，他學到了一個法則：被欺侮的時候感到「精神勝利」，而遇到比他身體更弱小的人，他就欺凌對方。但是因為大部分的村人都比他健壯，經濟情況比他好，阿Q就只好生活在自我欺騙的世界裏，任人侮辱，每遇到不如意的事，他就自己打氣，在失敗面前裝作一副自命不凡的樣子。在中國讀者心目中，這一種性格，是對於國家近百年來屢受列強欺侮慘狀的一大諷刺。

「阿Q正傳」對於中國近代史尚有另一層的諷刺意義，阿Q最後被處死，因為他急於參加革命。在他樹敵於村中的首富之後，他流浪到城裏，與一群小偷為伍，於是聽到了推翻滿清的革命傳聞，此後他每次回到村中販賣他偷來的東西，就大吹大擂地談到革命，好像他親自參加過一樣。他這樣做，一方面為了自我標榜、重振聲威，另一方面也想去恐嚇那些虐待過他的地方紳士。他自稱是革命分子，因為他微微地感覺到革命可以立新權，也可以了舊賬。然而，最妙的是當革命黨進了村子以後，反而與當地士紳聯合把阿

Q以搶劫案治罪。這個無辜無助的人物，雖想依靠革命黨人，他們竟能與士紳勾結而把他摒斥於革命行列之外。魯迅在此把阿Q之死與辛亥革命的失敗連在一起，認爲革命絲毫沒有改善窮苦大眾的生活。他把小說的讀者也斥爲同犯，並且暗示將來當世界上所有的阿Q甦醒以後，他們所作所爲的可能性。由此看來，這個故事的主人翁非但代表一種民族的弊病，也代表一種正義感和覺醒，這是近代中國文學作品中最關心的一點。

《彷徨》收集了一九二四至二五年間寫成的十一篇小說。就總體而論，這一個集子比《吶喊》更好，但是由於它主要的氣氛是悲觀沮喪的，所以並沒有受到更熱烈的好評。然而作者自己是知道它的優點的。關於這個集子不如前集之受歡迎，他曾帶有自嘲意味地說：「此後雖然脫離了外國作家的影響，技巧稍爲圓熟，刻劃也稍加深切，如『肥皂』，『離婚』等，但一面也減少了熱情，不爲讀者們所注意了。」⑪正因爲個人的喜怒哀樂在此已經淨化，我們幾乎可以公認這個集子中的四篇佳作——「祝福」、「在酒樓上」、「肥皂」和「離婚」——是小說中研究中國社會最深刻的作品。

「祝福」是農婦祥林嫂的悲劇，她被封建和迷信逼入死路。魯迅與其他作家不同，他不明寫這兩種傳統罪惡之可怕，而憑祥林嫂自己的眞實信仰來刻劃她的一生，而這種信仰和任何比它更高明的哲學和宗教一樣，明顯地制定它的行爲規律和人生觀。在這個故事中，她所隸屬的古老的農村社會，和希臘神話裏的英雄社會同樣奇異可怕，也同樣眞實。「封建」和「迷信」在這裏變得有血有肉，已不僅是反傳統宣傳中所用的壞字眼。

祥林嫂的丈夫死了以後，她的婆婆要把她賣給另一個人爲妻。她誓死抗爭，爲了保全她的貞節，她逃到魯鎮（魯迅故鄉的假名）做傭工，但是她的婆婆終於找到了她，把她嫁給山上的另一個農夫。兩年以後，她的第二任丈夫也死於傷寒，她的兒子也被狼吃

了，祥林嫂不得不再回到魯鎮，在同一家做傭工。

祥林嫂自己已經很悲傷，但她回來後境遇更慘，因為別人認為她不祥，她的女主人也禁止她幫忙祭祀大典。於是她對於自己的「不祥」日漸惦記於懷，對於自己將來的命運也感到悲觀。主人家另一女傭人談到她到陰間後必受的災苦：

> 「祥林嫂，你實在不合算。」柳媽詭秘的說。「再一強，或者索性撞一個死，就好了。現在呢，你和你的第二個男人過活不到兩年，倒落了一件大罪名。你想，你將來到陰司去，那兩個死鬼的男人還要爭，你給了誰好呢？閻羅大王只好把你鋸開來，分給他們。我想，這真是……。」
> 她臉上就顯出恐怖的神色來，這是在山村裏所未曾知道的。
> 「我想，你不如及早抵當。你到土地廟裏去捐一條門檻，當你的替身，給千人踏，萬人跨，贖了這一世的罪名，免得死了去受苦。」⑫

這一個想像的宗教世界是充滿了迷信的，但作者對這個世界很認真，所以不論它如何古怪殘酷，它看起來還是真實的。

「祝福」的故事開端很和緩：村人正忙著準備過年，魯迅剛回到故鄉，祥林嫂此時已淪為乞丐，他和祥林嫂有一次怪異的談話，談的是魂靈之有無，這一席談話反而使祥林嫂更堅定她自殺的意念。魯迅在事後對於這個女人遭遇感到惋惜和悲傷，使他自己也益感孤獨。這一個城鎮已不再是他生活的一部分。這些個人的感觸，使這一個冷酷的傳統社會的悲劇增加了幾分感情上的溫暖。

「在酒樓上」也是描述作者在一九一九──二○年冬回紹興小住時的個人經驗。有一天「我」在一家酒樓上獨飲，遇到了他

多年未見的老友、紹興中學的同事——呂緯甫。現在的教書匠呂緯甫，已和當年熱心提倡革新的青年判若兩人。他早已遠離家鄉，兩年多前還接他母親同去太原，這次返鄉，為她辦點事。三歲夭折的小兄弟，他墳邊已經浸了水，母親很為不安，所以叫呂緯甫把他小兄弟的屍體遷葬。雖然屍體早已找不到了，為了安慰母親，他還是「用棉花裹了些他先前身體所在的地方的泥土，包起來，裝在新棺材裏，運到我父親埋看的墳地上，在他墳旁埋掉了。」⑬呂緯甫又說，照他母親的意思，他這次回來也要帶兩朵紅的剪絨花送給一個船戶的女兒。他自己還記得她，不過這個女孩子現在已經死了，他只好把花送給地的妹妹，回到太原以後，就對母親說禮已經送了。能使人歡心，說謊又何妨？

呂緯甫向魯迅傾訴時，似乎很自慚，他知道如果自己對新文化仍有信心的話，就不會這麼注重孝道。毫無疑問地，魯迅的意圖也顯然是把他的朋友描寫成一個失去意志的沒落者，與舊社會妥協。然而，在實際的故事裏，呂緯甫雖然很落魄，他的仁孝也代表了傳統人生的一些優點。魯迅雖然在理智上反對傳統，在心理上對於這種古老生活仍然很眷戀。對魯迅來說，「在酒樓上」是他自己徬徨無著的衷心自白，他和阿諾德一樣：「徬徨於兩個世界，一個已死，另一個卻無力出生。」魯迅引了屈原的「離騷」作為「彷徨」的題辭，完全證實了這種心態。

「肥皂」與上述兩篇小說不同，是一篇很精彩的諷刺小說，完全揚棄了傷感和疑慮。這也是魯迅唯一成功的以北京——而不是紹興——為背景的小說。故事的主人翁是一個滿口仁義道德的現代道學家，這類人物也是近代小說家時常諷刺的對象，但在魯迅的筆下，他變成了一個世界性的偽君子。

有一天晚上，四銘回到家裏，煞有介事地給他太太一塊香皂。這種奢侈品使她很不安。他無動於衷地接受了她的謝意，但顯然對

當天發生的其他事情感到煩惱。起先，他在店裏比較各種牌子的肥皂的時候，幾個學生用英文罵他，他聽不懂。店裏的夥計對他的拖泥帶水木來已不耐煩，學生叫他「Old fool」也在附和這種感覺。四銘現在叫他念高中的兒子把這句罵人的話繙譯出來。他只能給他幾個近似的音（如「惡毒婦」），兒子當然譯不出來。於是四銘索性大罵現代教育，說它造就的只是些無知無禮的人，還是傳統的儒家教育好。甚至就在當天，當他在店裏受到輕視之前，他就親眼看到一個傳統孝道的表現：一個求乞的孝女在侍候她瞎了眼的老祖母。時代不同了，四銘對他的家人說，路邊的行人非但不對這對窮人行善、致敬，反而去打趣，或視若無睹。有一個壞蛋甚至於肆無忌彈地對他的同伴說：「阿發，你不要看得這貨色髒。你只要去買兩塊肥皂來，咯支咯支遍身洗一洗，好得很哩！」⑭

四銘的太太得了這香皂，感激之餘，又覺得羞愧，因為這塊香一使她想起脖子上的積垢。聽了她丈夫的長篇大論以後，她感到他誇獎這個孝女和他買肥皂大有關係。在吃飯的時候，四銘還在罵他的見子，四太太卻發作了：

　　　「他那里懂得你心裏的事呢。」她可是更氣忿了。「他如果能懂事，早就點了燈籠火把，尋了那孝女來了。好在你已經給她買好了一塊肥皂在這里，只要再去買一塊……」

　　　「胡說！那話是那光棍說的。」

　　　「不見得。只要再去買一塊，給她咯支咯支的遍身洗一洗，供起來，天下也就太平了。」

　　　「什麼話？那有什麼相干？我因為記起了你沒有肥皂……。」

　　　「怎麼不相干？你是特誠買給孝女的，你咯支咯支的去洗去。我不配，我不要，我也不要沾孝女的光。」

「這真是什麼話？你們女人……」四銘支吾著，臉上也像學程練了八卦拳之後似的流出油汗來，但大約大半也因為吃了太熱的飯。

「我們女人怎麼樣？我們女人，比你們男人好得多。你們男人不是罵十八九歲的女學生，就是稱贊十八九歲的女討飯：都不是甚麼好心思。『咯支咯支』，簡直是不要臉！」⑮

第二天早上，四太太一早起身，用香皂把她的臉和脖子洗得乾乾淨淨，「肥皂的泡沫就如大螃蟹嘴上的水泡一般，在兩個耳朵後」⑯她特別看重鹽洗，因為她知道，丈夫買了肥皂，就表示他把對小女乞丐的淫念都轉到她身上來了。飯桌子上的一頓吵架已經幾乎忘光了。

就寫作技巧來看，「肥皂」是魯迅最成功的作品，因為它比其他作品更能充分地表現魯迅敏銳的諷刺感。這種諷刺感，可見於四銘的言談舉止。而且，故事的諷刺性背後，有一個精妙的象徵，女乞丐的骯髒破爛衣裳，和四銘想像中她洗乾淨了的赤裸身體，一方面代表四銘表面上讚揚的破舊的道學正統，另一方面則代表四銘受不住而做的貪淫的白日夢。而四銘自己的淫念和他的自命道學，也暴露出他的真面目。幾乎在每一種社會和文化中，都有像他這種看起來規規矩矩的中年人。

《彷徨》集中的最後一篇小說——「離婚」——是一個中國農村的悲劇，表現方式客觀而有戲劇性。愛姑在她父親那裏已經住了三年，她拚命想回到她丈夫家裏，雖然她丈夫虐待她，而且當她一氣離開的時候，他正和另一個女人通姦。但是愛姑認為被拒於夫家門外比一生做怨婦更丟臉，所以，她和她父親就到鄉紳大人面前說理，大起訴訟。然而七大人（魯迅開玩笑地把他寫成一個古物鑑賞家，得意地嗅一根據說是漢代傳下來的屍塞）最後迫她接受夫家定

下的離婚條件。愛姑的悲劇，在於一種毫無道理的差誤：她本來不喜歡她的丈夫，但是她拚命要保持她的婚姻地位；她寧願不快樂，而不願不名譽。魯迅把這一場爭吵很戲劇性地表現出來，但並不站在任何一邊說話，因此更能顯露出封建制度道德腐敗的一面。

我們剛剛討論過的這九篇小說 —— 從「狂人日記」到「離婚」 —— 是新文學初期的最佳作品，也使魯迅的聲望高於同期的小說家。雖然這些故事主要描寫一個過渡時代的農村或小鎮的生活，它們卻有足夠的感人力量和色彩去吸引後世讀者的興趣。然而，即口使在這個愉快的創作期間（一九一八～二六），魯迅仍然不能完全把握他的風格（從「一件小事」「頭髮的故事」「幸福的家庭」「孤獨者」和「傷逝」等小說中看來，他還是逃不了傷感的說教）；他不能從自己故鄉以外的經驗來滋育他的創作，這也是他的一個真正的缺點。當然，魯迅可以繼續從回憶的源泉中伐材料，寫類似《吶喊》、《彷徨》二書所集的小說，但是，一九二六年離開北京以後，在廈門和廣州兩地生活的無定和不愉快，以及後來他與共產黨作家的論爭，都使他不能專心寫小說。一九二九年他皈依共產主義以後，變成文壇領袖，得到廣大讀者的擁戴。他很難再保持他寫最佳小說所必須的那種誠實態度而不暴露自己新政治立場的淺薄。為了政治意識的一貫，魯迅只好讓自己的感情枯竭。

當他在寫後來收入《彷徨》那幾篇小說的時候，他也在其他方而發揮他的才華：譬如上面提到的那本陰沉的散文詩集《野草》，和《朝華夕拾》 —— 一本關於兒時回憶的美妙的集子。一九二六年以後，魯迅所寫的所有小說，都收在一本叫做《故事新編》（一九三五）的集子中。在這本書裏，魯迅諷刺時政，也狠毒的刻繪中國古代的聖賢和神話中的人物：孔子、老子和莊子都變成了小丑，招搖過市，嘴裏說的有現代白話，也有古書原文直錄。山於魯迅怕探索自己的心靈，怕流露出自己對中國的悲觀和陰沉的看伕，

同他公開表明的共產信仰是相左的，他只能壓制自己深藏的感情，來做政治諷刺的工作。《故事新編》的淺薄與零亂，顯示出一個傑出的（雖然路子狹小的）小說家可悲的沒落。

我們必須記得，作家魯迅的主要願望，是作一個精神上的醫生來為國服務。在他的最佳小說中，他只探病而不診治，這是由於他對小說藝術的極高崇敬，使他只把赤裸裸的現實表達出來而不羼雜己見。在一九一八至二六年間，他也把自己說教的衝動施展在諷刺雜文上，用幽默而不留情面的筆怯，來攻擊中國的各種弊病。他根據達爾文的進化論和尼采的能力說，認為中華民族如不奮起競爭，將終必滅亡。所以，在刺破一般國人的種族優越感和因文化孤立而養成的自大心理這兩方面，他的散文最能一針見血。例如早在一九一八年，他就嘲訐民族自大感：

　　不幸中國偏只多這一種自大：古人所作所說的事，沒一件不好，遵行還怕不及，怎敢說到改革？這種愛國的自大家的意見，雖各派略有不同，根柢總是一致，計算起來，可分作下列五種：——

　　甲云：「中國地大物博，開化最早；道德天下第一。」這是完全自負。

　　乙云：「外國物質文明雖高，中國精神文明更好。」

　　丙云：「外國的東西，中國都已有過；某種科學，即某子所說的云云。」這兩種都是「古今中外」派的文流；依據張之洞的格言，是「中學為體西學為用」的人物。

　　丁云：「外國也有叫化子，——（或云）也有草舍，——娼妓，——臭蟲。」這是消極的反抗。

　　戊云：「中國便是野蠻的好，」又云：「你說中國思想昏亂，那正是我民族所造成的事業的結晶。從祖先昏亂起，直要

阿 Q 正傳

昏亂到子孫；從過去昏亂起，直要昏亂到未來。……（我們是四萬萬人，）你能把我們滅絕麼？」這比「丁」更進一層，不去拖人下水，反以自己的醜惡驕人；至於口氣的強硬，卻很有水滸傳中牛二的態度。⑰

　　魯迅又從遺傳和進化的立場去分析戍的觀點。現在讀來，這段文章使人感興趣的不是內中所引的意見，而是魯迅在技述中國醜惡的真相時所運用的諷刺而生動的筆調。

　　魯迅早期的散文，收集在《墳》和《熱風》二集（一九二五）中。這兩集內容比較廣乏，所以也比較重要。他攻擊落伍、無知、和政治腐敗，大力主張精神重建。我們發現周作人早期的散文也強調這一點。周氏兄弟被公認為當代最偉大的散文家，他們一度也互相標榜，同時為他們合辦的雜誌「語絲」寫稿。他們尖刻而生動的散文，討論到中國社會的每一面。然而，即使在二十年代的下半期，周作人已逐漸傾向於個人的小品文，而魯迅則喜寫論爭性的文章。譬如魯迅在一九二五～二七年間所寫的短文中，就攻擊章士釗等軍閥政府大員；陳源等英美留學生集團；以及像高長虹等本來是他的弟子或門徒，但後來竟敢離師叛祖的作家。這些雜文往往有生動不俗的意象或例證，時而有絕妙的語句，也有冷酷狠毒的幽默。但整個來說，這些文章使人有小題大作的感覺。魯迅的狂傲使他根本無法承認錯誤。文中比較重要的對社會和文化的評論，又和他的詭辯分不開。他可以不顧邏輯和事實，而無情地打擊他的敵人，證明自己永遠是對的。

　　魯迅和許多其他知識分子一樣，於一九二六年離開北京，辭了他政府和教書的職位，到福建南部的廈門大學任中國文學教授。他在那裏很不愉快，遂於一九二七年一月離開廈門到廣州，任中山大學文學系主任兼文學院院長。早些時候，共產黨的文學團體——創

造社——有幾個社員在該校任教，把學校變成一個革命的溫床。魯迅仍然是個人主義者，他對於學生放任的革命熱情感到厭惡，所以在多次演講中發表言論，反對當時在學生群中流行的革命文學，他認為文學不應該隸屬於愛國宣傳，熱衷於革命的學生應該擔負更艱巨的任務，而不應只吹噓革命文學。同年四月，國民黨在上海發動了堅決的清共運動，魯迅看到廣州共黨學生被屠殺，於是有一段時間，他又埋首於學術研究。一九二七年十月，他離開廣州到上海。此後，除了一次短期旅行到北平外，他一直留在上海，直到他逝世。

　　一九二七和一九二八這兩年，對魯迅思想和感情演變極其重要。由於他在廣州目睹了革命和反革命運動，他的心情更受制於《彷徨》和《野草》似的頹唐和悲觀。作為一個獨立的愛國作家，他早就蔑視英美集團的作家，認為他們為資本主義文化說話。現在他也開始疑心革命作家，他們所製造的不成熟的普羅文學，使得文學水準日漸低落。魯迅既不左又不右，變得完全孤立。

　　一九二八年，兩個共黨文學團體——創造社和太陽社——對魯迅發動總攻擊，報復他對於革命文學的嘲弄態度。太陽社的首席批評家錢杏邨在「死去了的阿Q時代」一篇激烈的文章裏，宣佈魯迅已與時代脫節。他的論點如下：魯迅作品中大部分的人物——如阿Q和孔乙己——都取自清朝滅一亡的時代，他們懶散、無聊、滿腦子封建，與現在已覺醒的農民和工人完全不同。原作者非但不瞭解自己的作品已經落伍，而且自陷於五四運動時的小布爾喬亞的個人主義中，不願趕上新時代。魯迅的反動性格，充分地表現在他對於革命文學倡導者的嘲諷。錢杏邨最後警告說，他的年事已長，如果再不參加革命行列，一定會立即被人忘掉。

　　對於這類的攻擊，魯迅報之以他慣有的譏刺和自信。可是在內心裏他卻感到困擾，沒有把握。他一向自認為青年導師，但現在學

生卻背離他的領導，走向一條新路。這條路在他看來非常愚蠢，然而卻似乎可見成劫，是不是他的個人主義哲學已經趕不上時代的需要？甚至在痛擊他的謗毀者的時候，魯迅已開始閱讀有關馬克思主義和蘇聯文藝的日文書籍。無論從那方面看來，這些書籍對他的性格和思想的影響極爲微小。他在一九二九年向共產陣營投降後所寫的散文，除了一些表面上的馬克思辯證法的點綴外，與他早期作品中的論點和偏見差異甚少。然而，似乎爲了使自己相信蘇聯文學的重要性，他花了不少時間翻譯盧納卡爾斯基(Lunacharsky）的「藝術論」和法捷耶夫（Fadeyev）的小說「毀滅」。幾年以後，在他的雜文集《三閒集》（一九三二）的序言中，魯迅自我安慰地認爲自己是中國認真翻譯蘇聯文藝理論和批評的第一人，而他的對手們雖然發起了革命文學，卻沒有學術上的準備。

關於魯迅在二十年代後期與共黨作家的鬥爭，我們仍會在另一章中提及，本章所要論述的是：在他投共以後，雜文的寫作更成了他專心一意的工作，以此來代替他創作力的衰竭。魯迅一定感覺到自己已經無法再寫早期式的小說，而且在好幾個場合中，他曾對一個年輕的朋友 —— 即後來成大名的中共文藝批評家馮雪峯 —— 坦白地說，他很願意再回老家紹興去看看⑱。雖然他有許多遠大的計劃，包括寫一部諷刺中國知識分子的長篇小說，但是他一直沒有勇氣下筆。他反而參與了一連串的個人或非個人的論爭，以此來掩飾他創作力的消失⑲。他成了共黨作家的名義領袖（雖然他很謹慎，並沒有加入共產黨），攻擊國民政府和國民黨作家；也攻擊反蘇聯、反左翼文藝的評論家，從左翼陣營反正者，英美集團的作家，以及所有中國傳統藝術和文化的愛好者。

在魯迅一生的最後兩三年，肺病已深。臥病在床的日子不算，他每天都花了不少時間看報章雜誌，從裏面找尋文藝界和政界愚昧的事。從讀報當中他就可以找到寫一篇短文所需要的材料（有一段

時期他幾乎每天爲「申報」副刊「自由談」寫稿）。爲彌補他因創作力枯竭而感到良心上的不安，他也勤於翻譯（他共計譯了二十餘本日本、俄國、及其他歐洲作家的作品，除了他晚年完工的果戈爾名著《死靈魂》外，其他的都是二、三流作品）。他的日常消遣是到他最喜歡的內山書店去看書，或是收集和印行木刻畫集。當我們重溫魯迅在上海的日常生活時，我們不禁會感到，他扮演不少角色——新聞評論者、辛勤的翻譯家、或是業餘的藝術鑑賞家——原想塡滿他精神生活上的空虛⑳。

作爲諷刺民國成立二十年來的壞風惡習來看，魯迅的雜文非常有娛樂性，但是因爲他基本的觀點不多——即使是發揮得淋漓盡緻——所以他十五本雜文給人的總印象是搬弄是非、囉囉嗦嗦。我們對魯迅更基本的一個批評是：作爲一個世事的諷刺評論家，魯迅自己並不能避免他那個時代的感情偏見。且不說他晚年的雜文（在這些文章裏，他對蘇聯阿諛的態度，破壞了他愛國的忠誠），在他一生的寫作經歷中，對青年和窮人——特別是青年一直採取一種寬懷的態度。這種態度，事實上就是一種不易給人點破的溫情主義的表現。他較差的作品都受到這種精神的浸染，譬如在小說「孤獨者」裏，主人翁就沈溺在這種有代表性的夢想：

「孩子總是好的。他們全是天眞……。」他似乎也覺得我有些不耐煩了，有一天特地乘機對我說。

「那也不盡然。」我只是隨便回答他。

「不。大人的壞脾氣，在孩子們是沒有的。後來的壞，如你平日所攻擊的壞，那是環境教壞的。原來卻並不壞，天眞……。我以爲中國的可以希望，只在這一點。」

「不。如果孩子中沒有壞根苗，大起來怎麼會有壞花果？譬如一粒種子，正因爲內中本含有枝葉花果的胚。長大時才能

夠發出這些東西來。何嘗是無端……。」㉑

　　小說中第一人稱敘述者的這個比喻，代表一種真理。作為達爾文主義者和諷刺家的魯迅，對它是接受的，但是在他的作品中卻故意壓抑這種真理。他的一般態度，總結在「狂人日記」中的一句話：「救救孩子。」他在一九二八年所寫的一封公開信，充分表露出他感覺到自己這種思、想的不一貫：

　　　　至於希望中國有改革，有變動之心，那的確是有一點的。雖然有人指定我為沒有出路——哈哈，出路，中狀元麼——的作者，「毒筆」的文人，但我自信並未抹煞一切。我總以為下等人勝於上等人，青年勝於老頭了一所以從前並未將我的筆尖的血，灑到他們身上去。我也知道一有利害關係的時候，他們往往也就和上等人、老頭子差不多了，然而這是在這樣的社會組織之下，勢所必至的事。對於他們，攻擊的人又正多，我何必再來助人下石呢？所以我所揭發的黑暗是只有一方面的，本意實在並不在欺蒙閱讀的青年。㉒

　　這是一段很動人的自白：魯迅違背自己的良知，故意希望下等階級和年輕的一代會更好，更不自私。他對青年的維護使他成為青年的偶像。就長遠的眼光看來，雖然魯迅是一個會真正震怒的人，而且在憤怒時他會非常自以為是（對於日後在暴政下度日的中共作家來說，這種反抗精神是魯迅留給他們的最寶貴的遺產），他自己造成的溫情主義使他不夠資格躋身於世界名諷刺家——從賀瑞斯（Horace）、班・強生（Ben Jonson）到赫胥黎（Aldous Huxiey）——之列。這些名家對於老幼貧富一視同仁，對所有的罪惡均予攻擊。魯迅特別注意顯而易見的傳統惡習，但卻縱容、甚而

後來主動地鼓勵粗暴和非理性勢力的猖獗。這些勢力，日後已經證明比停滯和頹廢本身更能破壞文明。大體上說來，魯迅爲其時代所擺佈，而不能算是他那個時代的導師和諷刺家。

註：

①比較有參考價值的傳記和回憶錄，可參看鄭學稼、周作人、馮雪峯、許廣平、曹聚仁、王士菁等人著作。鄭學稼的《魯迅正傳》與他書不同的地方是他的反共立場，對魯迅有苛酷的批評。

②《毛澤東選集》第二卷（一九五二），六六八—六六九頁。

③胡適在一九二三年所寫的「五十年來中國之文學」中，特別舉出魯迅和周作人的作品，認爲是新文學的佳作。陳源雖然與魯迅有個人積怨，但仍將《呐喊》列入「新文化運動以來的十五部著作」中。此文收集於《西瀅閒話》。
相反的，成仿吾在「創造季刊」第二卷第二號中對「呐喊」的攻擊（後來收入李何林編的「魯迅論」），可以代表這個後來傾共的作家團體的看法。郭沫若對魯迅的惡感，更是特別聞名，他自稱不能卒讀《呐喊》這部小書。直到魯迅死後，他才被迫採取讚揚的態度。

④《呐喊》自序，《魯迅全集》第一集，二七一頁。

⑤同右，二八一頁。

⑥同右，二九一頁。

⑦同右，二七七頁。

⑧魯迅，「導言」，「小說二集」，見《中國新文學大系》第四集，第二頁。

⑨《魯迅全集》，第一集，三〇九頁。

⑩同右，二五七頁。

⑪「小說二集」，二頁。

⑫《魯迅全集》，第二集，一五九頁。

⑬同右，一七〇頁。

⑭同右，一九六頁。

⑮同右，一九九～二〇〇頁。

⑯同右，二〇四頁。

⑰同右，三一～三二頁。

⑱馮雪峯，「回憶魯迅」八六—八八頁。

⑲我們可以舉一個小風波的例子，這一次魯迅顯然打敗了。一九三三年，名

作家兼編輯施蟄存在上海「大晚報」的副刊「火炬」上，推薦「莊子」和「文選」為最適合青年作家的讀物，魯迅不贊成念巾國古典文學，立即向施攻擊，說他「迷戀觸髏」。因為「莊子」和「文選」本為中國文學中最受尊崇的讀物，施蟄存可以毫無困難地為自己的選擇辯護，並且毫不留情地譏諷他的對手。但魯迅一定要做最後的發言人，即使公開不行，私下也可以。在他一九三三年十一月五日寫給姚克的信件中表露，魯迅無意之中犯了無可饒恕的勢利罪，他暗示施蟄存非書香門第，所以才會突然力捧「莊子」和「文選」：「此君蓋出自商家，偶見古書，逐視為奇寶，正如暴發戶之偏喜擺士人架子一樣，試看他的文章，何嘗有一些向淡子」與『文選』氣。」參見《魯迅書簡》，四一一頁。

⑳《魯迅書簡》使作者在上海的日常生活一覽無遺，完全礒實我的描寫無誤。當時他向許多與他通信的人表示對自己一天到晚忙碌的生活不滿，因為他完全沒有空閒做不斷地創作和研究。他對於自己為左翼作家聯盟奴役，也深惡痛絕。表露最徹底的是他在一九三五年九月十二日寫給好友胡風的一封信：「就是近幾年，我覺得還是在外圍的人們裏，出幾個新作家，有一些新鮮的成績，一到裏面去，即將在無聊的糾紛中，無聲無息。以我自己而論，總覺得縛了一條鐵索，有一個工頭在背後用鞭子打我，無論我怎樣起勁的做，也是打，而我回頭去問自己的錯處時，他卻拱手客氣的說，我做得好極了，他和我感情好極了，今大天氣哈哈哈……。真常常令我手足無措，我不敢對別人說關於我們的話，對於外圍人，我避而不淡，不得已時，就撒謊。你看這是怎樣的苦境？」（九四七頁）

這些書信和同時出版的雜文大異其趣，時常表露一種親切的真誠、一種寂寞的情緒、和一種需要朋友和人情溫暖的願望。魯迅雖然嫉恨那些「無聊的糾紛」和「撒謊」，自知創作力已漸衰退，並未主動地設法改變他的生活方式。

㉑《魯迅全集》，第二集，二五二頁。

㉒ 同右，第四集，一〇七頁。

國家圖書館出版品預行編目資料

阿Q正傳賞析，魯迅著 -- 初版, --新北市：
新視野New Vision, 2018.12
　　冊；　公分 . --
　　ISBN　978-986-96269-9-6（平裝）

1. 文學　2. 文學評論　3. 文集

810.7　　　　　　　　　　　　　107017275

阿Q正傳賞析

作　　者　魯迅
出　　版　新視野 New Vision
製　　作　新潮社文化事業有限公司
　　　　　　電話：(02) 8666-5711
　　　　　　傳真：(02) 8666-5833
　　　　　　E-mail：service@xcsbook.com.tw
印前作業　東豪印刷事業有限公司
印刷作業　福霖印刷有限公司

總 經 銷　聯合發行股份有限公司
　　　　　　新北市新店區寶橋路 235 巷 6 弄 6 號 2F
　　　　　　電話：(02) 2917-8022
　　　　　　傳真：(02) 2915-6275

初　　版　2018 年 12 月